MARC LEVY

Marc Levy vit à Londres.
Il a publié sept romans : *Et si c'était vrai...* (2000), *Où es-tu ?* (2001), *Sept jours pour une éternité...* (2003), *La prochaine fois* (2004), *Vous revoir* (2005), *Mes Amis Mes Amours* (2006) et *Les enfants de la liberté* (2007).

Retrouvez toute l'actualité de Marc Levy sur :
www.marclevy.info

VOUS REVOIR

DU MÊME AUTEUR
CHEZ POCKET

ET SI C'ÉTAIT VRAI...
OÙ ES-TU ?
SEPT JOURS POUR UNE ÉTERNITÉ...
LA PROCHAINE FOIS
VOUS REVOIR
MES AMIS, MES AMOURS

MARC LEVY

VOUS REVOIR

ROBERT LAFFONT

© Éditions Robert Laffont, S.A., Susanna Lea Associates, Paris, 2005

ISBN : 978-2-266-14852-8

À mon fils Louis

« La gravitation ne peut quand même pas être tenue responsable du fait que les gens tombent amoureux. »

Albert EINSTEIN

Arthur régla sa note au comptoir de l'hôtel. Il avait encore le temps de faire quelques pas dans le quartier. Le bagagiste lui remit un ticket de consigne qu'il enfouit dans la poche de sa veste. Il traversa la cour et remonta la rue des Beaux-Arts. Les pavés lavés à grands jets d'eau séchaient sous les premiers rayons de soleil. Dans la rue Bonaparte, quelques devantures s'animaient déjà. Arthur hésita devant la vitrine d'une pâtisserie et poursuivit son chemin. Un peu plus haut le clocher blanc de l'église de Saint-Germain-des-Prés se découpait dans les couleurs de cette journée naissante. Il marcha jusqu'à la place de Fürstenberg, encore déserte. Un rideau de fer se levait. Arthur salua la jeune fleuriste vêtue d'une blouse blanche qui lui donnait une ravissante allure de chimiste. Les bouquets anarchiques qu'elle composait souvent avec lui fleurissaient les trois pièces du petit appartement qu'Arthur occupait il y a deux jours encore.

La fleuriste lui rendit son salut, sans savoir qu'elle ne le reverrait pas.

En rendant les clés à la gardienne la veille du week-end, il avait refermé la porte sur plusieurs mois de vie à l'étranger, et le plus extravagant projet d'architecture qu'il avait réalisé : un centre culturel franco-américain.

Peut-être reviendrait-il un jour en compagnie de la femme qui occupait ses pensées. Il lui ferait découvrir les rues étroites de ce quartier qu'il aimait tant, ils marcheraient ensemble le long des berges de la Seine où il avait pris goût à se promener, même les jours de pluie, fréquents dans la capitale.

Il s'installa sur un banc pour rédiger la lettre qui lui tenait à cœur. Quand elle fut presque achevée, il referma l'enveloppe en feuille de Rives sans en coller le rabat et la rangea dans sa poche. Il regarda sa montre et reprit le chemin de l'hôtel.

Le taxi ne tarderait pas, son avion décollait dans trois heures.

Ce soir, au terme de la longue absence qu'il s'était imposée, il serait de retour dans sa ville.

1.

Le ciel de la baie de San Francisco était rouge flamboyant. Au travers du hublot, le Golden Gate émergeait d'un nuage de brume. L'appareil s'inclina à la verticale de Tiburon, il perdit lentement de l'altitude, cap au sud, et vira à nouveau en survolant le San Mateo Bridge. Depuis l'intérieur de la cabine, on avait l'impression qu'il allait se laisser glisser ainsi vers les marais salants qui luisaient de mille éclats.

*

Le cabriolet Saab se faufila entre deux camions, coupa trois files en diagonale, ignorant les appels de phares de quelques conducteurs mécontents. Il abandonna la Highway 101 et réussit à emprunter de justesse la bretelle qui menait à l'aéroport international de San Francisco. Au bas de la rampe, Paul ralentit pour vérifier son chemin sur les panneaux indicateurs. Il râla après s'être trompé d'embranchement et fit une marche arrière sur plus de cent mètres afin de retrouver l'entrée du parking.

*

Dans le cockpit, l'ordinateur de bord annonça l'altitude de sept cents mètres. Le paysage changeait encore. Une multitude de tours, plus modernes les unes que les autres, se découpait dans la lumière du couchant. Les volets d'ailes se déployèrent, augmentant la voilure de l'appareil et l'autorisant à réduire encore sa vitesse. Le bruit sourd des trains d'atterrissage ne tarda pas à se faire entendre.

*

À l'intérieur du terminal, le panneau d'affichage indiquait déjà que le vol AF 007 venait de se poser. Paul débarla hors d'haleine de l'escalator et se précipita dans l'allée. Le marbre était glissant, il dérapa dans le virage, se rattrapa de justesse à la manche d'un commandant de bord qui marchait en sens inverse, eut à peine le temps de s'excuser et reprit sa course folle.

*

L'airbus A 340 d'Air France avançait lentement sur le tarmac, son drôle de museau se rapprochait de façon impressionnante de la vitre du terminal. Le bruit des turbines s'étouffa dans un long sifflement et la passerelle de quai se déploya jusqu'au fuselage.

*

Derrière la cloison des arrivées internationales, Paul se courba, mains en appui sur les genoux, à la recherche d'un second souffle. Les portes coulissantes s'effacèrent et le flot des premiers passagers commença de se déverser dans le hall.

Au loin, une main s'agitait dans la foule, Paul se fraya un chemin à la rencontre de son meilleur ami.

– Tu me serres un peu fort, dit Arthur à Paul, qui lui donnait l'accolade.

Une kiosquière les regardait, attendrie.

– Arrête, ça devient très gênant, insista Arthur.

– Tu m'as manqué, tu sais, dit Paul en l'entraînant vers les ascenseurs qui menaient au parking ; son ami le regarda, moqueur.

– Qu'est-ce que c'est que cette chemise hawaïenne, tu t'es pris pour Magnum ?

Paul se regarda dans le miroir de la cabine et fit une moue en refermant un bouton de sa chemise.

– Je suis allé ouvrir la porte de ton nouveau chez-toi à Delahaye Moving, reprit Paul. Les déménageurs ont livré tes cartons avant-hier. J'ai mis un peu d'ordre, comme je pouvais. Tu as acheté tout Paris ou tu as laissé quand même deux ou trois choses dans leurs magasins ?

– Merci de t'être occupé de ça ; l'appartement est bien ?

– Tu verras, je pense que tu vas aimer, et puis tu n'es pas loin du bureau.

Depuis qu'Arthur avait achevé l'imposante construction du centre culturel, Paul avait tout fait pour le convaincre de revenir vivre à San Francisco. Rien n'avait compensé le vide qu'avait creusé dans sa vie le départ de celui qu'il aimait comme un frère.

– La ville n'a pas tant changé, dit Arthur.

– Nous avons construit deux tours entre la 14e et la 17e Rue, un hôtel et des bureaux, et tu trouves que la ville n'a pas changé ?

– Comment se porte le cabinet d'architecture ?

– Si l'on met de côté les problèmes que nous avons avec tes clients parisiens, tout va à peu près bien. Maureen rentre de vacances dans deux semaines, elle t'a laissé un mot au bureau, elle bout d'impatience à l'idée de te retrouver.

Pendant la durée du chantier à Paris, Arthur et son assistante se parlaient plusieurs fois par jour, elle avait géré pour lui toutes les affaires courantes.

Paul faillit manquer la sortie de l'autoroute et traça une nouvelle diagonale pour rejoindre la bretelle qui desservait la 3e Rue. Un concert de klaxons salua sa manœuvre périlleuse.

– Je suis désolé, dit-il en regardant dans son rétroviseur.

– Oh, ne t'inquiète pas, une fois que tu as connu la place de l'Étoile, tu n'as plus peur de rien.

– C'est quoi ?

– Le plus grand circuit d'autos tamponneuses au monde, et c'est gratuit !

Arthur avait profité d'un arrêt au croisement de Van Ness Avenue pour ouvrir la capote électrique. La toile se replia dans un grincement terrible.

– Je n'arrive pas à m'en séparer, dit Paul, elle a quelques rhumatismes mais elle tient le coup, cette voiture.

Arthur baissa la vitre et huma l'air qui venait de la mer.

– Alors, Paris ? demanda Paul plein d'enthousiasme.

– Beaucoup de Parisiens !

– Et les Parisiennes ?

– Toujours élégantes !

– Et toi et les Parisiennes ? Tu as eu des aventures ?

Arthur marqua un temps avant de répondre.

– Je ne suis pas entré dans les ordres, si c'est le sens de ta question.

– Je te parle d'histoires sérieuses. Tu es amoureux ?

16

– Et toi ? demanda Arthur.

– Célibataire !

La Saab bifurqua dans Pacific Street, remontant vers le nord de la ville. Au croisement de Fillmore, Paul se rangea le long du trottoir.

– Nous voilà devant ton nouveau *home sweet home* ; j'espère qu'il te plaira, si tu ne te sens pas bien ici, on pourra toujours s'arranger avec l'agence immobilière. Ce n'est pas évident de choisir pour les autres...

Arthur interrompit son ami, il aimerait cet endroit, il en était déjà sûr.

Ils traversèrent le hall du petit immeuble, chargés de bagages. L'ascenseur les hissa au troisième étage. En passant dans le couloir devant l'appartement 3B, Paul informa Arthur qu'il avait rencontré sa voisine, « une beauté » chuchota-t-il en faisant tourner la clé dans la serrure de la porte d'en face.

Depuis le salon, la vue plongeait sur les toits de Pacific Heights. La nuit étoilée entrait dans la pièce. Les déménageurs avaient disposé ici et là les meubles arrivés de France et remonté la table d'architecte qui faisait face à la fenêtre. Les cartons de livres avaient été vidés et leur contenu garnissait déjà les étagères de la bibliothèque.

Arthur déplaça aussitôt le mobilier, réorientant le canapé face à la baie vitrée, repoussant l'un des deux fauteuils vers la petite cheminée.

– Tu ne t'es pas débarrassé de ta maniaquerie, à ce que je vois.

– C'est mieux comme ça, non ?

– C'est parfait, répondit Paul. Maintenant tu aimes ?

– Je me sens chez moi !

– Te voilà de retour dans ta ville, dans ton quartier, et avec un peu de chance, dans ta vie !

Paul lui fit visiter les autres pièces, la chambre à coucher était de bonnes dimensions, un grand lit, deux tables de nuit et une console la meublaient déjà. Un rayon de lune filtrait par la petite fenêtre de la salle de bains attenante, Arthur l'ouvrit aussitôt, la perspective y était belle.

Paul enrageait de devoir l'abandonner le soir même de son arrivée, mais il avait ce dîner de travail ; le cabinet concourait pour un important projet.

– J'aurais voulu t'accompagner, dit Arthur.

– Avec ta tête de décalage horaire, j'aime mieux que tu restes chez toi ! Je passe te prendre demain et je t'emmène déjeuner.

Paul serra Arthur dans ses bras et lui redit à quel point il était heureux qu'il soit revenu. En quittant la salle de bains, il se retourna et pointa du doigt les murs de la pièce.

– Ah ! Il y a une chose formidable que tu n'as pas encore remarquée, dans cet appartement.

– Quoi ? demanda Arthur.

– Aucun placard !

*

Au cœur de San Francisco, une Triumph verte rutilante s'engageait à vive allure dans Potrero Avenue. John Mackenzie, gardien-chef du parking du San Francisco Memorial Hospital, reposa son journal. Il avait reconnu le bruit du moteur si particulier de la voiture de la jeune doctoresse dès qu'elle avait franchi l'intersection de la 22e Rue. Les pneus du cabriolet crissèrent devant sa guérite, Mackenzie descendit de son tabouret et regarda le

18

capot, engagé sous la barrière presque jusqu'au niveau du pare-brise.

– Vous devez opérer le doyen de toute urgence ou vous ne faites ça que pour m'énerver ? demanda le gardien en secouant de la tête.

– Une petite décharge d'adrénaline ne peut pas faire de mal à votre cœur, vous devriez me remercier, John. Vous me laissez entrer maintenant, s'il vous plaît ?

– Vous n'êtes pas de garde ce soir, je n'ai pas de place réservée pour vous.

– J'ai oublié un manuel de neurochirurgie dans mon casier, j'en ai pour une minute !

– Entre votre boulot et ce bolide, vous finirez par vous tuer, docteur. La 27, au fond à droite, est libre.

Lauren remercia le gardien d'un sourire, la barrière se leva et elle appuya aussitôt sur l'accélérateur ; nouveau crissement de pneus. Le vent souleva quelques mèches de ses cheveux, découvrant sur le front la cicatrice d'une ancienne blessure.

*

Seul au milieu de son salon, Arthur apprivoisait les lieux. Paul avait installé une petite chaîne stéréo sur l'une des étagères de la bibliothèque.

Il alluma la radio et s'affaira à déballer les derniers cartons empilés dans un coin. La sonnerie de la porte retentit, Arthur traversa la pièce. Une ravissante vieille dame lui tendait la main.

– Rose Morrison, je suis votre voisine !

Arthur lui proposa d'entrer, elle déclina l'invitation.

– J'aurais adoré papoter avec vous, dit-elle, mais j'ai une soirée très chargée. Bon, alors mettons-nous

19

d'accord, pas de rap, pas de techno, éventuellement du R&B mais uniquement du bon et pour le hip hop, c'est à voir. Si vous avez besoin de quoi que ce soit, sonnez à ma porte, insistez un peu, je suis sourde comme un pot !

Miss Morrison retraversa aussitôt le couloir. Amusé, Arthur resta quelques instants sur le palier avant de se remettre à la tâche.

Une heure plus tard, quelques crampes à l'estomac lui rappelèrent qu'il n'avait rien mangé depuis le repas servi dans l'avion. Il ouvrit le réfrigérateur sans grand espoir et découvrit avec surprise une bouteille de lait, une plaquette de beurre, un paquet de toasts, un sachet de pâtes fraîches et un petit mot de Paul qui lui souhaitait bon appétit.

*

Le hall des Urgences était plein à craquer. Civières, chaises roulantes, fauteuils, banquettes, le moindre espace y était occupé. Derrière la vitre de l'accueil, Lauren consultait la liste des admissions. Les noms des patients déjà traités avaient à peine le temps d'être effacés du grand tableau blanc qu'ils étaient déjà remplacés par d'autres.

– J'ai raté un tremblement de terre ? demanda-t-elle à la standardiste d'un ton ironique.

– Votre arrivée est providentielle, nous sommes débordés.

– Je vois ça ! Que s'est-il passé ? dit Lauren.

– Une remorque s'est détachée d'un camion, elle a terminé sa course dans la vitrine d'un supermarché. Vingt-trois blessés dont dix graves. Sept sont dans les boxes derrière moi, trois au scanner, j'ai beepé l'étage de réanimation pour qu'ils nous envoient du renfort, poursuivit Betty en lui tendant une pile de dossiers.

– C'est une belle soirée qui commence ! conclut Lauren en enfilant une blouse.

Elle entra dans la première salle d'examens.

La jeune femme endormie sur le lit devait avoir trente ans. Lauren consulta rapidement sa fiche d'admission. Un trait de sang filait de l'oreille gauche. L'interne aguerrie s'empara du petit stylo-lampe accroché à la poche de sa blouse et souleva les paupières de sa patiente, mais les pupilles ne réagissaient pas au faisceau de lumière. Elle examina les extrémités bleutées des doigts et reposa doucement la main de la jeune femme. Par acquit de conscience, elle plaça son stéthoscope à la base du cou, avant de remonter le drap jusqu'à la tête. Lauren regarda l'horloge accrochée au mur, annota la couverture de son dossier et sortit de la pièce pour se rendre dans le box voisin. Sur la feuille de service qu'elle avait laissée sur le lit, elle avait établi l'heure du décès à 20 h 21, l'heure d'une mort se doit d'être aussi précise que celle d'une naissance.

*

Arthur inspectait tous les recoins de la cuisine, il ouvrit chaque tiroir et finit par couper le feu sous l'eau frémissante. Il sortit de chez lui et traversa le palier pour sonner chez sa voisine. N'obtenant aucune réponse, il s'apprêtait à faire demi-tour quand la porte s'ouvrit.

– Vous appelez cela « sonner fort » ? dit Miss Morrison.

– Je ne voulais pas vous déranger, auriez-vous du sel ?

Miss Morrison le regarda, consternée.

– J'ai du mal à croire que les hommes utilisent encore des ficelles aussi grosses pour draguer !

L'inquiétude se lisait dans les yeux d'Arthur. La vieille dame éclata d'un rire franc.

– Vous devriez voir votre tête ! Entrez, les épices sont dans la panière près de l'évier, dit-elle en désignant la kitchenette attenante au salon. Prenez tout ce dont vous avez besoin, je vous laisse, je suis très occupée.

Et elle se dépêcha d'aller retrouver sa place dans le gros fauteuil, face à la télévision. Arthur passa derrière le comptoir, et regarda, intrigué, la chevelure blanche de Miss Morrison qui s'agitait derrière le dosseret du fauteuil.

– Bon, mon petit, vous restez, vous partez, vous faites ce que vous voulez mais sans bruit. Dans une minute, Bruce Lee va faire un Kata incroyable et mettre une bonne raclée à ce petit chef de triade qui commence à me taper sur les nerfs.

La vieille dame lui fit signe de s'installer dans le fauteuil voisin, en silence !

– À la fin de cette scène prenez l'assiette de viande froide dans le frigo et venez regarder la fin du film avec moi, vous n'allez pas le regretter ! Et puis un dîner à deux, c'est toujours meilleur que tout seul !

*

L'homme sanglé à la table d'intervention souffrait de multiples fractures aux jambes ; à observer les traits blêmes de son visage, « souffrir » était le mot juste.

Lauren ouvrit l'armoire à pharmacie pour s'emparer d'une petite ampoule en verre et d'une seringue.

– Je ne supporte pas les piqûres, gémit son patient.

– Vous avez les deux jambes cassées et une aiguille vous fait peur ? Les hommes me surprendront toujours !

– Qu'est-ce que vous m'injectez ?

– Le plus vieux remède du monde pour lutter contre la douleur.

– C'est toxique ?

– La douleur provoque stress, tachycardie, hypertension et des traces mnésiques irréversibles... croyez-moi, elle est plus nocive que quelques milligrammes de morphine.

– Mnésique ?

– Quel est votre métier, monsieur Kowack ?

– Garagiste !

– Alors je vous propose un marché, faites-moi confiance pour votre santé et le jour où je vous amènerai ma Triumph, je vous laisserai lui faire tout ce que vous voudrez.

Lauren enfonça l'aiguille dans le cathéter et appuya sur le piston de la seringue. En libérant l'alcaloïde dans son sang, elle allait délivrer Francis Kowack de son supplice. Le liquide opiacé pénétra la veine basilique, dès qu'il atteignit le tronc cérébral, il inhiba aussitôt le message neurologique de la douleur. Lauren s'assit sur un petit tabouret à roulettes et épongea le front de son patient, surveillant sa respiration. Il s'apaisait.

– On appelle ce produit morphine en référence à Morphée, alors, reposez-vous maintenant ! Vous avez eu beaucoup de chance.

Kowack leva les yeux au ciel.

– Je faisais mes courses tranquillement, marmonna l'homme. J'ai été renversé par un camion au

23

rayon des surgelés, mes jambes sont en morceaux, quelle est exactement la définition de la chance dans votre profession ?

– Que vous ne soyez pas dans le box juste à côté !

Le rideau de la salle d'examens glissa sur son rail. Le professeur Fernstein avait son air des mauvais jours.

– Je croyais que vous étiez de repos ce week-end ? dit Fernstein.

– La croyance est une affaire de religion ! répondit Lauren du tac au tac. Je ne faisais que passer mais comme vous pouvez le constater ce n'est pas le travail qui manque, ajouta-t-elle en poursuivant son examen.

– Le travail manque rarement dans un service d'Urgences. En jouant avec votre santé vous jouez aussi avec celle de vos patients. Combien d'heures de garde avez-vous effectuées cette semaine ? Je ne vois pas pourquoi je vous pose cette question, vous allez encore me rétorquer que quand on aime on ne compte pas, dit Fernstein en sortant du box, furieux.

– C'est le cas, grommela Lauren en apposant son stéthoscope sur la poitrine du garagiste qui la regardait, terrorisé. Rassurez-vous, je suis toujours en pleine forme, et lui toujours bougon comme ça.

Betty entra à son tour.

– Je m'occupe de lui, dit-elle à Lauren. On a besoin de toi à côté, on est vraiment débordés !

Lauren se leva et demanda à l'infirmière de téléphoner à sa mère. Elle allait rester là toute la nuit et il faudrait que quelqu'un prenne soin de sa chienne Kali.

*

Miss Morrison était en train de laver les assiettes, Arthur s'était assoupi dans le canapé.

– Je crois qu'il est grand temps d'aller vous coucher.

– Je le crois aussi, dit Arthur en s'étirant. Merci pour cette soirée.

– Bienvenue au 212 Pacific Street. Je suis d'une nature souvent trop discrète, mais si vous avez besoin de quoi que ce soit vous pouvez toujours sonner à ma porte.

Alors qu'il quittait les lieux, Arthur remarqua un petit chien blanc et noir allongé sous la table.

– C'est Pablo, dit Miss Morrison, quand on le regarde comme ça, on croirait qu'il est mort mais il se contente de dormir, c'est son activité préférée. D'ailleurs il est temps que je le réveille pour aller le promener.

– Vous voulez que je m'en occupe ?

– Allez plutôt vous coucher, dans l'état dans lequel vous êtes, j'ai peur de vous retrouver tous les deux demain matin en train de ronfler au pied d'un arbre.

Arthur la salua et rentra chez lui. Il aurait voulu faire encore un peu de rangement mais la fatigue eut raison de son élan.

Allongé sur le lit, mains sous la tête, il regarda par la porte entrebâillée de la chambre. Les cartons empilés dans le salon ravivaient le souvenir d'une nuit, où en d'autres temps il s'installait au dernier étage d'une maison victorienne, non loin d'ici.

*

Il était deux heures du matin passées et l'infirmière en chef cherchait Lauren. Le hall des Urgences avait enfin fini par se vider. Profitant de cette accalmie, Betty décida d'aller réapprovisionner les armoires à pharmacie des salles d'examens. Elle remonta le couloir et tira le rideau du dernier box. Recroquevillée sur le lit, Lauren dormait du sommeil du juste. Betty referma le voile et s'éloigna en hochant la tête.

2.

Arthur s'éveilla vers midi. La douceur d'un soleil au zénith entrait par la fenêtre du salon. Il se prépara un petit déjeuner sommaire et appela Paul sur son portable.

– Salut Baloo, dit son ami en décrochant, tu as fait le tour du cadran à ce que je vois.

Paul lui proposa d'aller déjeuner, mais Arthur avait un autre projet en tête.

– En résumé, dit Paul, j'ai le choix entre te laisser partir à pied à Carmel ou t'y conduire ?

– Même pas ! Je voudrais passer récupérer la Ford au garage de ton beau-père et que nous allions là-bas ensemble.

– Elle n'a pas roulé depuis la nuit des temps ta voiture, tu veux passer le week-end sur l'autoroute à attendre une dépanneuse ?

Mais Arthur lui fit remarquer que le break avait connu de plus longs sommeils et puis il connaissait la passion du beau-père de Paul pour les voitures anciennes, il avait dû la bichonner.

– Ma vieille Ford des années 1960 est en meilleure santé que ton cabriolet de la préhistoire.

Paul regarda sa montre, il lui restait quelques

minutes pour appeler le garage. Sauf controverse, Arthur n'aurait qu'à le rejoindre là-bas.

À quinze heures, les deux amis se retrouvèrent devant la porte de l'établissement. Paul fit tourner la clé dans la serrure et entra dans l'atelier. Au milieu des véhicules de police en réparation, Arthur crut reconnaître une vieille ambulance qui dormait sous sa bâche. Il s'en approcha pour soulever un pan de la toile. La calandre avait un air de nostalgie. Arthur contourna le fourgon, hésita et finit par ouvrir le hayon. À l'intérieur de la cabine arrière, sous une épaisse couche de poussière, une civière ravivait tant de souvenirs qu'il fallut que Paul hausse le ton pour sortir Arthur de sa rêverie.

– Oublie la citrouille et viens par ici, Cendrillon, il faut déplacer trois voitures pour sortir ta Ford. Quitte à aller à Carmel, ne ratons pas le coucher du soleil !

Arthur remit le drap en place, il caressa le capot et murmura « au revoir Daisy ».

Quatre pressions sur la pédale d'accélérateur, à peine trois toussotements, et le moteur de la Ford se mit à ronronner. Après quelques manœuvres d'Arthur, et autant d'invectives de Paul, le break quittait le garage et remontait vers le nord de la ville, pour emprunter la route N° 1 qui longeait le Pacifique.

– Tu penses encore à elle ? demanda Paul.

Pour toute réponse, Arthur ouvrit la fenêtre ; un vent tiède entra dans l'habitacle.

Paul tapota sur le rétroviseur comme s'il allait tester un micro.

– Un, deux, un deux trois, ah si, ça marche, attends je refais un essai... Tu penses encore à elle ?

– Cela m'arrive, répondit Arthur.

– Souvent ?

– Un peu le matin, un peu à midi, un peu le soir, un peu la nuit.

– Tu as bien fait de partir en France pour l'oublier, tu as l'air tout à fait guéri ! Et les week-ends aussi tu y penses ?

– Je ne t'ai pas dit que je m'interdisais de vivre, tu voulais savoir si je pensais à elle, je t'ai répondu, c'est tout. J'ai eu des aventures si cela peut te rassurer ; et puis change de sujet, je n'ai pas envie de parler de ça.

La voiture roulait vers la baie de Monterey, Paul regardait les plages du Pacifique défiler derrière la vitre ; les kilomètres suivants se déroulèrent dans le plus grand silence.

– J'espère que tu ne comptes pas essayer de la revoir ? demanda Paul.

Arthur ne dit mot et un nouveau silence s'installa à bord.

Le paysage alternait entre plages et marais que la route bordait d'un trait d'asphalte. Paul coupa la radio qui grésillait chaque fois qu'ils passaient entre deux collines.

– Accélère, on va rater le coucher de soleil !

– Nous avons deux heures d'avance et depuis quand as-tu l'âme bucolique ?

– Mais je m'en fiche du crépuscule ! Ce qui m'intéresse ce sont les filles sur la plage !

*

Le soleil déclinait déjà et ses rayons filtraient entre les étagères d'une petite bibliothèque qui occultait la fenêtre à l'angle du salon. Lauren avait dormi une bonne partie de l'après-midi. Elle regarda sa montre et se rendit dans la salle de bains. Elle se rafraîchit le visage sous l'eau, ouvrit le placard et hésita devant un pantalon de jogging. Elle avait à peine le temps d'aller courir à la Marina si elle voulait reprendre son service de nuit à l'heure, mais elle avait besoin de s'aérer.

Elle enfila sa tenue, tant pis pour son dîner, ses horaires étaient absurdes, elle grignoterait quelque chose en route. Elle appuya sur la touche du répondeur téléphonique. Un message de son petit ami lui rappelait qu'ils devaient tous deux assister ce soir à une projection du dernier documentaire qu'il avait réalisé. Elle effaça le message avant même que la voix de Robert n'ait eu le temps de préciser l'heure du rendez-vous.

*

La Ford avait quitté la route N° 1 depuis un bon quart d'heure. Les barrières de la propriété se découpaient au loin sur la colline, Arthur bifurqua dans le virage et prit la direction de Carmel.

– Nous avons tout le temps, déposons nos sacs d'abord, dit Paul.

Mais Arthur refusa de faire demi-tour, il avait autre chose en tête.

– J'aurais dû acheter des pinces à linge, reprit Paul. En imaginant que nous arrivions à nous frayer un chemin au milieu des toiles d'araignées, ça va sentir un tout petit peu le renfermé dans la maison, non ?

– Il y a des moments où je me demande si tu grandiras jamais. Elle est entretenue régulièrement, il y a même des draps propres dans les lits. Ils ont le téléphone en France, tu sais, et puis des ordinateurs, Internet et la télévision aussi. Il n'y a qu'à la cafétéria de la Maison Blanche que l'on croit encore que les Français n'ont pas l'eau courante !

Il s'engagea dans un chemin qui grimpait vers le haut d'une colline, devant eux se dessinait la grille en fer forgé du cimetière.

Dès qu'Arthur descendit de la voiture, Paul se glissa derrière le volant.

– Dis-moi, dans cette maison magique qui s'entretient pendant que tu n'es pas là, le four et le frigo ne se sont quand même pas mis d'accord pour nous faire à dîner ?

– Non, pour ça rien n'est prévu.

– Bon, alors il faut faire quelques courses avant que tout ne soit fermé. Je te rejoins, dit Paul d'une voix enjouée, et puis je préfère te laisser un petit moment d'intimité avec ta maman.

Il y avait une épicerie à deux kilomètres, Paul promit de revenir très vite. Arthur regarda la voiture s'éloigner, un voile de poussière s'élevait derrière les roues. Il se retourna et marcha vers le portail. La lumière était douce, l'âme de Lili semblait planer autour de lui, comme si souvent depuis sa mort. Au bout de l'allée, il retrouva la pierre tombale blanchie par le soleil. Arthur ferma les yeux, le jardin sentait la menthe sauvage. Il se mit à parler à voix basse...

Je me souviens d'un jour au jardin des roses. Je jouais assis par terre, j'avais six ans, peut-être sept. C'était l'aube de notre dernière année. Tu es sortie de la cuisine pour t'installer sous la véranda. Je ne t'avais pas vue. Antoine était descendu vers la mer alors je profitais de son absence pour jouer à l'interdit. Je taillais les rosiers avec son sécateur bien trop grand pour ma main. Tu as abandonné la balancelle et tu as descendu les marches du perron pour me protéger d'une blessure à venir.

Quand j'ai entendu tes pas j'ai cru que tu allais crier, parce que j'avais trahi la confiance que tu me donnais bien volontiers, m'enlever l'outil comme on ôte une médaille à celui qui n'en est plus digne. Mais rien de cela, tu t'es assise près de moi et tu m'as regardé. Puis tu as pris ma main dans la tienne pour la guider le long de la tige. De ta voix adoucie de sourires tu m'as dit qu'il faudrait toujours couper au-dessus des yeux, au risque de blesser la rose ; et un homme ne doit jamais blesser une rose, n'est-ce pas ? Mais qui pense à ce qui blesse les hommes ?

Nos regards se sont croisés. Tu as passé ton doigt sous mon menton et tu m'as demandé si je me sentais seul. J'ai balancé ma tête pour dire non, avec toute la force qu'il fallait pour mieux chasser un mensonge. Tu ne pouvais pas toujours me rejoindre dans l'écart de nos âges que je peuplais à ma manière. Maman, crois-tu à une fatalité qui nous pousse à reproduire les mêmes comportements que nos parents ?

Je me souviens de tes mots dans la dernière lettre que tu m'as laissée. Moi aussi j'ai renoncé, maman.

Je n'imaginais pas pouvoir aimer comme je l'ai aimée. J'ai cru à elle comme on croit à un rêve. Quand il s'est évanoui, j'ai disparu avec lui. Je pensais agir par courage, par abnégation, mais j'aurais pu refuser d'entendre tous ceux qui m'ordonnaient de ne pas la revoir. Sortir du coma est comme une renaissance. Lauren avait besoin de sa famille auprès d'elle. Et sa seule famille c'était sa mère et un petit ami avec lequel elle a renoué. Qui suis-je pour elle d'autre qu'un inconnu ? En tout cas, pas celui qui lui fera découvrir que tous ceux qui l'entourent ont accepté qu'on la laisse mourir ! Je n'avais pas le droit de briser les équilibres incertains dont elle avait tant besoin.

Sa mère me suppliait de ne pas lui dire qu'elle aussi

avait renoncé. Le neurochirurgien me jurait que cela provoquerait un choc dont elle pouvait ne pas se remettre. Son petit ami, qui est revenu dans sa vie, a été la dernière barrière qui se dressait entre elle et moi.

Je sais ce que tu penses. La vérité est ailleurs, la peur est plurielle. Il m'a fallu du temps pour m'avouer que j'ai eu peur de ne pas savoir l'entraîner au bout de mes rêves, peur de ne pas être à leur hauteur, peur de ne pas pouvoir les réaliser, peur de ne pas être finalement l'homme qu'elle attendait, peur de m'avouer qu'elle m'avait oublié.

J'ai pensé mille fois la retrouver, mais là aussi j'ai eu peur qu'elle ne me croie pas, peur de ne pas savoir réinventer le rire à deux, peur qu'elle ne soit plus celle que j'avais aimée, et surtout, peur de la perdre à nouveau, ça, je n'en aurais pas eu la force. Je suis parti vivre à l'étranger pour m'éloigner d'elle. Mais il n'y a pas de distance assez lointaine quand on aime. Il suffisait qu'une femme dans la rue lui ressemble pour que je la voie marcher, que ma main griffonne son nom sur une feuille de papier pour la faire apparaître, que je ferme les yeux pour voir les siens, que je m'enferme dans le silence pour entendre sa voix. Et pendant ce temps, j'ai raté le plus beau projet de ma carrière. J'ai construit un centre culturel dont la façade est tout en carrelage, on dirait un hôpital !

En partant là-bas, c'est aussi ma lâcheté que je fuyais. J'ai renoncé, maman, et si tu savais comme je m'en veux. Je vis dans la contradiction de cet espoir où la vie nous remettrait en présence l'un de l'autre, sans savoir si j'oserais lui parler. Maintenant, il faut que j'avance, je sais que tu comprendras ce que je suis en train de faire avec ta maison et que tu ne m'en voudras pas. Mais ne t'inquiète pas, maman, je n'ai pas oublié que la solitude est un jardin où rien ne *pousse. Même si aujourd'hui je vis sans elle, je ne suis plus jamais seul, puisqu'elle existe quelque part.*

Arthur caressa le marbre blanc et s'assit sur la pierre encore empreinte de la tiédeur du jour. Le long du mur qui borde la tombe de Lili, pousse une vigne. Elle donne chaque été quelques grappes d'un raisin que picorent les oiseaux de Carmel.

Arthur entendit crisser des pas sur le gravier, il se retourna pour voir Paul qui s'asseyait devant une stèle à quelques mètres de lui. Son ami se mettait, lui aussi, à parler sur le ton de la confidence.

– Ça ne va pas très fort, hein, madame Tarmachov ! Votre sépulture est dans un état, c'est une honte ! Ça fait si longtemps, mais je n'y suis pour rien, vous savez. À cause d'une femme dont il voyait le fantôme, l'abruti là-bas avait décidé d'abandonner son meilleur ami. Bon, enfin voilà, il n'est jamais trop tard, et j'ai apporté tout ce qu'il fallait.

D'un sac d'épicerie, Paul sortit une brosse, du savon liquide, une bouteille d'eau et commença à frotter énergiquement la pierre.

– Je peux savoir ce que tu es en train de faire ? demanda Arthur. Tu la connais, cette Mme Tarmachov ?

– Elle est morte en 1906 !

– Paul, tu ne veux pas arrêter tes idioties deux secondes ? C'est un lieu de recueillement ici quand même !

– Eh bien je me recueille, en nettoyant !

– Sur la tombe d'une inconnue ?

– Mais ce n'est pas une inconnue, mon vieux, dit Paul en se relevant. Avec le nombre de fois où tu m'as forcé à t'accompagner au cimetière pour rendre visite à ta mère, tu ne vas quand même pas me faire une scène de jalousie parce que je sympathise un peu avec sa voisine !

Paul rinça la pierre qui avait retrouvé de sa blancheur et contempla son travail, satisfait de lui. Arthur le regarda, consterné, et se leva à son tour.

– Donne-moi les clés de la voiture !

– Au revoir, madame Tarmachov, dit Paul, ne vous inquiétez pas, parti comme il est, on se reverra au moins deux fois d'ici à Noël. De toute façon, là, vous êtes propre jusqu'à l'automne.

Arthur prit son ami par le bras.

– J'avais des choses importantes à lui dire.

Paul l'entraîna sur le chemin qui menait à la grande porte en fer forgé du cimetière.

– Allez, viens maintenant, j'ai acheté une côte de bœuf dont tu vas me dire des nouvelles.

Dans l'allée où Lili reposait face à l'océan, l'ombre d'un vieux jardinier ratissait le gravier. Arthur et Paul marchèrent jusqu'à la voiture garée en contrebas. Paul regarda sa montre, le soleil ne tarderait pas à décliner derrière la ligne d'horizon.

– Tu conduis ou je conduis ? demanda Paul.

– La vieille Ford de maman ? Tu rigoles, tout à l'heure, c'était une exception !

La voiture s'éloignait sur la route qui descend le long de la colline.

– Je m'en moque de la conduire, ta vieille Ford.

– Alors pourquoi tu me le demandes à chaque fois ?

– Tu m'emmerdes !

– Tu veux la faire dans la cheminée ta côte de bœuf ce soir ?

– Non, je pensais plutôt la cuire dans la bibliothèque !

– Et si après la plage, nous allions plutôt déguster des langoustes sur le port ? proposa Arthur.

L'horizon s'étoffait déjà d'une soie rose pâle, tressée en longs rubans qui semblaient joindre le ciel à l'océan.

*

Lauren avait couru à perdre haleine. Elle reprenait son souffle, le temps de manger un sandwich, assise sur un banc face au petit port de plaisance. Les mâts des voiliers se balançaient sous la brise légère. Robert apparut dans l'allée, mains dans les poches.

– Je savais que je te trouverais là.

– Tu es extralucide ou tu me fais suivre ?

– Pas besoin d'être un devin, dit Robert en s'asseyant sur le banc. Je te connais, tu sais, quand tu n'es pas à l'hôpital ou dans ton lit, tu es en train de courir.

– J'évacue !

– Moi aussi tu m'évacues ? Tu n'as pas répondu à mes appels.

– Robert, je n'ai aucune envie de reprendre cette conversation. Mon internat se termine à la rentrée et j'ai encore beaucoup de travail à accomplir si je veux avoir une chance d'être titularisée.

– Tu n'as d'ambition que pour ton métier. Depuis ton accident les choses ont changé.

Lauren lança le reste de son sandwich dans une corbeille à papier, elle se leva pour renouer les lacets de ses chaussures de sport.

– J'ai besoin de me défouler, tu ne m'en veux pas si je continue à courir ?

– Viens, dit Robert en retenant sa main.

– Où ?

– Pour une fois, si tu te laissais faire, ce serait bien, non ?

Il abandonna le banc pour l'entraîner sous un

bras protecteur vers le parking. Quelques instants plus tard, la voiture s'éloignait vers Pacific Heights.

*

Les deux compères avaient pris place au bout de la jetée. Les vagues avaient des reflets d'huile, le ciel était maintenant couleur de feu.

– Je me mêle de ce qui ne me regarde pas mais au cas où tu ne l'aurais pas remarqué, le soleil se couche exactement de l'autre côté, dit Arthur à Paul qui était tourné en direction de la plage.

– Tu ferais bien de te mêler justement ! Ton soleil a toutes les chances d'être là demain matin, alors que les deux filles là-bas, c'est beaucoup moins sûr.

Arthur étudia les deux jeunes femmes assises sur le sable, elles riaient.

Un coup de vent souleva la chevelure de l'une, l'autre chassait le sable qui entrait dans ses yeux.

– C'est une bonne idée ces langoustes, s'exclama Paul en tapotant sur le genou d'Arthur. De toute façon je mange trop de viande, un peu de poisson me fera le plus grand bien.

Les premières étoiles s'élevaient dans le ciel de la baie de Monterey. Sur la plage, quelques couples profitaient encore de l'instant calme.

– Ce sont des crustacés, reprit Arthur en abandonnant la jetée.

– Quelles frimeuses ces langoustes ! Ce n'est pas du tout ce qu'elles m'avaient dit ! Bon, la fille de gauche c'est tout à fait ton genre, elle ressemble un peu à lady Casper, moi j'aborde celle de droite, ajouta Paul en s'éloignant.

*

– Tu as ta clé ? demanda Robert en fouillant ses poches, j'ai laissé la mienne au bureau.

Elle entra la première dans l'appartement. Elle avait envie de se rafraîchir et abandonna Robert au salon. Assis sur le canapé, il entendit aussitôt couler l'eau dans la douche.

Robert poussa doucement la porte de la chambre. Il jeta un à un ses vêtements sur le lit et avança à pas de loup jusqu'à la salle de bains. Le miroir était recouvert de buée. Il repoussa le rideau et entra dans la cabine.

– Tu veux que je te frotte le dos ?

Lauren ne répondit pas, elle se plaqua à la paroi carrelée. La sensation sur son ventre était douce. Robert posa ses mains sur sa nuque et massa ses épaules avant de l'enlacer beaucoup plus tendrement. Elle baissa la tête et s'abandonna à ses caresses.

*

Le maître d'hôtel les avait installés devant la baie vitrée. Onega riait du récit de Paul. L'adolescence partagée avec Arthur au pensionnat, les années de faculté, les premières heures du cabinet d'architecture qu'ils avaient fondé ensemble... L'histoire lui permettrait de divertir ses hôtes jusqu'à la fin du repas. Arthur, silencieux, avait le regard perdu vers l'océan. Lorsque le chef de rang présenta les gigantesques langoustes, Paul lui administra un coup de pied sous la table.

– Vous avez l'air ailleurs, chuchota Mathilde, sa voisine, pour ne pas interrompre Paul.

– Vous pouvez parler plus fort, il ne nous entendra pas ! Je suis désolé, c'est vrai, j'étais un peu absent, mais je viens de faire un long voyage et je connais cette histoire par cœur, j'y étais !

– Et votre ami la raconte chaque fois que vous invitez des femmes à dîner ? s'amusa Mathilde.

– À quelques variantes près et en enjolivant souvent mon rôle, oui, répondit Arthur.

Mathilde le détailla longuement.

– Quelqu'un vous manque n'est-ce pas ? C'est écrit en gros caractères dans vos yeux, dit-elle.

– Ce sont juste ces lieux un peu hantés qui font resurgir quelques souvenirs.

– Il m'aura fallu six longues semaines pour me remettre de ma dernière séparation. On dit que guérir d'une histoire prend la moitié du temps qu'elle a duré. Et puis on se réveille un matin, le poids du passé a disparu, comme par enchantement. Vous n'imaginez pas à quel point on se sent alors léger. En ce qui me concerne je suis libre comme l'air.

Arthur retourna la main de Mathilde comme pour en lire les lignes de la paume.

– Vous avez beaucoup de chance, dit-il.

– Et vous, depuis combien de temps dure cette convalescence ?

– Quelques années !

– Vous étiez restés si longtemps ensemble ? demanda la jeune femme d'une voix attendrie.

– Quatre mois !

Mathilde Berkane baissa les yeux et coupa sauvagement sa langouste.

*

Robert était allongé sur le lit, il s'étira pour prendre son jean.

– Qu'est-ce que tu cherches ? interrogea Lauren en se séchant les cheveux avec une serviette.

– Mon paquet !

– Tu n'as pas l'intention de fumer ici ?

– Chewing-gum ! dit Robert en montrant fièrement la petite boîte extraite de la poche de son pantalon.

– Tu veux bien les mettre dans du papier avant de les jeter, c'est vraiment dégoûtant pour les autres.

Elle enfila un pantalon et une chemise bleue au sigle du San Francisco Memorial Hospital.

– C'est drôle quand même, reprit Robert, les mains derrière la tête. Tu ne vois que des trucs horribles dans ton hôpital et mes chewing-gums te dégoûtent.

Lauren enfila sa blouse et ajusta le col devant le miroir. À l'idée de retrouver son travail et l'atmosphère des Urgences, sa bonne humeur revenait. Elle attrapa ses clés sur la desserte et quitta la chambre ; elle s'arrêta au milieu du salon et revint sur ses pas. Elle regarda Robert, allongé nu sur son lit.

– Ne fais pas ta tête d'épagneul, dans le fond, tu as juste besoin d'une femme à ton bras pour ton avant-première ce soir. Tu es vraiment centré sur toi... et moi je suis de garde !

Elle referma la porte de l'appartement et descendit vers le parking. Quelques minutes plus tard, elle repartait dans la nuit tiède au volant de sa Triumph. Les réverbères s'allumaient un à un sur Green Street, comme s'ils voulaient saluer son passage. L'idée la fit sourire.

3.

La vieille Ford grimpait la côte sous une lune rousse qui illuminait toute la baie de Monterey. Paul n'avait dit mot depuis qu'ils avaient raccompagné les deux jeunes femmes à leur petit hôtel. Arthur éteignit la radio et se rangea sur l'aire de stationnement qui bordait la falaise. Il coupa le moteur et appuya son menton sur ses mains, accrochées au volant en bakélite. L'ombre de la maison se détaillait en contrebas. Il baissa la vitre, laissant entrer dans l'habitacle le parfum de la menthe sauvage qui tapissait les collines.

– Pourquoi fais-tu cette tête ? demanda Arthur.

– Tu me prends pour un imbécile ?

Paul frappa le tableau de bord.

– Et cette voiture, tu comptes aussi t'en débarrasser ? Tu vas te délester de tous tes souvenirs ?

– De quoi tu parles ?

– Je viens de comprendre ton manège, « passons d'abord par le cimetière, et puis la plage et allons plutôt manger des langoustes... ». Tu croyais que de nuit je ne verrais pas le panneau à vendre sur la clôture ? Depuis quand as-tu pris cette décision ?

– Depuis quelques semaines, mais je n'ai pas encore eu d'offres sérieuses.

– Je t'ai dit de tourner la page sur une femme, pas de brûler la bibliothèque de ton passé. Si tu te sépares de la demeure de Lili, tu le regretteras. Un jour tu reviendras marcher le long de cette clôture, tu sonneras au portail, des inconnus te feront visiter ta propre maison, et quand ils te raccompagneront à la porte de ce qui a été ton enfance, tu te sentiras seul, très seul.

Arthur mit la Ford en route, le moteur ronronna aussitôt. Le portail vert de la propriété était ouvert, et le break s'arrêta bientôt sous les canisses qui remplaçaient la toiture du parking.

– Tu es plus têtu qu'un âne ! ronchonna Paul en sortant de la voiture.

– Tu en as fréquenté beaucoup ?

Le ciel était sans nuages. À la clarté de la lune Arthur devinait le paysage qui l'entourait. Ils empruntèrent le petit escalier de pierre qui bordait le chemin. À mi-course Arthur devina les restes de la roseraie sur sa droite. Le parc était à l'abandon mais une multitude de parfums mêlés réveillait à chaque pas une farandole de souvenirs olfactifs.

La maison endormie était telle qu'il l'avait laissée, au dernier matin partagé ici avec Lauren. La façade aux volets clos avait encore vieilli, mais sur le toit les tuiles étaient intactes.

Paul avança jusqu'au perron, grimpa les marches et appela Arthur depuis la véranda.

– Tu as les clés ?

– Elles sont à l'agence. Attends-moi là, j'ai un double à l'intérieur.

– Tu comptes passer à travers les murs pour aller les récupérer ?

Arthur ne répondit pas. Il se dirigea vers la fenêtre d'angle et retira sans hésitation une petite cale coincée sous le volet qui pivota sur ses gonds.

Puis il souleva le châssis à baïonnette de la fenêtre en le déboîtant légèrement et le fit coulisser sur ses cordeaux. Plus rien ne l'empêchait de se glisser à l'intérieur de la maison.

Le petit bureau était plongé dans l'obscurité, Arthur n'avait aucun besoin de lumière pour s'y diriger. Sa mémoire d'enfant était intacte et il en connaissait chaque recoin. Évitant de se retourner de peur de voir le lit, il s'approcha du placard, ouvrit la porte et s'agenouilla. Il lui suffisait de tendre le bras pour sentir sous sa main le cuir de la petite valise noire qui renfermait toujours les secrets de Lili. Il fit riper les deux loquets et repoussa lentement le rabat. L'essence de deux parfums que Lili mélangeait dans un grand carafon de cristal jaune au cabochon en argent dépoli s'en échappait encore. Mais ce n'était plus le seul souvenir de sa mère qui venait de submerger son cœur.

Arthur prit la longue clé qui se trouvait là où il l'avait laissée, le jour où il avait refermé cette demeure pour la dernière fois. C'était juste après le départ d'un inspecteur de police qui avait ramené Lauren vers la chambre d'hôpital d'où Arthur et Paul l'avaient enlevée pour la sauver d'une mort programmée.

Arthur sortit du petit bureau. Une fois dans le couloir, il alluma la lumière. Le parquet craquait sous ses pas, il introduisit la clé dans la serrure et la fit tourner à l'envers. Paul entra dans la maison.

– Tu te rends compte ? Magnum et Mac Gyver dans la même maison !

Dès qu'ils furent dans la cuisine, Arthur ouvrit le robinet de la bouteille de gaz, sous l'évier, et alla s'asseoir à la grande table en bois. Penché sur la gazinière, Paul surveillait la cafetière italienne qui frémissait sur le brûleur. L'arôme suave se dispersait déjà dans la pièce. Paul attrapa deux bols sur l'étagère en bois brun et vint s'asseoir en face de son ami.

– Garde ces murs et sors cette femme de ton crâne, elle y a fait suffisamment de dégâts comme ça.

– On ne va pas recommencer cette conversation ?

– Ce n'est pas moi qui fais une tête d'enterrement quand on dîne avec deux créatures de rêve, reprit Paul en servant le liquide brûlant.

– Tes rêves, pas les miens !

Paul s'insurgea.

– Il est temps de remettre un peu d'ordre dans ta vie. Tu as un nouvel appartement, un métier qui te passionne, un associé génial et les filles que je drague me regardent en croisant les doigts pour que ce soit toi qui les rappelles.

– Tu parles de celle qui te dévorait des yeux ?

– Je ne parle pas d'Onega mais de l'autre ! Il est temps que tu t'amuses !

– Mais je m'amuse, Paul, peut-être pas comme toi, mais je m'amuse. Lauren n'est plus dans ma vie, mais elle fait partie de moi. Et puis je te l'ai déjà dit, je ne m'interdis pas de vivre. C'était notre première soirée depuis mon retour et nous n'avons pas dîné seuls à ce que je sache.

Paul faisait tourner sans fin sa petite cuillère dans sa tasse.

– Tu ne prends pas de sucre dans ton café... souffla Arthur en posant sa main sur celle de son ami.

Au milieu de la nuit claire, dans l'intimité de la cuisine d'une vieille maison au bord de l'océan, deux complices se regardaient en silence.

– Dès que je repense à cette histoire absurde que

44

nous avons vécue, j'ai envie de te mettre des gifles pour te réveiller une bonne fois pour toutes, dit Paul. Et si tu avais la folie d'essayer de la revoir, qu'est-ce que tu lui dirais ? Quand tu m'as raconté ce que tu vivais, je t'ai fait passer un scanner... et je suis ton meilleur ami ! Elle, elle est médecin, si tu lui avais dit la vérité, tu crois qu'elle t'aurait passé la camisole avec ou sans la cagoule d'Hannibal Lecter ? Tu as fait ce que tu devais faire, et je t'admire pour ça. Tu as eu le courage de la protéger jusqu'au bout.

– Je crois qu'il vaut mieux que j'aille me coucher, je suis fatigué, dit Arthur en se levant.

Il s'éloignait déjà dans le couloir quand Paul le rappela, Arthur repassa la tête par la porte.

– Je suis ton ami, tu le sais ? dit Paul.

– Oui !

Arthur sortit par la porte arrière et contourna la maison. Il effleura l'armature rouillée de la balancelle et regarda tout autour de lui. Les lattes du plancher de la véranda étaient disjointes, celles de la façade écaillées par les brûlures d'été et les embruns salés d'hiver et le jardin en friche avait triste mine. Arthur frissonna au vent qui venait de se lever. Il prit dans son veston l'enveloppe d'une lettre qu'il avait commencée à Paris, sur un banc, place de Fürstenberg, il en écrivit la dernière page et la rangea dans sa poche.

*

Les brumes du Pacifique étiraient leur voile de nuit jusqu'à la ville. Au comptoir désert du Parisian Coffee qui faisait face à l'entrée des Urgences, Lauren lisait le menu du jour.

– Qu'est-ce que vous pouvez encore bien faire à

cette heure de la nuit, seule à mon bar ? demanda le patron en lui servant un soda.

– Une pause, par exemple ?

– La soirée a été chargée à en croire le ballet des ambulances ! reprit-il en essuyant ses verres. C'est bien de sauver la terre entière, mais vous avez déjà pensé à avoir une vie ?

Lauren se pencha vers lui comme pour lui faire une confidence.

– Rassurez-moi, je suis l'objet de toutes les conversations ou est-ce que Fernstein est venu dîner ici ce soir ?

– Il est assis là-bas, avoua le restaurateur en désignant le fond de la salle.

Lauren abandonna son tabouret et alla rejoindre le professeur dans le box qu'il occupait.

– Si vous continuez à faire cette tête, je retourne dîner seule au comptoir, dit Lauren en posant son verre sur la table.

– Asseyez-vous au lieu de dire des bêtises.

– Vos remontrances devant mon patient hier n'étaient pas indispensables. Par moments vous me traitez comme si j'étais votre petite fille.

– Vous êtes plus que ça, vous êtes ma créature ! Après votre accident j'ai tout recousu...

– Merci de m'avoir enlevé les boulons de chaque côté du crâne, professeur.

– J'ai mieux réussi mon coup que Frankenstein, sauf pour le caractère peut-être. Partageriez-vous une assiette de crêpes avec un vieux toubib et beaucoup de sirop d'érable ?

– Dans cet ordre, oui.

– Combien avons-nous traité de patients cette nuit ? demanda Fernstein en poussant son assiette vers elle.

– Une petite centaine, répondit-elle en se servant

une portion généreuse de pancakes. Et vous, qu'est-ce que vous faites encore ici, vous n'avez quand même pas besoin de cumuler les gardes pour arrondir vos fins de mois ?

– Joli score pour un samedi, consentit Fernstein, la bouche pleine.

Derrière la vitrine d'un bistrot sans âge, un vieux professeur de médecine et son élève dînaient, complices, goûtant tous deux l'instant de répit que leur offrait la fin de la nuit.

Sur le trottoir d'en face, le service des Urgences ignorerait leur absence pour quelques heures encore. La lumière d'un lampadaire qui vacillait dans la rue déserte s'éteignit. Le petit matin au ciel pâle venait de se lever.

*

Arthur s'était assoupi sur la balancelle. Le jour naissant enveloppait les lieux de douceur. Il ouvrit les yeux et regarda la maison qui semblait dormir, paisible. En contrebas l'océan léchait le sable, achevant son ouvrage de la nuit. La plage avait retrouvé son habit lisse, immaculé. Il se releva et inspira profondément l'odeur du matin frais. Il se précipita vers le perron, traversa le couloir pour gravir à toute hâte l'escalier. À l'étage, Arthur tambourina à la porte et entra essoufflé dans la chambre de Paul.

– Tu dors ?

Paul sursauta et se redressa d'un bond dans son lit. Il chercha tout autour de lui et aperçut Arthur dans l'entrebâillement de la porte.

– Tu vas aller te recoucher, maintenant ! Tu vas oublier que j'existe jusqu'à ce que la petite aiguille de ce réveil atteigne un chiffre décent, disons onze heures. Alors, et seulement alors, tu me reposeras ta question stupide.

Paul se retourna et sa tête disparut sous le gros oreiller. Arthur quitta la chambre, il fit demi-tour au milieu du couloir et revint sur ses pas.

– Tu veux que j'aille chercher une baguette pour le petit déjeuner ?

– Dehors ! hurla Paul.

*

Lauren actionna la télécommande de la porte de son garage et coupa le contact aussitôt la voiture garée. Kali détestait la Triumph et aboyait aux premières pétarades du moteur. Passant par le corridor intérieur, elle gravit quatre à quatre les marches de l'escalier principal et entra dans son appartement. Les chiffres de la pendulette posée sur la cheminée marquaient la demie de six heures du matin. Kali abandonna le canapé pour venir fêter sa maîtresse, Lauren la prit dans ses bras. Après ce câlin, la chienne s'en alla reprendre le cours de sa nuit sur le tapis de coco au milieu du salon et Lauren se rendit derrière le comptoir pour infuser une tisane. Un petit mot de sa mère, fixé à la porte du réfrigérateur par une grenouille aimantée, l'informait que Kali avait dîné et fait sa promenade. Elle enfila une chemise de pyjama bien trop grande pour elle et alla se blottir sous sa couette. Elle s'endormit aussitôt.

4.

Paul descendit l'escalier, son bagage à la main. Il prit celui d'Arthur dans le couloir et l'informa qu'il l'attendait dehors. Il alla s'installer dans la Ford à la place du passager, regarda autour de lui et se mit à siffloter. Il enjamba discrètement le levier de vitesses et se faufila derrière le volant.

Arthur referma la porte d'entrée depuis l'intérieur. Il entra dans le bureau de Lili, ouvrit le placard et regarda la valise en cuir noir qui reposait sur l'étagère. Il effleura du doigt les fermetures en cuivre et déposa l'enveloppe cachée dans sa poche avant de remettre la clé en place.

Il sortit par la fenêtre. En remettant la cale qui coinçait la persienne, il entendit sa mère qui pestait chaque fois qu'ils partaient tous deux faire des courses en ville, parce qu'Antoine n'avait toujours pas réparé ce fichu volet. Et il revit Lili dans le jardin, haussant les épaules et disant qu'après tout les maisons aussi avaient le droit d'avoir des rides. Ce petit bout de bois contre la pierre témoignait d'un temps qui ne serait jamais tout à fait révolu.

– Pousse-toi ! dit-il à Paul en ouvrant la portière.

Il entra dans la voiture et fronça le nez.

– Il y a une odeur bizarre, non ?

Arthur démarra. Un peu plus haut dans le chemin, la vitre de Paul se baissa. Sa main apparut, tenant du bout des doigts un sac en plastique au sigle d'une boucherie qu'il abandonna dans une poubelle à la sortie du domaine. Ils étaient partis bien avant l'heure du déjeuner et éviteraient ainsi les embouteillages des retours de week-end. En début d'après-midi, ils seraient à San Francisco.

*

Lauren étira ses bras vers le plafond. Elle abandonna son lit et sa chambre à regret. Comme à l'accoutumée, elle commença par préparer le repas de sa chienne dans la lourde gamelle en terre cuite et composa ensuite son propre plateau. Elle alla s'asseoir dans l'alcôve du salon où le soleil du matin entrait par la fenêtre. De là, elle pouvait admirer le Golden Gate, tendu comme un trait d'union entre les deux rives de la baie, les petites maisons accrochées sur les collines de Sausalito et même Tiburon et son petit port de pêche. Seules les cornes de brume des grands cargos en partance, mêlées aux cris des mouettes, venaient rythmer la langueur de ce dimanche matin.

Après avoir dévoré une bonne partie de son copieux petit déjeuner, elle déposa le plateau dans l'évier et se rendit dans sa salle de bains. Le puissant jet d'eau de la douche, qui n'effacerait jamais les cicatrices sur sa peau, acheva de la réveiller.

– Kali, arrête de tourner en rond comme ça, je vais t'emmener te promener.

Lauren enroula une serviette autour de sa taille, laissant libres ses seins nus. Elle renonça à tout maquillage, ouvrit le placard, enfila un jean et un polo, enleva le polo, passa une chemise, enleva la chemise et remit le polo. Elle regarda sa montre, sa mère ne la rejoindrait à la Marina que dans une heure et Kali s'était rendormie sur le canapé écru. Alors Lauren s'assit à côté de sa chienne, attrapa un épais manuel de neurochirurgie au milieu des dossiers éparpillés sur la table basse et plongea dans sa lecture en mâchonnant son crayon.

*

La Ford se rangea devant le 27 Cervantes Boulevard. Paul prit son sac sur la banquette arrière et descendit de la voiture.

– Tu veux aller au cinéma ce soir ? dit-il en se penchant à la portière d'Arthur.

– Impossible, j'ai promis ma soirée à quelqu'un.

– Quelqu'un ou quelqu'une ? s'exclama Paul, radieux.

– Plateau télé en tête à tête !

– Mais en voilà une bonne nouvelle, et avec qui sans être indiscret ?

– Tu l'es !

– Quoi ?

– Indiscret !

La voiture s'éloigna dans Fillmore Street. À l'intersection d'Union Street, Arthur marqua l'arrêt pour laisser passer un camion qui avait atteint le stop avant lui. Un cabriolet Triumph caché derrière la remorque en profita pour se faufiler sans marquer l'arrêt, la voiture verte descendait vers la Marina. Un chien ceinturé sur la place du passager aboyait à tue-tête. Le camion traversa le carrefour et la Ford grimpa la colline de Pacific Heights.

*

Les mouvements saccadés de sa queue témoignaient que Kali était heureuse. Elle reniflait le gazon avec beaucoup de sérieux, cherchant quel animal avait bien pu fouler l'herbe avant elle. De temps à autre, elle relevait la tête et courait rejoindre sa famille. Après avoir tracé quelques lacets entre les jambes de Lauren et de Mme Kline, elle s'en allait ouvrir la route et inspecter un autre lopin de terre ; lorsqu'elle témoignait d'un peu trop d'affection à des couples de promeneurs, ou à leurs enfants, la mère de Lauren la rappelait à l'ordre.

– Tu as vu comme ses hanches lui font mal, dit Lauren en regardant Kali s'éloigner.

– Elle vieillit ! Nous aussi d'ailleurs, si tu ne t'en rends pas compte.

– Tu es de merveilleuse humeur, tu as perdu ton tournoi de bridge ?

– Tu plaisantes, j'ai battu toutes ces vieilles filles ! Je me fais juste du souci pour toi.

– Eh bien, c'est inutile, je vais bien, je fais un métier que j'aime, je n'ai presque plus de migraines et je suis heureuse.

– Oui, tu as raison, je devrais voir les choses du bon côté, c'est une belle semaine, tu as réussi à prendre deux heures pour t'occuper de toi, c'est bien !

Lauren désigna un homme et une femme qui marchaient devant elles sur la jetée du petit port.

– Il était un peu comme ça ? demanda-t-elle à sa mère.

– Qui ?

– Je ne sais pas pourquoi, mais je repense à nouveau à lui depuis hier. Et arrête d'esquiver cette conversation chaque fois que j'aborde ce sujet.

Mme Kline soupira.

– Je n'ai rien à te dire, ma chérie. Je ne sais pas

qui était ce type qui venait te voir à l'hôpital. Il était gentil, très poli, sans doute un patient qui s'ennuyait, heureux d'être là.

– Les patients ne se promènent pas dans les couloirs de l'hôpital habillés d'une veste en tweed. Et puis j'ai contrôlé la liste de tous les gens hospitalisés dans cette aile du bâtiment à cette période, aucun ne lui correspondait.

– Tu es allée vérifier une chose pareille ? Ce que tu peux être têtue ! Qu'est-ce que tu cherches exactement ?

– Ce que tu me caches en me prenant pour une idiote. Je veux savoir qui il était, pourquoi il était là tous les jours.

– À quoi bon ! C'est du passé tout ça.

Lauren appela Kali qui s'éloignait un peu trop. La chienne fit demi-tour et regarda sa maîtresse avant de revenir en courant vers elle.

– Quand je suis sortie du coma, il était là ; la première fois que j'ai pu faire bouger ma main, il l'a prise dans la sienne pour me rassurer ; au moindre sursaut au milieu de la nuit il était encore là... Un matin, il m'a promis de me raconter une histoire incroyable et il a disparu.

– Cet homme est un prétexte pour ignorer ta vie de femme et ne penser qu'à ton travail. Tu as fait de lui une sorte de prince charmant. C'est facile d'aimer quelqu'un que l'on ne peut pas atteindre, on ne prend aucun risque.

– C'est pourtant bien ce que tu as réussi à faire pendant vingt ans de vie à côté de papa.

– Si tu n'étais pas ma fille, je t'aurais donné une gifle et tu ne l'aurais pas volée.

– Tu es étrange, maman. Jamais tu n'as douté que je trouve la force de me sortir toute seule de mon coma, alors pourquoi me fais-tu aussi peu confiance maintenant que je suis en vie ? Et si pour une fois je cessais d'écouter mon bon sens et ma logique, pour entendre cette petite voix qui me parle au fond de moi ? Pourquoi mon cœur s'emporte-t-il chaque fois que je crois le reconnaître ? Ça ne vaut pas la peine de se poser la question ? Je suis désolée que papa ait disparu, désolée qu'il t'ait trompée, mais ce n'est pas une maladie héréditaire. Tous les hommes ne sont pas mon père !

Mme Kline rit aux éclats. Elle posa la main sur l'épaule de sa fille et la toisa.

– Tu veux me donner des leçons, toi qui n'as jamais fréquenté que de braves garçons qui te regardent comme la Vierge Marie, un miracle dans leur propre vie ! C'est rassurant n'est-ce pas de savoir l'autre incapable de te quitter, quoi que tu fasses ? Moi au moins j'ai aimé !

– Si tu n'étais pas ma mère c'est moi qui te giflerais maintenant.

Mme Kline poursuivit sa marche. Elle ouvrit son sac, en sortit un paquet de bonbons et en offrit un à sa fille qui le refusa.

– La seule chose qui me touche dans ce que tu dis, c'est de constater qu'en dépit de la vie que tu mènes brille encore en toi une toute petite étincelle de romantisme, ce qui me désole c'est que tu la gâches avec une telle naïveté. Attendre quoi ? Si ce type était vraiment l'homme de ta vie, il serait venu te chercher, ma pauvre fille ! Personne ne l'a chassé, il a disparu tout seul. Alors arrête d'en vouloir à la terre entière et plus particulièrement à ta mère comme si c'était moi la fautive.

– Il avait peut-être ses raisons ?

– Comme une autre femme ou des enfants par exemple ? reprit Mme Kline d'une voix sournoise.

On aurait pu croire que Kali en avait assez de la tension qui régnait entre la mère et la fille. Elle ramassa un bâton, le posa au pied de Lauren et aboya avec insistance. Lauren saisit le jouet improvisé et le lança au loin.

– Tu n'as rien perdu de ton savoir-faire pour rendre coup pour coup. Je ne vais pas m'attarder, je dois relire un dossier pour demain, dit Lauren.

– Tu as des devoirs le dimanche, à ton âge ? Je me demande quand tu seras lassée de ta course à la réussite ! Peut-être t'ennuies-tu à mourir avec ton petit ami mais, suis-je bête, tu ne t'ennuies jamais puisque justement le dimanche tu dors ou tu fais tes devoirs !

Lauren se campa devant sa mère avec une irrésistible envie de l'étrangler.

– L'homme de ma vie sera fier que j'aime mon métier et il ne comptera pas mes heures !

La colère froide faisait saillir de petites veines sous ses tempes.

– Demain matin, nous allons essayer d'enlever une tumeur dans le cerveau d'une petite fille, reprit Lauren. Dit comme ça, ça a peut-être l'air d'un truc de rien du tout mais imagine-toi que cette tumeur la rend aveugle. Alors à la veille de l'intervention j'hésitais entre aller voir un bon film et rouler des pelles à Robert en bouffant du pop-corn ou bien réviser à fond la procédure pour demain !

Lauren siffla sa chienne. Elle quitta la promenade qui longeait le port de plaisance et se dirigea vers le parking.

La chienne prit sa place sur le siège avant droit, Lauren boucla la ceinture de sécurité à son harnais et la Triumph quitta Marina Boulevard dans un concert d'aboiements. Elle bifurqua dans Cervantes et remonta Fillmore. Au croisement de Greenwich,

Lauren ralentit, hésitant à s'arrêter pour louer un film. Elle rêvait de revoir Cary Grant et Deborah Kerr dans *Elle et lui*, et puis repensant à sa matinée du lendemain, elle enclencha la seconde et accéléra en passant devant une vieille Ford 1961 qui était garée devant le vidéoclub.

*

Arthur étudiait un à un les titres de la section « Arts martiaux ».

– Je voudrais faire une surprise à une amie ce soir, que pourriez-vous me conseiller ? demanda-t-il à l'employé.

Le vendeur disparut derrière son comptoir pour en ressortir triomphant avec un petit carton dans les bras. Il ouvrit l'emballage d'un trait de cutter et présenta un film à Arthur.

– *La Fureur du dragon* en édition collector ! Il y a trois scènes de combats inédites ! Il est arrivé hier, avec celui-là vous allez la rendre dingue !

– Vous croyez ?

– Bruce Lee est une valeur sûre, elle est forcément groupie !

Le visage d'Arthur s'éclaira.

– Je le prends !

– Votre amie n'aurait pas une sœur, par hasard ?

Il quitta le vidéoclub, ravi. La soirée s'annonçait bien. En chemin, il fit une courte halte chez le traiteur, choisit entrées et plats, plus appétissants les uns que les autres, et rentra chez lui le cœur léger. Il gara la Ford devant le petit immeuble au croisement de Pacific et de Fillmore.

Aussitôt la porte de son appartement refermée, il posa le paquet de ses courses sur le comptoir de la cuisine, alluma la chaîne stéréo, inséra un disque de Frank Sinatra et se frotta les mains.

La pièce baignait dans la lumière rouge de ce soir d'été. Chantant à tue-tête l'air de *Strangers in the Night*, Arthur dressait un élégant couvert pour deux sur la table basse du salon. Il déboucha une bouteille de merlot 1999, réchauffa le gratin de lasagnes et disposa les assortiments d'entrées italiennes dans deux assiettes en porcelaine blanche. Enfin prêt, il traversa le living-room, sortit sur le palier en laissant la porte de son appartement entrouverte et traversa le couloir. Il tambourina à la porte et entendit se rapprocher les pas légers de sa voisine.

– Je suis sourde mais pas à ce point-là ! dit la vieille dame en l'accueillant avec un grand sourire.

– Vous n'aviez pas oublié notre soirée ? demanda Arthur.

– Tu plaisantes !

– Vous n'emmenez pas votre chien ?

– Pablo dort à poings fermés, il est aussi vieux que moi, tu sais.

– Vous n'êtes pas si vieille, Miss Morrison.

– Si, si, crois-moi ! dit-elle en l'entraînant par le bras dans le couloir.

Arthur installa confortablement Miss Morrison et lui servit un verre de vin.

– J'ai une surprise pour vous ! dit-il en présentant la pochette du film. Le délicieux visage de Miss Morrison s'illumina.

– La scène de combat sur le port est un morceau d'anthologie !

– Vous l'avez déjà vu ?

– Un certain nombre de fois !

– Et vous n'en êtes pas lassée ?

– Tu as déjà vu Bruce Lee torse nu ?

Kali se leva d'un bond, elle attrapa sa laisse dans la gueule et commença à tourner en rond dans le salon en remuant la queue.

Lauren était lovée sur le canapé, en peignoir et grosses chaussettes de laine. Elle abandonna sa lecture pour suivre d'un regard amusé Kali qui faisait les « cent pattes », referma le traité de neurochirurgie et embrassa tendrement la tête de sa chienne. « Je m'habille et on y va. »

Quelques minutes plus tard Kali gambadait dans Green Street ; un peu plus loin, sur le trottoir de Fillmore, un jeune peuplier avait l'air de sentir drôlement bon, Kali y entraîna sa maîtresse. Lauren était songeuse, le vent du soir la fit frissonner.

L'intervention du lendemain l'inquiétait, elle pressentait que Fernstein la mettrait aux commandes. Depuis qu'il avait décidé de prendre sa retraite à la fin de l'année, le vieux professeur la sollicitait de plus en plus, comme s'il cherchait à accélérer sa formation. Tout à l'heure en rentrant, à la lumière de sa lampe de chevet, elle relirait ses notes, encore et encore.

*

Miss Morrison était ravie de sa soirée. Dans la cuisine, elle essuyait les assiettes qu'Arthur lavait.

– Je peux te poser une question ?

– Toutes celles que vous voulez.

– Tu n'aimes pas le karaté, et ne me dis pas qu'un jeune homme comme toi n'a trouvé qu'une vieille femme de quatre-vingts ans pour partager son dimanche soir.

– Il n'y avait pas de question dans ce que vous venez de dire, Miss Morrison.

La vieille dame posa sa main sur celle d'Arthur et fit la moue.

– Oh si, il y avait une question ! Elle était induite et tu l'as très bien comprise. Et puis arrête avec ton Miss Morrison, appelle-moi Rose !

– J'aime passer ce dimanche soir en votre compagnie pour répondre à votre question induite.

– Toi, mon grand, tu as la tête de quelqu'un qui se cache à l'abri de la solitude !

Arthur dévisagea Miss Morrison.

– Voulez-vous que je promène votre chien ?

– C'est une menace ou une question ? reprit Rose.

– Les deux !

Miss Morrison alla réveiller Pablo et lui passa son collier.

– Pourquoi l'avez-vous appelé ainsi ? demanda Arthur sur le pas de la porte.

La vieille dame se pencha à son oreille pour lui confier que c'était le prénom du plus mémorable de ses amants.

– ... J'avais trente-huit ans, lui cinq de moins ou dix peut-être ? À mon âge la mémoire fait défaut, quand ça nous arrange. L'original était un sublime Cubain. Il dansait comme un dieu et il était bien plus éveillé que ce jack russell, crois-moi sur parole !

– Je vous crois volontiers, dit Arthur, en tirant sur la laisse du petit chien qui freinait de toutes ses pattes dans le couloir.

– Ah, La Havane ! soupira Miss Morrison en refermant sa porte.

Arthur et Pablo descendaient Fillmore Street. Le chien s'arrêta au pied d'un peuplier. Pour une raison qui échappait totalement à Arthur, l'arbre éveillait soudain chez l'animal un vif intérêt. Arthur mit ses mains dans ses poches et s'adossa au muret, laissant Pablo profiter de ce rare moment d'éveil. Son téléphone portable vibra dans sa poche, il décrocha.

– Tu passes une bonne soirée ? demanda Paul.

– Excellente.

– Et là, qu'est-ce que tu fais ?

– À ton avis, Paul, combien de temps un chien peut-il rester à renifler le pied d'un arbre ?

– Je vais raccrocher, dit Paul perplexe, je vais vite aller me coucher avant que tu me poses une autre question !

*

À deux blocs de là, au deuxième étage d'une petite maison victorienne perchée sur Green Street, la lumière de la chambre d'une jeune neurochirurgienne s'éteignit.

5.

Le réveil posé sur la table de nuit tirait Lauren d'un sommeil si profond qu'il lui était douloureux d'ouvrir les yeux. La fatigue accumulée au long de l'année la plongeait certains matins dans l'humeur grise des premières heures du jour. Il n'était pas encore sept heures quand elle gara sa Triumph sur le parking de l'hôpital. Dix minutes plus tard, vêtue de sa blouse, elle abandonnait le rez-de-chaussée des Urgences et se rendit chambre 307. Le petit singe reposait sous le cou protecteur d'une girafe. Un peu plus loin, un ours blanc veillait sur eux. Les animaux de Marcia dormaient encore sur le rebord de la fenêtre. Lauren regarda les dessins accrochés au mur, habiles pour une enfant qui depuis quelques mois ne voyait que de mémoire.

Lauren s'assit sur le lit et caressa le front de Marcia, qui s'éveilla.

– Coucou, dit Lauren, c'est le grand jour.

– Pas encore, répondit Marcia en ouvrant les paupières. Pour l'instant c'est encore la nuit.

– Plus pour longtemps, ma chérie, plus pour longtemps. On va venir te chercher très bientôt pour te préparer.

– Tu restes avec moi ? demanda Marcia, inquiète.

– Je dois aller me préparer aussi, je te retrouverai à l'entrée du bloc.

– C'est toi qui vas m'opérer ?

– J'assiste le professeur Fernstein, celui qui a la voix très grave comme tu dis.

– Tu as peur ? questionna la petite fille.

– Tu m'as prise de vitesse, c'est moi qui voulais te poser la question.

L'enfant dit qu'elle n'avait pas peur, puisqu'elle avait confiance.

– Je monte et je te retrouve très bientôt.

– Ce soir j'aurai gagné mon pari.

– Qu'as-tu parié ?

– J'ai deviné la couleur de tes yeux, je l'ai écrite sur un papier, il est plié dans le tiroir de ma table de nuit, nous l'ouvrirons toutes les deux après l'opération.

– Je te le promets, dit Lauren en partant.

Marcia se pencha, ignorant totalement la présence de Lauren qui s'était retournée sur le pas de la porte pour la regarder, silencieuse. L'enfant glissa sous son lit.

– Je sais bien que tu t'es caché quelque part, mais tu n'as aucune raison d'avoir peur, dit la petite fille.

Sa main tâtait le sol, à la recherche d'une peluche. Ses doigts effleurèrent la fourrure du hibou, elle l'installa face à elle.

– Tu dois sortir d'ici, tu n'as aucune raison d'avoir peur de la lumière, dit-elle. Si tu me fais confiance je te montrerai les couleurs ; tu as confiance en moi, n'est-ce pas ? Maintenant c'est chacun son tour, tu crois que je n'avais pas peur du noir, moi ? Tu sais, c'est difficile de te décrire le jour, c'est juste beau. Je préfère le vert, mais j'aime bien le rouge aussi, les couleurs ont des odeurs, c'est comme cela qu'on les reconnaît, attends, ne bouge pas, je vais te montrer.

La petite fille sortit de son abri et se dirigea du mieux qu'elle le pouvait vers sa table de nuit. Elle prit une coupelle et un verre qu'elle avait cachés là. Une fois réinstallée sous le sommier, elle présenta fièrement une fraise à son hibou et dit d'une voix déterminée « voilà le rouge » « et puis ça c'est le vert », dit-elle en avançant le verre de menthe. « Tu vois, comme les couleurs sentent bon ! Si tu veux, tu peux goûter, moi je n'ai pas le droit, c'est à cause de l'opération, je dois avoir le ventre vide. »

Lauren avança vers le lit.

– À qui parles-tu ? demanda-t-elle à Marcia.

– Je savais que tu étais là. Je parle à un ami, mais je ne peux pas te le montrer, il se cache tout le temps parce qu'il a peur de la lumière et qu'il a peur des gens aussi.

– Comment s'appelle-t-il ?

– Emilio ! Mais toi tu ne peux pas entendre ce qu'il dit.

– Pourquoi ?

– Tu ne peux pas comprendre.

Lauren s'agenouilla.

– Je peux venir sous le lit avec toi ?

– Si tu n'as pas peur du noir.

La petite fille s'écarta et laissa Lauren se faufiler sous le sommier.

– Je peux l'emmener avec moi là-haut ?

– Non, c'est un vieux règlement idiot, les animaux ne sont pas admis dans les salles d'opération, mais ne t'inquiète pas, un jour tout cela changera.

*

La journée s'annonçait radieuse. Arthur avait préféré marcher jusqu'à son cabinet d'architecture sur Jackson Street. Paul l'attendait dans la rue.

– Alors ? lui demanda Paul dont le visage hilare venait d'apparaître dans l'entrebâillement de la porte.

– Alors quoi ? interrogea Arthur en appuyant sur le bouton de la machine à café.

– Combien de temps pour le chien ?

– Vingt minutes !

– J'envie tes soirées, mon vieux ! J'ai eu nos deux amies de Carmel au téléphone, elles sont rentrées et assez partantes pour un dîner à quatre ce soir, amène le toutou si tu as peur de t'ennuyer.

Paul tapota sur le cadran de sa montre, il était temps de partir. Tous deux avaient rendez-vous chez un important client de leur étude.

*

Lauren entra dans le sas de stérilisation. Bras tendus, elle enfila la blouse que lui présentait une infirmière. Une fois passées les manches, elle noua les cordons dans son dos et avança vers la vasque en acier. Le trac au ventre, la jeune neurochirurgienne commença le nettoyage minutieux de ses mains. Après les avoir séchées, l'infirmière lui saupoudra les paumes de talc et ouvrit une paire de gants stériles que Lauren passa aussitôt. Le calot bleu pâle posé sur sa tête, le masque sur sa bouche, elle inspira à fond et entra dans la salle d'opération.

Assis derrière son pupitre, Adam Peterson, spécialiste en neuro-imagerie fonctionnelle, contrôlait le bon fonctionnement du système d'échographie préopératoire. Les clichés IRM du cerveau de Marcia étaient déjà dans la machine. En comparant ces images à celles qui seraient acquises en temps réel par l'échographe, l'ordinateur pourrait établir avec précision la portion de la tumeur enlevée au cours de l'opération.

*

Au fil du processus, le système d'imagerie renseigné par Adam délivrerait de nouvelles images, révisées, du cerveau de la petite fille. Le professeur Fernstein entra quelques minutes plus tard, accompagné de son confrère, le docteur Richard Lalonde, qui avait fait le déplacement depuis Montréal.

Le docteur Lalonde salua l'équipe, s'installa derrière l'appareil de neuronavigation et en saisit les deux poignées. Manipulés savamment par le chirurgien, les bras mécaniques couplés à l'ordinateur principal trancheraient au millimètre près la masse tumorale. Tout au long de l'intervention, la précision de l'acte chirurgical serait critique. Une infime déviation de trajectoire pouvait priver Marcia de la parole ou de la capacité de marcher, et, à l'inverse, un excès de prudence rendrait l'opération vaine. Silencieuse et concentrée, Lauren revoyait dans sa tête chaque détail de la procédure qui ne tarderait pas à débuter et pour laquelle elle se préparait sans relâche depuis plusieurs semaines.

Apprêtée dans une salle voisine, Marcia arriva enfin au bloc, allongée sur un lit civière. Les infirmières l'installèrent avec beaucoup d'attention sur la table d'opération. La poche de perfusion reliée à son bras fut suspendue à la perche.

Norma, la doyenne des infirmières de l'hôpital, raconta à Marcia qu'elle venait d'adopter un bébé panda.

– Et vous l'avez ramené comment ? Vous avez eu le droit ? demanda Marcia.

– Non, répondit Norma en riant, il va rester chez lui, en Chine, mais c'est nous qui donnons de quoi le soigner jusqu'à ce qu'il puisse être sevré.

Norma ajouta qu'elle n'avait pas réussi à trouver un prénom à l'animal ; quel nom fallait-il donner à un panda ?

Pendant que la petite fille réfléchissait à la question, Norma relia les pastilles collées sur son thorax à l'électrocardiographe et le médecin anesthésiste piqua une minuscule aiguille à son index. Cette sonde lui permettrait de contrôler en temps réel la saturation des gaz sanguins de sa patiente. Il fit une injection dans la poche de perfusion et assura à Marcia qu'elle pourrait réfléchir au nom du panda après l'opération, il fallait maintenant compter avec lui jusqu'à dix. L'anesthésique descendit le long du cathéter et pénétra dans la veine. Marcia s'endormit entre les chiffres deux et trois. Le réanimateur vérifia aussitôt les constantes vitales sur les différents moniteurs. Norma referma le cerclage sur le front de Marcia afin de prévenir tout mouvement de sa tête.

Tel le chef d'un orchestre savant, le professeur Fernstein fit un tour d'horizon de son équipe. Depuis son poste, chaque intervenant répondit qu'il était prêt. Fernstein donna le signal au docteur Lalonde et ce dernier appuya alors sur les poignées de l'appareil de neuronavigation, sous le regard attentif de Lauren.

L'incision initiale fut pratiquée à 9 h 27, un voyage de douze heures dans les régions les plus profondes du cerveau d'une enfant venait de débuter.

*

66

Le projet présenté par Paul et Arthur semblait plaire à leurs clients. Les directeurs du consortium qui les faisaient concourir pour la réalisation d'un nouveau siège social étaient réunis autour de l'immense table en acajou de la salle du conseil. Après qu'Arthur eut détaillé toute la matinée les perspectives du futur hall d'entrée, celles des espaces de réunion et des parties communes, Paul prit la relève à midi. Il commentait dessins et tableaux projetés sur un écran derrière son dos. Lorsque la pendule accrochée au mur de la salle indiqua seize heures, le président de séance remercia les deux architectes pour le travail qu'ils avaient accompli. Les membres du directoire se réuniraient d'ici à la fin de la semaine pour décider lequel des deux projets finalistes remporterait le marché.

Arthur et Paul se levèrent et saluèrent leurs hôtes avant de prendre congé. Dans l'ascenseur, Paul bâilla longuement.

– Je crois qu'on s'en est bien tiré, non ?

– Probablement, répondit Arthur à voix basse.

– Quelque chose te tracasse ? questionna son ami.

– Tu crois qu'ils vendent des laisses extensibles chez Macy's ?

Paul leva bras et yeux au ciel. La sonnette retentit et les portes de la cabine s'ouvrirent au troisième sous-sol du parking.

Avant de prendre place derrière le volant, Paul fit quelques flexions.

– Je suis vidé, dit-il. Des journées comme ça sont trop crevantes.

Arthur entra dans la voiture sans faire de commentaire.

*

Le rythme cardiaque de Marcia était stable. Fernstein demanda l'augmentation progressive de l'anesthésie. Une deuxième série d'échographies confirma que l'exérèse suivait son cours normal. Millimètre par millimètre, les bras électroniques manipulés par le docteur Lalonde taillaient la tumeur située dans le lobe occipital du cerveau de Marcia et remontaient les coupes vers la surface. À la quatrième heure, il leva la tête.

– Relève ! demanda le chirurgien dont les yeux avaient atteint le seuil limite de fatigue.

Fernstein fit signe à Lauren de s'asseoir devant l'appareil. Elle eut un moment d'hésitation et trouva la force qui lui manquait dans le regard apaisant de son professeur. Mille fois elle avait répété ces gestes au cours de simulations, mais aujourd'hui une vie dépendait de sa performance.

Dès qu'elle fut aux commandes, le trac disparut. Lauren rayonnait. Du bout de deux pinces, elle touchait à un rêve.

Son maniement était excellent, son habileté probante. Toute l'équipe la regardait à l'œuvre et Norma sut lire dans les yeux du professeur la fierté qu'il ressentait pour son élève.

Lauren opéra sans relâche jusqu'à la septième heure. Quand elle souhaita être remplacée à son tour, l'ordinateur indiquait que l'exérèse était accomplie à soixante-seize pour cent. Lalonde reprit sa place. D'un clin d'œil, il congratula sa jeune collègue pour sa performance.

*

– Je te dépose au bureau et je file à la maison, dit Paul.

– Laisse-moi sur Union Square, je dois faire une course.

– Je pourrais savoir pourquoi tu veux acheter une laisse alors que tu n'as pas de chien ?

– Pour une amie !

– Rassure-moi, elle a un chien au moins ?

– Elle a soixante-dix-neuf ans si cela peut te tranquilliser.

– Pas vraiment, soupira Paul en se rangeant le long du trottoir devant le grand magasin Macy's.

– Où se retrouve-t-on pour notre dîner ? demanda Arthur en descendant de la voiture.

– Au Cliff House, à vingt heures, et fais un effort, on ne peut pas dire que tu aies brillé par ta courtoisie la dernière fois. Tu as une deuxième chance de faire une première bonne impression, essaie de ne pas la rater !

Arthur regarda le cabriolet s'éloigner, il jeta un coup d'œil à la vitrine et entra dans la porte à tambour du grand magasin.

*

L'anesthésiste remarqua l'inflexion du tracé sur le moniteur. Il vérifia aussitôt la saturation sanguine. L'équipe nota le changement qui venait de s'opérer sur les traits du médecin. Son instinct venait de le mettre en alerte.

– Vous avez un saignement ? interrogea-t-il.

– Rien à l'image pour l'instant, dit Fernstein en se penchant sur le moniteur du docteur Peterson.

– Quelque chose ne va pas ! affirma l'anesthésiste.

– Je refais une écho, reprit le spécialiste en charge de l'imagerie.

L'atmosphère sereine qui régnait dans le bloc opératoire venait soudain de disparaître.

69

– La petite plonge ! reprit sèchement le docteur Cobbler en augmentant le débit d'oxygène.

Lauren se sentit impuissante. Elle fixa Fernstein du regard et comprit dans les yeux du professeur que la situation était en passe de devenir critique.

– Prenez sa main, lui murmura son patron.

– Que fait-on ? demanda Lalonde à Fernstein.

– On continue ! Adam, que nous dit l'échographie ?

– Pas grand-chose pour l'instant, répondit le médecin.

– J'ai un début d'arythmie, indiqua Norma en avisant l'électrocardiographe qui clignotait.

Richard Lalonde tapa rageusement du plat de la main sur sa console.

– Dissection sur l'artère cérébrale postérieure ! énonça-t-il sèchement.

Tous les membres de l'équipe se regardèrent. Lauren retint son souffle et ferma les yeux.

Il était dix-sept heures vingt-deux. En une minute, la paroi endommagée de l'artère qui irriguait la partie postérieure du cerveau de Marcia se déchira sur deux centimètres. Sous la pression du sang qui jaillit en trombe, la déchirure s'allongea encore. La vague qui déferlait par la plaie béante envahit la cavité crânienne. En dépit du drain que Fernstein implanta aussitôt, le niveau ne cessa de monter à l'intérieur du crâne, noyant le cerveau à une vitesse fulgurante.

À dix-sept heures vingt-sept, sous les yeux impuissants de quatre médecins et infirmières, Marcia cessa de respirer pour toujours. La main de la petite fille que Lauren retenait dans la sienne s'ouvrit, comme pour libérer un ultime souffle de vie qu'elle aurait caché au creux de sa paume.

Silencieuse, l'équipe sortit du bloc opératoire et

se dispersa dans le couloir. Personne n'y pouvait rien. La tumeur, dans sa malignité, avait caché aux appareils les plus sophistiqués de la médecine moderne l'anévrisme d'une petite artère dans le cerveau de Marcia.

Lauren resta seule, retenant quelque temps encore les doigts inertes de la petite fille. Norma s'approcha et desserra les doigts de la main de la jeune neurochirurgienne.

– Venez maintenant.

– J'avais promis, murmura Lauren.

– C'est bien la seule erreur que vous aurez commise aujourd'hui.

– Où est Fernstein ? demanda-t-elle.

– Il a dû aller voir les parents de la petite.

– J'aurais voulu le faire, moi.

– Je crois que vous avez eu votre compte d'émotions pour aujourd'hui. Et si je peux me permettre un conseil, avant de rentrer chez vous, allez traîner dans un grand magasin.

– Pour quoi faire ?

– Pour voir de la vie, plein de vies !

Lauren caressa le front de Marcia et recouvrit les yeux de l'enfant du drap vert ; elle quitta la salle.

Norma la regardait s'éloigner dans le couloir. Elle hocha la tête et éteignit le bloc de lumière suspendu au-dessus de la table d'opération, la pièce plongea dans la pénombre.

*

Arthur avait trouvé son bonheur au troisième étage du grand magasin : la laisse à enrouleur qui ferait la joie de Miss Morrison. Les jours gris, elle pourrait rester sous l'auvent de l'immeuble à l'abri de la pluie tandis que Pablo irait vaquer à son gré dans le caniveau.

Il quitta la caisse centrale où il venait de régler son achat ; en chemin une femme qui choisissait des pyjamas pour hommes lui adressa un sourire, Arthur le lui rendit et se dirigea vers l'escalator.

Sur l'escalier mécanique, une main délicate se posa sur son épaule. Arthur se retourna et la femme descendit une marche pour se rapprocher de lui.

De toutes ses liaisons amoureuses, il n'y en avait qu'une qu'il regrettait d'avoir vécue...

– Ne me dis pas que tu ne m'as pas reconnue ? demanda Carol-Ann.

– Pardonne-moi, j'étais ailleurs.

– Je sais, j'ai appris que tu vivais en France. Tu vas mieux ? demanda son ex d'un air compatissant.

– Oui, pourquoi ?

– J'ai aussi appris que cette fille pour laquelle tu m'avais quittée... enfin j'ai su que tu étais veuf, quelle tristesse...

– De quoi parles-tu ? répliqua Arthur perplexe.

– J'ai croisé Paul dans un cocktail le mois dernier. Je suis vraiment désolée.

– J'ai été ravi de te croiser mais je suis un peu en retard, reprit Arthur.

Il voulut descendre quelques marches mais Carol-Ann agrippa son bras et lui montra fièrement la bague qui brillait à son doigt.

– Nous célébrons la semaine prochaine notre première année de mariage. Tu te souviens de Martin ?

– Pas très bien, répondit Arthur en contournant la rambarde pour emprunter l'escalator qui descendait vers le premier étage.

– Tu n'as pas pu oublier Martin ! Capitaine de

l'équipe de hockey ! le réprimanda Carol-Ann avec beaucoup de fierté.

– Ah oui, un grand type blond !

– Très brun.

– Brun, mais grand ?

– Très grand.

– Voilà, dit Arthur en regardant le bout de ses chaussures.

– Alors tu n'as toujours pas refait ta vie ? demanda Carol-Ann l'air compatissant.

– Si ! Fait et puis défait, la vie quoi ! dit Arthur de plus en plus exaspéré.

– Tu ne vas pas me dire qu'un garçon comme toi est toujours célibataire ?

– Non, je ne vais pas te le dire parce que tu l'auras probablement oublié dans dix minutes et ça n'a pas grande importance, marmonna Arthur.

Nouvelle rambarde, nouvel espoir que Carol-Ann ait d'autres courses à faire à cet étage, mais elle le suivit vers le rez-de-chaussée.

– J'ai plein d'amies célibataires ! Si tu viens à notre fête d'anniversaire je te présenterai à la prochaine femme de ta vie. Je suis une extraordinaire marieuse, j'ai un don pour savoir qui va avec qui. Tu aimes toujours les femmes ?

– J'en aime une ! Je te remercie, ce fut un plaisir de te revoir et mes amitiés à Martin.

Arthur salua Carol-Ann et s'échappa à vive allure. Il passait devant le rayon d'une marque française de cosmétiques quand un souvenir resurgit, aussi doux que ce parfum évadé d'un flacon que manipulait la vendeuse devant sa cliente. Il ferma les yeux et se souvint d'un jour où il marchait dans cette allée, fort d'un amour invisible et certain. À ce moment, il était heureux comme il ne l'avait jamais été de sa vie. Il s'engouffra dans la porte à tambour.

Le tourniquet l'abandonna sur le trottoir d'Union Square. Le mannequin dans la vitrine portait une robe du soir, élégante et cintrée à la taille. La fine main en bois pointait d'un doigt nonchalant le passant de la rue. Dans les reflets orangés du soleil, la chaussure semble légère. Arthur est immobile, absent. Il n'entend pas le side-car qui arrive dans son dos. Le pilote en a perdu le contrôle dans le virage de Polk Street, l'une des quatre rues qui bordent la grande place. La moto tente d'éviter la femme qui traverse, se penche, zigzague, le moteur rugit. Dans la rue, les gens paniquent ; un homme en complet se jette à terre pour esquiver l'engin, un autre recule et trébuche en arrière, une femme crie et s'abrite derrière une cabine téléphonique. Le side-car poursuit sa course folle. La nacelle franchit le parapet, arrachant un panneau, mais le parcmètre qu'elle heurte est solidement ancré dans le sol et la sépare, d'une section franche, de la moto. Plus rien ne la retient, elle a la forme d'un obus et presque sa vitesse, elle file droit devant. Lorsqu'elle atteint les jambes d'Arthur elle le soulève et le projette en l'air. Le temps semble prendre son aise et s'étire tout à coup comme un long silence. L'avant fuselé de la machine percute le verre. L'immense vitrine explose en une myriade d'éclats. Arthur roule au sol jusqu'au bras du mannequin désormais allongé sur le tapis de verre. Un voile s'est posé sur ses yeux, la lumière est opaque, sa bouche a pris le goût ferreux du sang. Dans la torpeur qui l'envahit il voudrait dire aux gens que ce n'est qu'un bête accident. Les mots sont bloqués dans sa gorge.

Il veut se lever mais c'est trop tôt encore. Ses

genoux vacillent un peu, et cette voix qui crie si fort de rester allongé. Les secours vont venir.

Paul sera furieux s'il est en retard. Il faut aller promener le chien de Miss Morrison, nous sommes dimanche ? Non, peut-être lundi ? Il doit repasser à l'agence signer les plans. Où est le ticket du parking ? Sa poche est certainement déchirée, il avait la main dedans, elle est maintenant sous son dos et lui fait un peu mal. Ne pas se frotter la tête, tous ces éclats de verre sont coupants. La lumière est aveuglante, mais les sons reviennent peu à peu. L'éblouissement s'estompe. Ouvrir les yeux. C'est le visage de Carol-Ann. Elle ne va donc pas le lâcher, il ne veut pas qu'on lui présente la femme de sa vie, il la connaît déjà bon sang ! Il devrait porter une alliance pour qu'on lui foute la paix. Tout à l'heure il retournera en acheter une. Paul détestera ça, mais lui ça l'amusera beaucoup.

Au loin une sirène, il faut absolument se redresser avant que l'ambulance arrive, il est inutile de les inquiéter, il n'a mal nulle part, peut-être un peu dans la bouche, il s'est mordu la joue. Ce n'est pas grave la joue, c'est désagréable à cause des aphtes mais ce n'est vraiment pas grave. Quelle bêtise, sa veste doit être fichue, Arthur adore cette veste en tweed. Sarah trouvait que le tweed faisait vieux, mais il se moquait de ce que pensait Sarah, elle portait les escarpins les plus vulgaires de la terre avec des bouts bien trop pointus. C'est bien d'avoir dit à Sarah que cette nuit passée ensemble était aussi un accident, ils n'étaient pas faits l'un pour l'autre, ce n'était la faute de personne. Est-ce que le motard va bien ? C'est sûrement cet homme avec le casque. Il a l'air de s'en être bien tiré avec son air contrit.

« Je vais tendre la main à Carol-Ann, elle

75

racontera à toutes ses amies qu'elle m'a sauvé la vie puisque c'est elle qui m'aura aidé à me relever. »

– Arthur ?

– Carol-Ann ?

– J'étais certaine que c'était toi au milieu de cette épouvantable catastrophe, dit la jeune femme affolée.

Il épousseta calmement les épaules de sa veste, arracha le morceau de poche qui pendouillait tristement, secoua la tête pour se débarrasser des éclats.

– Quelle peur ! Tu as eu beaucoup de chance, reprit Carol-Ann d'une voix perchée.

Arthur la dévisagea, l'air grave.

– Tout est relatif, Carol-Ann. Ma veste est foutue, j'ai des coupures partout et j'enchaîne les rencontres désastreuses, même lorsque je vais juste acheter une laisse à ma voisine.

– Une laisse à ta voisine... Tu as eu beaucoup de chance de sortir presque indemne de cet accident ! s'indigna Carol-Ann.

Arthur la regarda, il adopta un air pensif, tentant du mieux qu'il le pouvait de rester civilisé. Ce n'était pas seulement la voix de Carol-Ann qui l'agaçait, tout en elle lui était insupportable. Il essaya de retrouver un semblant d'équilibre et parla d'un ton volontaire et calme.

– Tu as raison, je ne suis pas très juste. J'ai eu la chance de te quitter, puis de rencontrer la femme de ma vie, mais elle était dans le coma ! Sa propre mère voulait qu'on l'euthanasie, mais j'ai eu une chance folle parce que mon meilleur ami a bien voulu me donner un coup de main pour aller la kidnapper à l'hôpital.

Inquiète, Carol-Ann fit un pas en arrière, Arthur un pas en avant.

– Qu'est-ce que tu veux dire par « aller la kidnapper » ? demanda-t-elle d'une voix timide en serrant son sac contre sa poitrine.

– Nous avons volé son corps ! C'est Paul qui a subtilisé l'ambulance, c'est pour cela qu'il se sent obligé de raconter à tout le monde que je suis veuf ; mais en fait Carol-Ann, je ne suis que demi-veuf ! C'est un genre très particulier.

Les jambes d'Arthur manquaient de force, il chancela légèrement. Carol-Ann voulut le soutenir mais Arthur se redressa seul.

– Non, la vraie chance, c'est que Lauren pouvait m'aider à la maintenir en vie. C'est quand même un avantage d'être médecin quand ton corps et ton esprit se dissocient. Tu peux t'occuper de toi-même !

La bouche de Carol-Ann s'entrouvrit à la recherche d'un peu d'air. Arthur n'avait nul besoin de reprendre souffle, juste de l'équilibre. Il s'accrocha à la manche de Carol-Ann qui sursauta et poussa aussitôt un cri.

– Et puis elle s'est réveillée, et finalement ça aussi, c'était une sacrée chance ! Alors voilà, Carol-Ann, tu vois, la vraie chance, ce n'était pas notre rupture, ce n'était pas ce musée à Paris, ce n'était pas le side-car, c'était elle, la vraie chance dans ma vie ! dit-il épuisé, en s'asseyant sur la carcasse de l'engin.

Le fourgon flambant neuf du centre hospitalier venait de se ranger le long du trottoir. Le chef d'équipe se précipita vers Arthur, que Carol-Ann fixait, béate.

– Ça va, monsieur ? demanda le secouriste.

– Pas du tout ! affirma Carol-Ann.

Le secouriste le prit par le bras et voulut l'accompagner vers l'ambulance.

– Tout va bien, je vous assure, dit Arthur en se dégageant.

– Il faut suturer cette plaie sur votre front, insista l'ambulancier à qui Carol-Ann faisait de grands signes pour qu'il embarque Arthur au plus vite.

– Je n'ai mal nulle part, je me sens très bien, soyez gentil, laissez-moi rentrer chez moi.

– Avec tout ce verre éparpillé, il est fort probable que vous ayez des micro-éclats dans les yeux. Je dois vous emmener.

Fatigué, Arthur se laissa faire. Le secouriste l'allongea sur la civière. Il recouvrit ses yeux de deux gazes stériles, tant qu'ils ne seraient pas nettoyés, il fallait leur éviter un mouvement susceptible de déchirer la cornée. Le bandage qui entourait maintenant le visage d'Arthur le plongeait dans une obscurité inconfortable.

L'ambulance remonta Sutter Street sirènes hurlantes, elle tourna dans Van Ness Avenue et prit la direction du San Francisco Memorial Hospital.

6.

Un tintement de clochette retentit. Les portes de l'ascenseur s'ouvraient sur le troisième palier. L'inscription sur la plaque apposée au mur indiquait l'entrée du service de neurologie. Lauren sortit de la cabine sans saluer ses collègues qui descendaient vers les étages inférieurs de l'hôpital. Les néons suspendus au plafond du long couloir se reflétaient dans les vernis colorés du sol. Ses chaussures crissaient sur le linoléum à chacun de ses pas. Elle leva la main pour gratter doucement à la porte 307, mais son bras retomba le long du corps, lourd. Elle entra.

Il n'y avait plus de draps ni d'oreiller à la tête du lit. La perche à perfusion se tenait, nue, droite comme un squelette, poussée dans un coin près du rideau immobile de la salle de bains. La radio posée sur la table de nuit était muette, les peluches qui souriaient encore ce matin au rebord de la fenêtre étaient parties remplir leur office dans d'autres chambres. Des dessins d'enfants accrochés aux murs, il ne restait que quelques bouts de scotch.

La petite Marcia s'était évanouie dans l'après-midi, diront certains, d'autres diront simplement qu'elle était morte, mais pour tous ceux qui travaillaient à l'étage, cette chambre serait encore la sienne pour quelques heures. Lauren s'assit sur le matelas, elle caressa l'alèse. Sa main fébrile avança jusqu'à la table de nuit et ouvrit le tiroir. Elle prit la feuille pliée en quatre et attendit un peu pour en lire le secret. La petite fille qui s'était envolée aveugle avait vu juste. La couleur des yeux de Lauren s'effaça sous les larmes. Elle se courba pour chasser un spasme.

La porte s'entrouvrit, mais Lauren n'entendit pas le souffle de l'homme aux tempes blanches qui la regardait pleurer.

Aussi digne qu'élégant dans son costume noir, la barbe grise taillée tout près des joues, Santiago vint à pas feutrés s'asseoir à côté d'elle, il posa sa main sur son épaule.

— Vous n'y êtes pour rien, murmura-t-il d'une voix teintée d'un accent argentin. Vous n'êtes que des médecins, pas des dieux.

— Et vous, qui êtes-vous ? murmura Lauren entre deux sanglots.

— Son père, je suis venu chercher ses dernières affaires, sa mère n'a plus la force. Il faut que vous vous ressaisissiez. D'autres enfants ici ont besoin de vous.

— Ça devrait être le contraire, dit Lauren dans un hoquet de larmes.

— Le contraire ? interrogea l'homme, perplexe.

— C'est moi qui devrais vous consoler, pleura-t-elle de plus belle.

L'homme, prisonnier de sa pudeur, hésita un instant ; il prit Lauren au creux de ses bras et la serra tout contre lui. Ses yeux ridés aux iris azur s'embuèrent à leur tour ; alors, pour accompagner Lauren, comme par courtoisie, il accepta enfin de laisser libre sa peine.

L'ambulance s'arrêta sous l'auvent des Urgences. Le chauffeur et le secouriste guidèrent les pas d'Arthur jusqu'à la vitre du bureau des admissions.

– Vous êtes arrivé, dit le brancardier.

– Vous ne voulez pas m'ôter ce bandeau ? Je vous assure que je n'ai rien, je voudrais juste rentrer chez moi.

– Ça tombe bien ! reprit Betty d'une voix autoritaire en consultant la fiche d'intervention que venait de lui remettre le secouriste. Moi aussi je voudrais que vous rentriez chez vous, poursuivit-elle, je voudrais que tous les gens qui attendent dans ce hall rentrent chez eux et pour finir, moi aussi je rentrerais bien chez moi. Mais en attendant que Dieu nous exauce, on va devoir vous examiner et eux aussi. On viendra vous chercher.

– Dans combien de temps ? demanda Arthur d'une voix presque timide.

Betty regarda le plafond, elle leva les bras au ciel et s'exclama.

– Lui seul le sait ! Installez-le dans la salle d'attente, dit-elle aux brancardiers en s'éloignant.

*

Le père de Marcia se leva et ouvrit la porte du placard. Il prit le petit carton qui contenait les affaires de sa petite fille.

– Elle vous aimait beaucoup, dit-il sans se retourner.

Lauren baissa la tête.

– En fait, ce n'est pas ce que je voulais dire, reprit l'homme.

Et comme Lauren restait silencieuse, il lui posa une autre question.

– Quoi que je dise entre ces murs, vous êtes tenue au secret médical, n'est-ce pas ?

Lauren répondit qu'il avait sa promesse, alors Santiago avança jusqu'au lit, il s'assit près d'elle et murmura :

– Je voulais vous remercier de m'avoir permis de pleurer.

Et tous les deux restèrent là, presque immobiles.

– Vous racontiez parfois des histoires à Marcia ? demanda Lauren à voix basse.

– Je vivais loin de ma fille, je suis revenu pour l'opération. Mais chaque soir, je lui téléphonais de Buenos Aires, elle posait le combiné sur son oreiller et je lui racontais l'histoire d'un peuple d'animaux et de végétaux qui vivaient au milieu d'une forêt, dans une clairière jamais découverte par les hommes. Et ce conte a duré plus de trois ans. Entre le lapin au pouvoir magique, les cerfs, les arbres qui avaient chacun leur nom, l'aigle qui tournait toujours en rond parce qu'il avait une aile plus courte que l'autre, il m'arrivait parfois de me perdre dans mon récit, mais Marcia me reprenait à la moindre erreur. Pas question de retrouver la tomate savante, ou le concombre aux fous rires impossibles, ailleurs que là où nous les avions quittés la veille.

– Il y a un hibou dans cette clairière ?

Santiago sourit.

– Celui-là c'était un drôle de numéro ! Emilio était gardien de nuit. Pendant que tous les autres animaux dormaient, il restait éveillé pour les protéger. En fait, ce boulot, c'était un prétexte, ce hibou est un sacré trouillard. Au lever du jour, il volait à toute vitesse jusqu'à une grotte. Il se cachait là, parce qu'il a peur de la lumière. Mais le lapin a toujours été un type bien, il le savait et il n'a jamais trahi son secret. Marcia s'endormait souvent avant la fin de l'histoire, moi j'écoutais son souffle pendant quelques minutes avant que sa mère raccroche le combiné. Sa petite respiration, c'était comme de la belle musique, j'emmenais ses notes dans ma nuit.

Le père de la petite fille se tut. Il se leva et avança jusqu'à la porte.

– Vous savez, là-bas, en Argentine, je construis des barrages, ce sont de grands ouvrages, mais ma fierté, c'était elle !

– Attendez ! dit Lauren, d'une voix douce.

Elle se pencha et regarda sous le lit. À l'ombre du sommier, un petit hibou blanc attendait, les ailes croisées. Elle prit la peluche et la tendit à Santiago. L'homme revint vers elle, il recueillit l'oiseau et caressa délicatement sa fourrure.

– Tenez, dit-il à Lauren en lui rendant le hibou blanc. Réparez-lui les yeux, vous êtes médecin, vous devriez pouvoir faire ça. Rendez-lui la liberté, faites qu'il n'ait plus jamais peur.

Il la salua et quitta la pièce. Lorsqu'il fut seul dans le couloir il serra contre lui le petit carton.

Le beeper de Lauren vibrait, on la cherchait à l'accueil des Urgences. Elle se rendit dans la salle des infirmières d'étage et décrocha le téléphone. Betty remercia le ciel qu'elle soit encore dans les murs, le service ne désemplissait pas, elle avait besoin de renfort immédiat.

– Je descends tout de suite, dit Lauren en raccrochant.

Avant de sortir de la chambre, elle enfouit dans la poche de sa blouse un drôle de hibou ; la petite bête avait bien besoin de chaleur humaine, cette après-midi, elle avait perdu sa meilleure amie.

*

Arthur n'en pouvait plus d'attendre, il chercha son téléphone portable dans la poche droite de sa veste, mais il n'y avait plus de poche droite à sa veste.

Les yeux bandés, il essayait de deviner l'heure qu'il était. Paul allait être furieux, il se souvenait d'avoir déjà pensé aujourd'hui que Paul serait furieux mais il avait oublié pourquoi. Il se leva et avança à l'aveuglette vers la banque d'accueil. Betty se précipita à sa rencontre.

– Vous êtes impossible !

– J'ai horreur des hôpitaux.

– Bon, puisque vous êtes là, profitons-en pour remplir le questionnaire d'admission. Vous êtes déjà venu ?

– Pourquoi ? répondit Arthur, inquiet, qui se tenait au comptoir.

– Parce que si vos coordonnées sont déjà dans l'ordinateur, ça va plus vite.

Arthur répondit par la négative. Betty avait la mémoire des visages et, malgré le bandage qui recouvrait les yeux, les traits de cet homme lui disaient quelque chose. Peut-être l'avait-elle croisé ailleurs ? Et finalement peu lui importait, elle avait trop à faire pour réfléchir à cela maintenant.

Arthur voulait rentrer chez lui, l'attente n'avait que trop duré et il voulut se débarrasser de son pansement.

– Vous êtes débordés et moi je me sens vraiment bien, dit-il, je vais rentrer chez moi.

Betty lui immobilisa les mains sans ménagement.

– Essayez pour voir !

– Et qu'est-ce que je risque ? demanda Arthur presque amusé.

84

– La moindre petite douleur qui surgirait dans les six à douze mois et en cas de soins nécessaires vous pouvez faire une croix sur votre assurance ! Si vous franchissiez la porte de ce sas, ne serait-ce que pour aller allumer une cigarette dehors, je renverrais votre questionnaire en mentionnant que vous avez refusé de faire un bilan médical. Même pour une petite rage de dents votre compagnie vous dira d'aller vous faire voir.

– Je ne fume pas ! dit Arthur en reposant ses bras sur le comptoir.

– Je sais que c'est angoissant d'être dans le noir, mais soyez patient, voilà le docteur, elle vient de sortir de l'ascenseur derrière vous.

Lauren s'approcha de l'accueil. Depuis qu'elle avait quitté la chambre de Marcia, elle n'avait pu prononcer aucun mot. Elle prit le dossier des mains de l'infirmière et se plongea dans la lecture du rapport de l'ambulancier tout en guidant Arthur par le bras vers la salle numéro 4. Elle tira le rideau du box et l'aida à s'installer sur le lit. Dès qu'il fut allongé, elle commença à dérouler le bandage.

– Gardez les yeux fermés pour l'instant, dit-elle.

Les quelques mots qu'elle avait prononcés d'une voix pourtant apaisante avaient suffi à élancer le cœur d'Arthur. Elle retira les deux morceaux de gaze et souleva les paupières, inondant les yeux de sérum physiologique.

– Vous avez mal ?

– Non.

– Vous avez eu l'impression de recevoir un éclat ?

– Aucunement, ce pansement c'était une idée de l'ambulancier, je n'ai vraiment rien.

– Il a bien fait. Vous pouvez rouvrir les yeux maintenant !

Quelques secondes furent nécessaires pour dissiper le liquide. Quand la vision d'Arthur redevint nette, son cœur se mit à battre plus fort encore. Le vœu qu'il avait formulé sur la tombe de Lili venait de se réaliser.

– Ça va ? demanda Lauren, qui remarquait la pâleur sur le visage de son patient.

– Oui, dit-il la gorge serrée.

– Détendez-vous !

Lauren se pencha au-dessus de lui pour étudier les deux cornées à la loupe. Pendant qu'elle pratiquait cet examen, leurs visages étaient si proches que leurs lèvres se frôlaient presque.

– Vous n'avez absolument rien aux yeux, vous avez eu beaucoup de chance !

Et Arthur ne fit aucun commentaire...

– Pas de perte de connaissance ?

– Pas encore, non !

– C'était de l'humour ?

– Une vague tentative.

– Des migraines ?

– Non plus.

Lauren passa sa main sous le dos d'Arthur et palpa la colonne vertébrale.

– Aucune douleur ?

– Absolument rien.

– Vous avez une belle ecchymose à la lèvre. Ouvrez la bouche !

– C'est indispensable ?

– Puisque je viens de vous le demander.

Arthur s'exécuta, Lauren prit sa petite lampe.

– Oh là, il y a au moins cinq points à faire pour recoudre ça.

– Tant que ça ?

– C'était de l'humour aussi ! Un bain de bouche pendant quatre jours suffira amplement.

Elle désinfecta la blessure au front et en souda les bords avec un gel. Elle ouvrit ensuite un tiroir et déchira la pochette d'un pansement qu'elle colla sur la plaie.

– J'ai un peu mordu sur le sourcil, vous aurez un moment difficile à passer quand vous enlèverez ce sparadrap. Les autres coupures sont mineures, elles cicatriseront toutes seules. Je vais vous prescrire quelques jours d'un antibiotique à spectre large, juste en prévention.

Arthur boutonna le poignet de sa chemise et se redressa, il remercia Lauren.

– Pas si vite, dit-elle en le repoussant contre la table d'examen. Je dois aussi prendre votre tension.

Elle décrocha l'appareil de mesure de son support mural et le passa autour du bras d'Arthur. Le tensiomètre était automatique. Le brassard se gonflait et se dégonflait à intervalles réguliers. Quelques secondes suffirent pour que les chiffres s'inscrivent sur le cadran fixé à la tête de la table d'examens.

– Vous êtes sujet à de la tachycardie ? demanda Lauren.

– Non, répondit Arthur, très embarrassé.

– Pourtant vous faites une belle crise, votre cœur bat à plus de cent vingt pulsations par minute et votre tension est à dix-huit, ce qui est beaucoup trop élevé pour un homme de votre âge.

Arthur regarda Lauren, il cherchait une excuse à son cœur.

– Je suis un peu hypocondriaque, et l'hôpital me terrorise.

– Mon ex tournait de l'œil rien qu'en voyant ma blouse.

– Votre ex ?

– Aucune importance.

– Et votre actuel, il supporte le stéthoscope ?

– J'aimerais quand même mieux que vous consultiez un cardiologue, je peux en beeper un si vous le souhaitez.

– C'est inutile, dit Arthur d'une voix chevrotante. Ce n'est pas la première fois que cela m'arrive ; enfin dans un hôpital, c'est la première fois ; lorsque je présente des concours, j'ai la poitrine qui s'emballe un peu, je suis sujet au trac.

– Qu'est-ce que vous faites comme métier pour présenter encore des concours ? questionna Lauren, amusée, en rédigeant une ordonnance.

Arthur hésita avant de répondre. Il profitait de ce qu'elle était concentrée sur sa feuille pour la regarder, silencieux et attentif. Lauren n'avait pas changé, à part la coiffure peut-être. La petite cicatrice qu'il avait tant aimée sur son front avait presque disparu. Et toujours ce même regard, indescriptible et fier. Il reconnaissait chaque expression de son visage, comme le mouvement de l'arc de Cupidon, sous son nez, quand elle parlait. La beauté de son sourire le ramenait aux souvenirs heureux. Était-il possible que quelqu'un vous manque à ce point ? Le brassard se regonfla aussitôt et de nouveaux chiffres s'affichèrent. Lauren releva la tête pour les consulter.

– Je suis architecte.

– Et vous travaillez aussi le week-end ?

– Parfois même la nuit, nous sommes toujours « charrette ».

– Je sais de quoi vous parlez !

Arthur se redressa sur la table.

– Vous avez connu un architecte ? demanda-t-il d'une voix fébrile.

– Pas que je m'en souvienne, non, mais je parlais de mon métier, nous avons cela en commun, travailler sans compter les heures.

– Et que fait votre ami ?

– Cela fait deux fois que vous me demandez si je suis célibataire... Votre cœur bat beaucoup trop vite, je préférerais vous faire examiner par un de mes collègues.

Arthur arracha le brassard du tensiomètre et se releva.

– Là, c'est vous qui êtes angoissée !

Il voulait rentrer se reposer. Demain tout irait bien. Il promit de faire vérifier sa tension dans les prochains jours, et s'il y avait quoi que ce soit d'anormal, il consulterait aussitôt.

– C'est une promesse ? insista Lauren.

Arthur supplia le ciel qu'elle cesse de le regarder ainsi. Si son cœur n'explosait pas d'une minute à l'autre, il la prendrait dans ses bras pour lui dire qu'il était fou d'elle, qu'il était impossible de revivre dans la même ville, et de ne pas se parler. Il lui raconterait tout, en imaginant qu'il ait le temps de le faire avant qu'elle n'appelle la sécurité et le fasse interner pour de bon. Il prit sa veste, ou plutôt ce qu'il en restait, se refusa à la passer devant elle et la remercia. Il sortait du box quand il l'entendit l'appeler dans son dos.

– Arthur ?

Cette fois, il sentit pulser son cœur jusque dans sa tête. Il se retourna.

– C'est bien votre prénom, n'est-ce pas ?

– Oui, articula-t-il d'une bouche qui ne contenait plus de salive.

– Votre ordonnance ! dit Lauren en lui tendant la feuille rose.

– Merci, répondit Arthur en prenant le papier.

– Vous m'avez déjà remerciée. Mettez votre veste, à cette heure les soirées sont fraîches et votre organisme a eu sa dose d'agressions pour aujourd'hui.

Arthur enfila une manche maladroitement, juste avant de s'en aller il se retourna et regarda longuement Lauren.

– Qu'est-ce qu'il y a ? demanda-t-elle.

– Vous avez un hibou dans la poche, dit-il avec un sourire triste aux lèvres.

Et Arthur quitta le box.

Alors qu'il traversait le hall, Betty l'appela de derrière la vitre. Il revint vers elle, hébété.

– Signez et vous êtes libre, dit-elle en lui présentant un gros cahier noir.

Arthur parapha le registre des Urgences.

– Vous êtes certain que vous allez bien ? s'enquit l'infirmière en chef. Vous avez l'air sonné.

– C'est bien possible, répondit-il en s'éloignant.

Arthur guettait un taxi devant le sas des Urgences, et depuis la guérite où Betty classait ses fiches d'admissions, Lauren le regardait sans qu'il s'en aperçoive.

– Tu ne trouves pas qu'il lui ressemble un peu ?

– Je ne sais pas de qui tu parles, répondit l'infirmière, la tête plongée dans ses dossiers. Par moments, je me demande si nous travaillons dans un hôpital ou dans une administration.

– Les deux, je crois. Regarde-le vite et dis-moi comment tu le trouves. Il est plutôt pas mal non ?

Betty souleva ses lunettes, elle jeta un regard bref et replongea dans ses papiers. Un véhicule de la Yellow Cab Company venait de s'arrêter, Arthur grimpa à bord et la voiture s'éloigna.

– Aucun rapport ! dit Betty.

– Tu l'as regardé deux secondes !

– Oui mais c'est la centième fois que tu me demandes ça, alors j'ai de l'entraînement, et puis je t'ai déjà dit que j'avais un don pour la mémoire des visages. Si c'était ton type, je l'aurais tout de suite reconnu, je n'étais pas dans le coma, moi.

Lauren prit une pile de feuilles et aida l'infirmière dans son classement.

– Tout à l'heure, pendant que je l'examinais, j'ai eu un vrai doute.

– Pourquoi ne lui as-tu pas posé la question ?

– Je me vois bien dire à un patient : « Pendant que je sortais du coma, vous n'auriez pas passé quinze jours assis au pied de mon lit, par le plus grand des hasards ? »

Betty rit de bonne grâce.

– Je crois que je l'ai encore rêvé cette nuit. Mais au réveil je n'arrive jamais à me souvenir de ses traits.

– Si c'était lui, il t'aurait reconnue. Tu as vingt « clients » qui t'attendent, tu devrais te sortir ces idées de la tête et aller travailler. Et puis tourne la page, tu as quelqu'un dans ta vie, non ?

– Mais tu es certaine que ce n'était pas lui ? insista Lauren à voix basse.

– Tout à fait !

– Parle-moi encore de lui.

Betty abandonna sa pile de documents et pivota sur son tabouret.

– Qu'est-ce que tu veux que je te dise !

– C'est quand même incroyable, s'insurgea Lauren. Un service entier a côtoyé cet homme pendant deux semaines et je n'arrive pas à trouver une seule personne qui sache quoi que ce soit de lui.

– Il faut croire qu'il était d'un naturel discret ! grommela Betty en agrafant une liasse de feuilles roses.

– Et personne ne se demandait ce qu'il faisait là ?

– À partir du moment où ta mère tolérait sa présence, nous n'avions pas à nous en mêler. Tout le monde ici pensait que c'était un de tes amis, ton petit ami même ! Tu as fait des jalouses à l'étage. Il y en a plus d'une qui te l'aurait bien piqué.

– Maman pense que c'était un patient, Fernstein que c'était un parent de la famille et toi qu'il était mon petit ami. Décidément, personne n'arrive à se mettre d'accord.

Betty toussota, et se leva pour prendre une ramette de papier. Elle laissa retomber ses lunettes sur son nez et regarda Lauren d'un air grave.

– Toi aussi tu étais là !

– Qu'est-ce que vous cherchez à me cacher, tous ?

Masquant son embarras, l'infirmière replongea la tête dans sa paperasserie.

– Rien du tout ! Je sais que ça paraît bizarre mais la seule chose incroyable, c'est que tu t'en sois sortie sans séquelles et tu devrais remercier le ciel au lieu de t'entêter à t'inventer des mystères.

Betty assena un coup à la petite cloche devant elle et appela le numéro 125. Elle mit un dossier dans les bras de Lauren et lui fit signe de retourner à son poste.

– Mais merde, c'est moi le médecin chef ici, râla Lauren en entrant dans le box numéro 4.

7.

Le taxi déposa Arthur au pied de son immeuble. Il chercha ses clés sans pouvoir les trouver et hésita à sonner à l'interphone de Miss Morrison, elle ne l'entendrait pas. Un filet d'eau coulait d'un balcon, il leva la tête et aperçut sa voisine qui arrosait ses plantes. Il lui fit un signe de la main. Miss Morrison s'inquiéta en le voyant en ce piteux état. La gâche de la porte grésilla.

Miss Morrison l'attendait sur le palier. Elle avait posé ses mains sur ses hanches et le regardait, circonspecte.

– Vous flirtez avec une boxeuse ?

– Non, c'est un side-car qui est tombé amoureux de moi, dit Arthur.

– Vous avez eu un accident de moto ?

– De piéton ! Et pour couronner le tout, je ne traversais même pas la rue, je me suis fait renverser devant chez Macy's.

– Qu'est-ce que vous faisiez là-bas ?

La laisse étant ensevelie dans les décombres de la vitrine, Arthur préféra ne rien dire à sa voisine. Miss Morrison regarda la veste déchirée d'une épaule à l'autre.

– J'ai bien peur qu'on voie la reprise ! Vous n'avez pas gardé la poche ?

– Non, dit Arthur en souriant, mais la douleur s'élançait déjà sur sa lèvre gonflée.

– La prochaine fois que vous faites un câlin à votre petite amie, passez-lui des gants ou coupez-lui les ongles, c'est quand même plus prudent.

– Ne me faites pas rire, Rose, ça me fait un mal de chien !

– Si j'avais su qu'il suffisait qu'une moto vous renverse pour que vous m'appeliez enfin par mon prénom, j'aurais appelé un de mes vieux copains Hell's Angel. À propos de chien, Pablo a aboyé cette après-midi, j'ai cru qu'il était en train de mourir, mais non, il aboyait tout simplement.

– Je vous laisse, Rose, je vais me mettre au lit.

– Je vous apporterai une tisane et puis je dois avoir de l'arnica quelque part.

Arthur la remercia et prit congé mais il avait à peine fait quelques pas que sa voisine l'appelait à nouveau. Elle tenait un jeu de clés entre ses doigts.

– J'imagine que vous n'avez pas dû retrouver les vôtres dans l'ascenseur ? C'est le double que vous m'avez confié, vous allez en avoir besoin si vous voulez rentrer chez vous.

Il ouvrit sa porte et rendit le trousseau à sa voisine ; il en avait un autre au bureau et préférait que celui-ci reste chez elle. Il entra dans son appartement, alluma le lampadaire halogène dans le salon et l'éteignit aussitôt, ébloui par une migraine d'une rare intensité. Il se rendit dans la salle de bains et prit deux sachets d'aspirine dans l'armoire à pharmacie. Une double dose était nécessaire pour calmer la tempête qui se levait sous son crâne. Il fit glisser la poudre sous la langue, pour que le produit se diffuse directement dans son sang et agisse plus vite. Quatre mois d'une vie partagée avec une étudiante en médecine lui avaient permis d'apprendre quelques petites astuces. Le goût amer le fit frissonner. Il se pencha au robinet pour boire. Tout se mit à tourner autour de lui et il dut prendre appui sur la vasque. Arthur se sentait faible. Cela n'avait rien d'étonnant, depuis ce matin il n'avait rien avalé. En dépit de cette nausée naissante, il fallait se forcer à manger quelque chose. Estomac vide et mal de cœur s'entendaient à merveille. Il jeta sa veste sur le canapé et se rendit dans la cuisine. En ouvrant la porte du réfrigérateur, il frissonna de tout son corps. Arthur prit la petite assiette où reposait un morceau de fromage et attrapa sur la clayette un paquet de toasts. Il composa un vague sandwich mais, dès la première bouchée, il renonça à le manger.

Il valait mieux cesser de lutter, il était KO. Il entra dans sa chambre, avança jusqu'à la table de nuit, suivit le cordon de la lampe de chevet et appuya sur l'interrupteur. Il tourna la tête vers la porte, un fusible avait dû sauter, le salon était plongé dans le noir.

Arthur ne comprit pas ce qui se passait, sur sa gauche, la lampe de chevet semblait être presque éteinte, la lumière qu'elle diffusait était trouble et pâle, presque orangée, mais dès qu'il la regardait de face, tout redevenait normal. La nausée redoublait, il aurait voulu se précipiter vers la salle de bains mais ses jambes se dérobèrent sous lui et il tomba à terre.

Allongé au pied du lit, incapable de se relever, il tenta de se traîner jusqu'au téléphone. Dans sa poitrine, son cœur battait à rompre les amarres, chaque pulsation résonnait d'une douleur indicible.

Il chercha l'air qui lui manquait et entendit la sonnerie de la porte, juste avant de perdre connaissance.

*

Paul consulta sa montre, furieux. Il fit signe au maître d'hôtel et demanda l'addition. Quelques instants plus tard, traversant le parking du restaurant, il s'excusa encore auprès de ses hôtes. Ce n'était pas sa faute s'il était associé à un mufle.

Onega prit la défense d'Arthur : à une époque où l'engagement amoureux ressemblait à un vestige du passé, quelqu'un qui avait voulu épouser sa petite amie au bout de quatre mois ne devait pas être foncièrement mauvais.

— Ils n'étaient pas tout à fait mariés, bougonna Paul en ouvrant la portière de la voiture à Onega.

*

Arthur devait être couché, mais Miss Morrison n'était pas tranquille, il avait une drôle de mine tout à l'heure. Elle referma la porte de son appartement, posa le tube d'arnica sur la table de la cuisine et retourna dans son salon. Pablo dormait, paisible, dans son panier. Elle le prit dans ses bras et se cala dans le gros fauteuil face à la télévision. Son ouïe n'était plus très bonne mais ses yeux n'avaient rien perdu de leur acuité et elle avait bien remarqué comme Arthur avait le teint pâle.

*

— Tu fais la nuit ? demanda Betty.
— Je termine ma garde à deux heures du matin, répondit Lauren.

– Un lundi soir, pas une goutte de pluie, nous sommes encore loin de la pleine lune, tu verras, la nuit sera calme.

– Croisons les doigts, dit Lauren en attachant ses cheveux.

Betty allait profiter de cette accalmie pour ranger ses armoires à médicaments. Lauren se proposa de l'aider mais son bip retentit dans la poche de sa blouse. Elle reconnut le numéro sur le cadran, on avait besoin d'elle dans une chambre au second étage.

*

Paul et Onega avaient raccompagné Mathilde, avant d'aller faire une promenade nocturne au bout du Pier 39. C'est Onega qui avait choisi cet endroit, au grand étonnement de Paul. Les commerces à touristes, les restaurants bruyants et les attractions trop éclairées se succédaient le long de la grande jetée en bois surplombant l'océan. Tout au bout du ponton, sur l'esplanade battue par les embruns, une batterie de jumelles sur pied offraient, moyennant vingt-cinq cents, une vue rapprochée de la prison d'Alcatraz, perchée sur son îlot au milieu de la baie. Devant les optiques, quelques plaques en cuivre rivées à la balustrade rappelaient aux visiteurs que les courants et les requins qui sillonnaient la baie n'avaient jamais permis à un prisonnier de s'évader à la nage, « sauf Clint Eastwood », précisait entre parenthèses l'inscription.

Paul prit Onega par la taille. Elle se retourna pour le regarder droit dans les yeux.

– Pourquoi voulais-tu venir là ? demanda-t-il.

– J'aime cet endroit. Les émigrants de mon pays racontent souvent leur arrivée à New York par bateau et le bonheur qui les a envahis lorsque, entassés sur le pont du navire, ils ont enfin vu Manhattan se dévoiler dans la brume. Moi je suis venue par l'Asie en avion. La première chose que j'ai vue par le hublot quand nous avons traversé la couche de nuages, c'est la prison d'Alcatraz. Je l'ai interprétée comme un signe que la vie m'envoyait. Ceux qui à New York ont vu la liberté l'ont souvent compromise ou gâchée, moi j'aurai tout à gagner !

— Tu arrivais de Russie ? demanda Paul, ému.

— D'Ukraine, malheureux ! dit Onega en roulant les r avec beaucoup de sensualité. Ne dis jamais à l'un de mes compatriotes qu'il est russe ! Pour une telle ignorance, tu mérites que je ne t'embrasse plus, pendant quelques heures au moins, ajouta-t-elle en adoucissant sa voix.

— Quel âge avais-tu quand tu es arrivée ? questionna Paul, sous le charme.

Onega s'éloigna vers le bout de la jetée. Elle rit aux éclats.

— Je suis née à Sausalito, idiot ! J'ai fait mes études à Berkeley et je suis juriste à l'hôtel de ville. Si tu m'avais posé un peu plus de questions au lieu de parler tout le temps, tu le saurais déjà.

Paul se sentit ridicule, il s'appuya à la balustrade et regarda vers le grand large. Onega s'approcha et se serra contre lui.

— Pardonne-moi, mais tu étais tellement mignon que je n'ai pas pu m'empêcher de continuer à te faire marcher. Et puis ce n'était pas un gros mensonge ; à une génération près, cette histoire est vraie, c'est arrivé à ma mère. Tu me ramènes ? Je travaille tôt demain, dit-elle juste avant de poser ses lèvres sur celles de Paul.

*

La télévision était éteinte. Miss Morrison aurait dû regarder son film, mais ce soir le cœur n'y était pas. Elle déposa Pablo à ses pieds et prit le double des clés de son voisin.

Elle trouva Arthur inconscient, allongé au pied du canapé. Elle se pencha sur lui et lui tapota les joues. Il ouvrit les yeux. Le visage calme de Miss Morrison se voulait rassurant, mais c'était tout le contraire. Il entendait sa voix dans le lointain et ne la voyait pas. Il essaya en vain de prononcer quelques paroles, il lui était difficile d'articuler. Sa bouche était desséchée. Miss Morrison alla remplir un verre d'eau, et humecta ses lèvres.

— Restez tranquille, je vais appeler les secours tout de suite, lui dit-elle en caressant son front.

Elle se dirigea vers le bureau à la recherche du téléphone. Arthur réussit à tenir le verre de sa main droite, la gauche n'obéissait à aucune commande. Le liquide glacé coula dans sa gorge, il déglutit. Il voulut se relever mais sa jambe restait immobile. La vieille dame se retourna pour le surveiller, il avait repris quelques couleurs. Elle allait soulever le combiné quand la sonnerie du téléphone retentit.

— Tu te fous de ma gueule ! hurla Paul.

— Par qui ai-je l'honneur de me faire engueuler ? demanda Miss Morrison.

— Je ne suis pas chez Arthur ?

*

Le répit avait été de courte durée. Betty entra en trombe dans le box où Lauren dormait.

— Dépêche-toi, le dispatch vient de nous prévenir, dix ambulances arrivent. Une bagarre dans un bar.

– Les salles d'examens sont libres ? questionna Lauren en se relevant d'un bond.

– Un seul patient, rien de grave.

– Alors sors-moi ce type de là et appelle du renfort, dix unités mobiles peuvent nous amener jusqu'à vingt blessés.

*

Paul entendit la sirène hurler dans le lointain, il jeta un coup d'œil à son rétroviseur. Par instants, il pouvait y voir scintiller les gyrophares des secours qui se rapprochaient de lui. Il accéléra, tambourinant d'inquiétude sur son volant. Sa voiture s'immobilisa enfin devant le petit immeuble où vivait Arthur. La porte du hall était ouverte, il se précipita vers la cage d'escalier, grimpa les marches en courant et arriva, haletant, dans l'appartement.

Arthur était allongé au pied du canapé, Miss Morrison lui tenait la main.

– Il nous a fait une sacrée peur, dit-elle à Paul, mais je crois que cela va mieux. J'ai appelé une ambulance.

– Elle arrive, dit Paul en s'approchant de lui. Comment te sens-tu ? demanda-t-il à son ami, d'une voix qui masquait mal son inquiétude.

Arthur tourna la tête dans sa direction et Paul réalisa aussitôt que quelque chose clochait.

– Je ne te vois pas, murmura Arthur.

8.

Le secouriste s'assura que la civière était bien en place et referma la ceinture de sûreté. Il cogna à la vitre qui le séparait du conducteur, l'ambulance se mit en route. Penchée au balcon de l'appartement d'Arthur, Miss Morrison regarda le véhicule de secours tourner au carrefour avant de disparaître toutes sirènes hurlantes. Elle referma la fenêtre, éteignit les lumières et rentra chez elle. Paul avait promis de l'appeler dès qu'il en saurait un peu plus. Elle s'assit dans son fauteuil, attendant dans le silence que le téléphone sonne.

Paul avait pris place au côté du secouriste qui surveillait la tension d'Arthur. Son ami lui fit signe de s'approcher.

— Il ne faut pas qu'ils nous emmènent au Memorial, murmura-t-il à son oreille. J'y étais tout à l'heure.

— Raison de plus pour y retourner et leur faire un scandale. T'avoir laissé sortir dans cet état-là relève de la faute professionnelle.

Paul s'interrompit, le temps de regarder Arthur d'un air circonspect.

— Tu l'as vue ?

– C'est elle qui m'a examiné.

– Je ne te crois pas !

Arthur tourna la tête, sans répondre.

– C'est pour ça que tu as fait ce malaise, mon vieux ; tu as le syndrome du cœur brisé, tu souffres depuis trop longtemps.

Paul ouvrit la petite lucarne de séparation et demanda au chauffeur vers quel hôpital ils se dirigeaient.

– Mission San Pedro, répondit le conducteur.

– Parfait, maugréa Paul en refermant la vitre.

– Tu sais, j'ai croisé Carol-Ann cette après-midi, murmura Arthur.

Paul le regarda, cette fois l'air compatissant.

– Ce n'est pas grave, détends-toi, tu délires un petit peu et tu crois revoir toutes tes ex-petites amies, mais ça va passer.

L'ambulance arriva à destination dix minutes plus tard. Dès que les brancardiers entrèrent dans le hall désert du Mission San Pedro Hospital, Paul réalisa l'idiotie qu'il avait commise en les laissant venir ici. L'infirmière Cybile abandonna son livre et sa guérite pour conduire les ambulanciers vers une salle d'examens. Ils installèrent Arthur sur le lit et prirent congé.

Pendant ce temps, Paul complétait le rapport d'accident au comptoir de l'accueil. Il était plus de minuit quand Cybile revint vers lui ; elle avait déjà beepé l'interne de service et jura qu'il ne tarderait pas à venir. Le docteur Brisson achevait sa visite d'étage. Dans la salle d'examens, Arthur ne souffrait plus, il plongeait doucement dans les limbes d'un sommeil abyssal. La migraine avait enfin cessé, comme par enchantement. Et depuis que la douleur s'était envolée, Arthur, heureux, voyait à nouveau...

La roseraie était splendide, éclatante de roses de mille couleurs. Une Cardinale blanche, d'une taille comme il n'en avait encore jamais vu, s'ouvrait devant lui. Miss Morrison arriva en fredonnant. Elle prit soin de couper la fleur bien au-dessus du nœud formé sur la tige et l'emporta sous la véranda. Elle s'installa confortablement sur la balancelle, Pablo dormait à ses pieds. Elle préleva les pétales un à un et se mit à les coudre sur la veste en tweed avec une infinie délicatesse. C'était une belle idée de les utiliser ainsi pour remplacer la poche manquante. La porte de la maison s'ouvrit, sa mère descendit les marches du perron. Elle portait, sur un plateau en osier, une tasse de café et quelques biscuits pour le chien. Elle se pencha vers l'animal pour les lui donner.

– C'est pour toi, Kali, dit-elle.

Pourquoi Miss Morrison ne disait-elle pas la vérité à Lili ? Ce petit chien répondait au nom de Pablo, quelle idée étrange de l'appeler Kali.

Mais Lili ne cessait de répéter de plus en fort « Kali, Kali, Kali », et Miss Morrison qui se balançait de plus en plus haut répétait à son tour en riant : « Kali, Kali, Kali. » Les deux femmes se retournèrent vers Arthur et signifièrent d'un doigt autoritaire posé sur leurs lèvres qu'il fallait qu'il se taise. Arthur était furieux. Cette complicité soudaine l'agaçait au plus haut point. Il se leva et le vent fit de même.

L'orage arrivait de l'océan, à grande vitesse. De lourdes gouttes ricochèrent sur la toiture. Les nuages gorgés d'eau qui s'étalaient dans le ciel de Carmel éclataient sans manière au-dessus de la roseraie. Sous les impacts de la pluie, des dizaines de petits cratères se formaient dans la terre, tout autour de lui. Miss Morrison abandonna la veste sur la balancelle et rentra pour se protéger à l'intérieur de la maison. Pablo la suivit aussitôt, la queue entre les jambes, mais sur le pas de la porte, l'animal fit volte-face, aboyant comme pour prévenir d'un danger. Arthur appela sa mère, il cria de toutes ses forces pour lutter contre le vent qui repoussait les mots dans sa gorge. Lili se retourna, elle regarda son fils, son visage semblait si désolé, et puis elle disparut, avalée par l'ombre du couloir. Grinçant de tous ses gonds, le volet accroché à la fenêtre du bureau giflait la façade. Pablo avança jusqu'à la première marche du perron, il hurlait à la mort.

En contrebas de la demeure, l'océan se déchaînait. Arthur pensa qu'il serait impossible d'atteindre la grotte au pied de la falaise. C'était pourtant l'endroit idéal pour se cacher. Il regarda au loin, vers la baie, la houle voluptueuse lui communiqua une violente nausée.

Il eut un haut-le-cœur et se pencha en avant.

– Je ne suis pas sûr que je vais supporter ça long-temps, dit Paul, le bassinet à la main.

L'infirmière Cybile retenait Arthur par les épaules pour qu'il ne tombe pas de la table d'examen à chacun des spasmes qui le secouaient.

– Il va bientôt venir ce connard de médecin ou il faut que j'aille le chercher avec une batte de base-ball ? tempêta Paul.

*

Au dernier étage du Mission San Pedro Hospital, assis sur une chaise dans l'obscurité de la chambre d'un malade, l'interne Brisson était en conversation téléphonique avec sa petite amie. Elle avait décidé de le quitter et l'appelait de chez lui, détaillant la liste des incompatibilités qui ne leur laissaient d'autre issue que de se séparer. Le jeune docteur Brisson

104

refusait d'entendre qu'il était égoïste et arriviste et Véra Zlicker refusait, elle, de lui avouer que son ex-petit ami l'attendait en bas dans une voiture pendant qu'elle était en train de faire sa valise. Et puis cette conversation ne pouvait se poursuivre depuis une chambre d'hôpital, même leur rupture aurait manqué d'intimité, conclut-elle. Brisson approcha son portable du moniteur cardiaque pour faire entendre à Véra les bips faibles et réguliers du cœur de son patient. Il précisa d'une voix pincée que, dans son état, celui-ci ne risquait pas de les déranger.

Se demandant si le tee-shirt qu'elle était en train de plier était bien à elle, Véra marqua une courte pause. Il lui était très difficile de se concentrer sur deux sujets en même temps. Brisson crut qu'elle hésitait enfin, mais Véra demanda alors s'il n'était pas imprudent de continuer cette conversation, on lui avait toujours dit que les téléphones portables perturbaient les appareils médicaux. L'interne vociféra qu'à cette minute précise il s'en fichait pas mal et ordonna à sa déjà ex-petite amie d'avoir au moins la courtoisie d'attendre son retour de garde, au matin. Exaspéré, Brisson coupa le beeper qui retentissait pour la troisième fois dans sa poche ; à l'autre bout de la ligne téléphonique, Véra venait de raccrocher.

*

La veinule située à l'arrière du cerveau avait souffert au moment du choc dans la vitrine. Au cours des trois premières heures qui suivirent l'accident, une quantité minime de sang filait du vaisseau endommagé, mais en début de soirée l'hémorragie était suffisante pour provoquer les premiers troubles de l'équilibre et de la vision. Mille milligrammes d'aspirine ingérés par voie sublinguale avaient modifié la donne de façon significative. Dix minutes suffirent aux molécules d'acide acétylsalicylique pour fluidifier le sang auquel elles se mélangeaient. Au travers de la blessure, le liquide s'épancha tout autour du cerveau comme un fleuve déborde de son lit. Alors qu'Arthur était en route vers l'hôpital, l'hémorragie ne trouva plus de territoire pour accueillir sa progression sous la voûte du crâne, elle se mit alors à comprimer les méninges.

La première des trois membranes qui recouvrent l'encéphale réagit aussitôt. Croyant à une forme d'infection, elle joua le rôle qui lui était attribué. À vingt-deux heures dix, elle s'enflammait pour tenter de contenir l'agresseur. Dans quelques heures, l'hématome qui se formait aurait suffisamment comprimé le cerveau pour entraîner l'arrêt des fonctions vitales. Arthur sombrait dans l'inconscience. Paul retourna chercher l'infirmière ; elle le pria de bien vouloir attendre sur un fauteuil, l'interne de garde était très à cheval sur le respect du règlement. Paul n'avait pas le droit de se trouver de ce côté de la vitre.

Brisson appuya, rageur, sur le bouton du rez-de-chaussée.

*

Non loin de là, les portes de l'ascenseur s'ouvraient sur le hall des Urgences d'un autre hôpital. Lauren avança jusqu'à la guérite de l'accueil et prit un nouveau dossier des mains de Betty.

L'homme âgé de quarante-cinq ans était arrivé

avec une plaie profonde à l'abdomen, suite à un fâcheux coup de couteau. Juste après son admission, la saturation avait chuté en deçà du seuil critique, signe d'une importante hémorragie. Son cœur montrait les signes d'une fibrillation imminente et Lauren s'était décidée à intervenir chirurgicalement avant qu'il ne soit trop tard. Elle avait pratiqué une franche incision pour aller clamper la veine qui saignait abondamment ; mais en se retirant, l'arme blanche avait commis d'autres dégâts. Dès que la pression sanguine du blessé remonta, plusieurs autres dissections se développèrent en aval de la première blessure.

Lauren avait dû plonger sa main dans le ventre de l'homme ; du pouce et de l'index, elle avait pincé toute une partie de l'intestin grêle pour stopper les principaux saignements. La prise avait été habile et déjà la tension remontait. Betty avait pu reposer les poignées du défibrillateur qu'elle tenait à bout de bras et augmenter le débit de la perfusion de molécules. Lauren se trouvait dans une posture peu confortable, il lui était désormais impossible de se libérer, la pression qu'elle maintenait était vitale.

Quand l'équipe de chirurgie arriva, cinq minutes plus tard, Lauren dut les accompagner jusqu'au bloc, la main toujours dans l'abdomen de son patient.

Vingt minutes après, le chirurgien en charge lui signifia qu'elle pouvait retirer sa main et les laisser finir, l'hémorragie était contenue. Le poignet engourdi, Lauren était redescendue vers le hall des Urgences où l'encombrement de blessés était, lui, loin de se résorber.

*

Brisson entra dans le box. Il prit connaissance du dossier et releva les constantes vitales d'Arthur, elles étaient stables. Dès lors, seul l'état de somnolence pouvait être inquiétant. N'obéissant pas aux consignes de l'infirmière, Paul interpella l'interne dès qu'il sortit de la salle d'examens.

Le médecin de garde le pria aussitôt d'aller attendre dans la zone réservée au public. Paul rétorqua que dans cet hôpital désert, les murs ne s'offusqueraient pas qu'il franchisse de quelques mètres une ligne jaune tracée sur un sol assez défraîchi d'ailleurs. Brisson gonfla le torse et lui montra d'un doigt autoritaire que si conversation il devait y avoir, elle se tiendrait de l'autre côté de la ligne en question. Hésitant entre étrangler l'interne tout de suite ou attendre d'avoir pris connaissance de son diagnostic, Paul obtempéra. Satisfait, le jeune médecin indiqua qu'il ne pouvait rien prédire pour l'instant. Il enverrait Arthur à la radiographie dès que possible, Paul parla de scanner, mais l'hôpital n'en disposait pas. Brisson le rassura du mieux qu'il le pouvait, si les clichés radiographiques laissaient apparaître le moindre problème, il ferait transférer Arthur dès le lendemain vers un centre d'imagerie médicale.

Paul demanda pourquoi on ne pouvait pas le transférer maintenant, mais le jeune médecin opposa son veto. Depuis son admission au Mission San Pedro Hospital, Arthur était sous sa seule responsabilité. Cette fois Paul réfléchit à l'endroit où il pourrait bien cacher le corps de l'interne après la strangulation.

Brisson fit demi-tour et remonta vers les étages. Il allait chercher un appareil de radiographie mobile. Dès qu'il eut disparu, Paul entra dans le box et secoua Arthur.

– Ne t'endors pas, tu ne dois pas te laisser aller, tu m'entends ?

Arthur ouvrit les paupières, il avait le regard vitreux et chercha à tâtons la main de son ami.

– Paul, tu te souviens du jour précis de la fin de notre adolescence ?

– Ce n'est pas très difficile, c'était tout à l'heure !... Tu as l'air d'aller mieux, tu devrais te reposer maintenant.

– Quand nous sommes revenus de la pension, les choses n'étaient plus à leur place ; tu as dit « un jour on n'est plus chez soi là où on a grandi ». Moi, je voulais revenir en arrière mais pas toi.

– Garde tes forces, nous aurons le temps de parler de tout cela plus tard.

Paul regarda Arthur, il prit une serviette et fit couler l'eau au robinet de la vasque. Il serra le linge et le posa sur le front de son ami. Arthur semblait soulagé.

– Je lui ai parlé aujourd'hui. Pendant tout ce temps, quelque chose au fond de moi me disait que j'entretenais peut-être une illusion. Qu'elle était un refuge, une façon de se rassurer, parce qu'à vouloir atteindre l'inaccessible on ne court pas de risque.

– C'est moi qui t'ai dit ça ce week-end, crétin, maintenant oublie mes âneries philosophiques, j'étais juste en colère.

– Qu'est-ce qui te mettait en colère ?

– Que nous n'arrivions plus à être heureux au même moment. Pour moi, c'est ça vieillir.

– C'est bien de vieillir, tu sais, c'est une drôle de chance. Il faut que je te confie un secret. Quand je regarde des personnes âgées, souvent je les envie.

– De leur vieillesse ?

– D'y être arrivé, d'avoir vécu jusque-là !

Paul regarda le tensiomètre. La pression sanguine

avait encore baissé, il serra les poings, convaincu qu'il fallait agir. Ce toubib allait tuer ce qu'il avait de plus précieux au monde, l'ami qui valait pour lui toute une famille.

– Même si je ne m'en sors pas, ne dis rien à Lauren.

– Si c'est pour raconter des trucs aussi idiots, économise tes mots.

Et Arthur sombra à nouveau, sa tête roula sur le côté de la civière. Il était une heure cinquante-deux et, à la pendule de la salle d'examens, la trotteuse continuait son tic-tac sournois. Paul se leva et força Arthur à rouvrir les yeux.

– Tu vas vieillir encore longtemps, mon crétin, je vais m'en occuper et quand tu seras pétri de rhumatismes, quand tu ne pourras même plus soulever ta canne pour me taper dessus, je te dirai que c'est à cause de moi que tu souffres, qu'un des pires soirs de ma vie j'aurais pu t'éviter tout ça. Mais tu n'avais qu'à pas commencer.

– J'ai commencé quoi ? murmura Arthur.

– À ne plus t'amuser des mêmes choses que moi, à être heureux d'une façon que je ne comprenais pas, à m'obliger à vieillir aussi.

Brisson entra dans la salle d'examens accompagné de l'infirmière qui poussait le chariot de radiographie.

– Vous, sortez tout de suite ! cria-t-il à Paul d'un ton courroucé.

Paul le regarda de pied en cap, jeta un œil à la machine que l'infirmière Cybile mettait en place à la tête du lit et s'adressa à elle d'une voix posée.

– Ça pèse dans les combien ce truc-là ?

– Bien trop lourd pour mes reins quand je dois pousser ce satané appareil.

Paul se retourna brusquement et saisit Brisson

par le col de sa blouse. Il lui détailla d'une façon un peu ferme les amendements au règlement du Mission San Pedro Hospital qui entreraient en vigueur à la minute où il relâcherait son emprise.

– Et là, vous avez bien compris ce que j'ai dit ? ajouta-t-il, sous le regard amusé de l'infirmière Cybile.

Libéré, Brisson exagéra une quinte de toux qui cessa au premier mouvement de sourcil de Paul.

– Rien qui m'inquiète, dit l'interne, dix minutes plus tard, en consultant les clichés accrochés au panneau lumineux.

– Mais est-ce que cela inquiéterait un médecin ? demanda Paul.

– Tout cela peut attendre demain matin, répondit Brisson d'un ton pincé. Votre ami est juste sonné.

Brisson ordonna à l'infirmière de ramener l'appareil en salle de radiologie, mais Paul s'interposa.

– L'hôpital n'est peut-être pas le dernier refuge de la galanterie, mais on va faire un essai quand même ! dit-il.

Dissimulant mal sa rage, Brisson s'exécuta et reprit le chariot des mains de Cybile. Dès qu'il eut disparu dans l'ascenseur, l'infirmière tapota à la vitre de sa guérite et fit signe à Paul de venir la voir.

– Il est en danger, n'est-ce pas ? demanda Paul de plus en plus anxieux.

– Je ne suis qu'infirmière, mon avis compte vraiment ?

– Plus que celui de certains toubibs, l'assura Paul.

– Alors écoutez-moi bien, murmura Cybile. J'ai besoin de ce job, si un jour vous faites un procès à cet abruti, je ne pourrai pas témoigner. Ils sont aussi corporatistes que les flics ; ceux qui parlent en cas de bavure peuvent ensuite chercher du boulot à vie.

111

Plus aucun hôpital ne les engage. Il n'y a de place que pour ceux qui se serrent les coudes quand il y a un pépin. Les cols blancs oublient que chez nous les pépins sont des êtres humains. Cela dit, tirez-vous d'ici tous les deux avant que Brisson ne le tue.

– Je ne vois pas comment, et où voulez-vous qu'on aille ?

– Je serais tentée de vous dire que seul le résultat compte, mais fiez-vous à mon instinct, dans son cas le temps compte aussi.

Paul faisait les cent pas, furieux contre lui-même. Dès qu'ils étaient entrés dans cet hôpital, il avait su que c'était une erreur. Il essaya de retrouver son calme, la peur l'empêchait de trouver une solution.

– Lauren ?

Paul se précipita au chevet d'Arthur qui gémissait. Il avait les yeux grands ouverts et son regard semblait se fixer sur un autre monde.

– Désolé, ce n'est que moi, dit Paul en lui prenant la main.

La voix d'Arthur était saccadée.

– Jure-moi... sur ma tête... que tu ne lui diras jamais la vérité.

– En ce moment je préfère jurer plutôt sur la mienne, dit Paul.

– Du moment que tu tiens ta promesse !

Ce furent là les dernières paroles d'Arthur. L'hémorragie noyait maintenant toute la partie arrière de son cerveau. Pour protéger les centres vitaux encore intacts, la formidable machine décida de mettre hors service tous ses terminaux périphériques. Les centres de la vue, de la parole, de l'ouïe et de la motricité avaient cessé d'être opérationnels. Il était deux heures vingt à la pendule de la salle d'examens. Arthur était désormais dans le coma.

9.

Paul arpentait le hall. Il prit son téléphone portable au fond de sa poche mais Cybile lui fit aussitôt comprendre qu'il était interdit d'en faire usage dans l'enceinte de l'établissement.

– Et quel appareil scientifique pourrait bien être perturbé ici, à part le distributeur de boissons ? cria-t-il.

Cybile réitéra l'interdiction d'un mouvement de tête et lui désigna le parking des Urgences.

– Article 2 du nouveau règlement intérieur, insista Paul. Mon téléphone est autorisé dans le hall !

– Ça ne marche qu'avec Brisson, votre règlement, allez donc téléphoner dehors. Si la sécurité passe, je me fais virer.

Paul râla avant de franchir les portes coulissantes.

Pendant de longues minutes, Paul continua à faire les cent pas sur le parking des ambulances, regardant défiler le répertoire téléphonique sur l'écran de son portable.

– Et merde, grommela-t-il à voix basse, c'est un cas de force majeure !

Il appuya sur une touche et le portable composa aussitôt un numéro préenregistré.

– Memorial Hospital, que puis-je faire pour vous ? interrogea la standardiste.

Paul insista pour qu'on lui passe les Urgences. Il patienta quelques minutes. Betty prit l'appel. Une ambulance, lui expliqua-t-il, avait conduit chez eux, en début de soirée, un jeune homme percuté par un side-car sur Union Square.

Betty demanda aussitôt à son interlocuteur s'il était un membre de la famille de la victime, Paul répondit qu'il était son frère, il mentait à peine. L'infirmière se souvenait très bien de ce dossier. Le patient avait quitté l'hôpital par ses propres moyens vers vingt et une heures. Il était en bonne santé.

– Pas vraiment, reprit Paul, pouvez-vous me passer le médecin qui s'est occupé de lui ? Je crois que c'était une femme. C'est urgent, ajouta-t-il.

Betty comprit qu'il y avait un problème, ou plutôt que l'hôpital risquait d'avoir un problème. Dix pour cent des patients reçus aux Urgences revenaient dans les vingt-quatre heures, en raison d'une erreur ou d'une sous-estimation de diagnostic. Le jour où les procès coûteraient plus d'argent que n'en économisaient les réductions d'effectifs, les administrateurs prendraient enfin les mesures que le corps médical ne cessait de réclamer. Elle replongea dans ses fiches à la recherche du double de celle d'Arthur.

Betty ne décela aucun manquement au protocole d'examen ; rassurée, elle tapota à la vitre, Lauren remontait le couloir. Elle lui fit signe de venir la voir, il y avait un appel pour elle.

– Si c'est ma mère, dis-lui que je n'ai pas le temps. Je devrais être partie depuis une demi-heure et j'ai encore deux patients à traiter.

– Si c'était ta mère qui appelait à deux heures trente du matin, je te la passerais même au bloc opératoire. Prends-moi ce téléphone, ça semble important.

Perplexe, Lauren porta le combiné à son oreille.

– Vous avez examiné ce soir un homme qui a été renversé par un side-car, vous vous en souvenez ? dit la voix dans l'appareil.

– Oui, très bien, répondit Lauren, vous êtes de la police ?

– Non, je suis son meilleur ami. Votre patient a fait un malaise en rentrant chez lui. Il est inconscient.

Lauren sentit son cœur accélérer dans sa poitrine.

– Appelez immédiatement le 911 et amenez-le-moi ici tout de suite, je l'attendrai !

– Il est déjà hospitalisé. Nous sommes au Mission San Pedro Hospital et ça ne va pas bien du tout.

– Je ne peux rien faire pour votre ami s'il est déjà dans un autre hôpital, répondit Lauren. Mes collègues s'occuperont très bien de lui, j'en suis certaine. Je peux leur parler si vous le souhaitez mais à part signaler une légère tachycardie, je n'ai rien de particulier à leur indiquer, tout était normal quand il est parti d'ici.

Paul décrivit la condition dans laquelle Arthur se trouvait ; le docteur en charge prétendait qu'il n'y avait pas de danger à attendre jusqu'au matin, mais il ne partageait pas du tout cet avis, il fallait être un âne pour ignorer que son meilleur ami n'allait pas bien du tout.

– Il m'est difficile de contredire un confrère sans avoir au moins pu consulter moi-même les radios. Que dit le scanner ?

– Il n'y a pas de scanner ! dit Paul.

– Quel est le nom de l'interne de garde ? demanda Lauren.

– Un certain docteur Brisson, dit Paul.

– Patrick Brisson ?

– Il y avait écrit « Pat » sur sa plaque, ça doit être ça, vous le connaissez ?

– Je l'ai connu en quatrième année de médecine, c'est effectivement un âne.

– Qu'est-ce que je dois faire ? supplia Paul.

– Je n'ai absolument pas le droit d'intervenir, mais je peux essayer de lui parler au téléphone. Avec l'accord de Brisson, nous pourrions organiser le transfert de votre ami et lui faire passer un scanner dès cette nuit. Le nôtre est ouvert vingt-quatre heures sur vingt-quatre. Pourquoi n'êtes-vous donc pas venu tout de suite ici ?

– C'est une longue histoire et nous avons peu de temps.

Paul aperçut l'interne qui entrait dans la guérite de Cybile ; il pria Lauren de rester en ligne et traversa le hall en courant. Il arriva haletant devant Brisson et lui colla son portable sous l'oreille.

– C'est un appel pour vous, dit-il.

Brisson le regarda, étonné, et prit l'appareil.

L'échange de points de vue entre les deux médecins fut bref. Brisson écouta Lauren et la remercia d'une aide qu'il n'avait pas sollicitée. L'état de son patient était sous contrôle, ce qui était loin d'être le cas de la personne qui l'accompagnait ; cet homme qui l'avait inutilement dérangée avait une certaine tendance à l'hystérie. Pour se débarrasser de lui, il avait même failli appeler la police.

Maintenant que Lauren était rassurée, il allait raccrocher, ravi d'avoir eu de ses nouvelles après toutes ces années, et avec l'espoir de la revoir, pour un café ou pourquoi pas un dîner. Il coupa la communication et rangea l'appareil dans sa poche.

– Alors ? demanda Paul, les pieds qui mordaient la ligne jaune.

– Je vous rendrai votre téléphone quand vous partirez d'ici ! dit Brisson d'un air hautain. Leur usage est interdit dans l'enceinte de l'établissement. Cybile vous l'a probablement déjà signifié.

Paul se posta devant le médecin et lui barra la route.

– Bon, d'accord, je vous le restitue, mais vous me jurez de sortir sur le parking si vous avez d'autres appels ? reprit Brisson beaucoup moins fier.

– Qu'a dit votre confrère ? demanda Paul en arrachant son portable des mains de l'interne.

– Qu'elle me faisait confiance, ce qui d'évidence n'est pas le cas de tout le monde.

Brisson pointa du doigt l'inscription qui délimitait la zone réservée exclusivement au personnel médical.

– Si vous repassez encore une fois de l'autre côté de cette ligne, ne serait-ce que pour parcourir dix centimètres dans ce corridor, Cybile appellera la police et je vous ferai évacuer. J'espère que j'ai été assez clair.

Et Brisson tourna les talons avant de s'éloigner dans le couloir. L'infirmière en chef Cybile haussa les épaules.

*

Lauren venait de faire hospitaliser le dernier des blessés de la rixe du bar.

Une infirmière stagiaire lui demanda d'examiner sa patiente. Il suffisait de regarder le tableau des horaires, explosa Lauren, pour vérifier que sa garde s'achevait à deux heures du matin. À presque trois heures, il était donc impossible que la personne à laquelle s'adressait la jeune infirmière soit encore Lauren. Emily Smith la regarda, interdite.

117

– Bon, d'accord, dans quel box est votre malade ? demanda-t-elle en la suivant, résignée.

Un petit garçon qui souffrait d'une forte fièvre se plaignait de douleurs à l'oreille. Lauren l'examina et diagnostiqua une otite carabinée. Elle prescrivit une ordonnance et pria Betty d'aider la jeune stagiaire à administrer les soins appropriés. Fourbue, elle quitta enfin les Urgences, sans même prendre le temps d'enlever sa blouse.

En traversant le parking désert, Lauren rêvait d'un bain, d'une couette et d'un gros oreiller. Elle consulta sa montre, sa prochaine garde débutait dans moins de seize heures, il lui aurait fallu le double de sommeil pour tenir le coup jusqu'à la fin de la semaine.

Elle prit place au volant et attacha sa ceinture. La voiture s'engagea dans Potrero Avenue et bifurqua dans la 23e Rue.

Lauren aimait rouler dans San Francisco au milieu de la nuit quand la ville calme s'offrait à elle. L'asphalte défilait sous les roues de son cabriolet. Elle alluma la radio et passa la troisième vitesse. La Triumph filait sous la voûte étoilée d'un magnifique ciel d'été.

Les services de la ville réparaient des canalisations au croisement de MC Allister Street, la circulation était bloquée. Le chef de chantier se pencha à la portière de la Triumph, son équipe n'en avait plus que pour quelques minutes. La rue était à sens unique, Lauren songea à faire marche arrière, mais la présence d'une voiture de police qui balisait la zone où les ouvriers intervenaient la fit renoncer.

La silhouette du Mission San Pedro Hospital se dessinait dans son rétroviseur, l'établissement se situait à deux pâtés de maisons derrière elle.

Le chauffeur referma la bâche du camion municipal avant de remonter dans sa cabine. Sur le côté du véhicule, une publicité de la prévention routière mettait en garde le citoyen. « Il suffit d'une seconde de négligence... »

Le policier fit signe à Lauren qu'elle pouvait enfin passer. Elle se faufila entre les engins de chantier qui abandonnaient le centre de la chaussée pour se regrouper le long du trottoir. Mais au feu, elle changea d'itinéraire. De mémoire d'interne, elle n'avait jamais connu d'étudiant plus imbu de lui-même que Brisson.

Appuyé à la vitre qui donnait sur le parking désert, Paul réfléchissait. Gyrophares éteints, une ambulance au sigle de l'établissement hospitalier s'immobilisa sur un emplacement réservé aux véhicules de secours. Le chauffeur descendit, verrouilla les portières et entra dans le hall de l'hôpital. Après avoir salué l'infirmière de garde, il accrocha son trousseau à un petit clou planté au mur de la guérite. Cybile lui remit la clé d'une salle d'examens, il la remercia et alla se coucher dans un des box inoccupés.

Par la baie vitrée, Paul contemplait l'ambulance. Une Triumph verte vint se ranger juste à côté.

Il reconnut aussitôt la jeune femme qui se dirigeait d'un pas décidé vers les portes automatiques du sas des Urgences. Elle fit demi-tour au milieu du parking, ôta sa blouse et la jeta en boule dans le coffre de sa voiture. Quelques instants plus tard, elle entrait dans le hall. Paul vint à sa rencontre.

– Docteur Kline, je présume ?

– C'est vous qui m'avez appelée ?

– Oui, comment le savez-vous ?

– Il n'y a que vous dans ce hall. Et vous, comment avez-vous su qui j'étais ?

Gêné, Paul fixa le bout de ses chaussures.

– Je prie tous les dieux de la terre depuis deux heures pour qu'on me vienne en aide, vous êtes le premier messie à se présenter... je vous ai vue enlever votre blouse sur le parking.

– Brisson est dans les parages ? interrogea Lauren.

– Pas loin, dans les étages.

– Et votre ami ?

Paul désigna le premier box derrière la guérite de l'infirmière.

– Allons-y ! dit Lauren en l'entraînant.

Mais Paul hésita, il avait eu une petite altercation avec Brisson et ce dernier lui avait interdit de franchir la ligne jaune à l'entrée du couloir, sous peine de le faire expulser par la police. Il se demandait si en cas d'infraction Cybile mettrait la sentence à exécution. Lauren soupira ; cette attitude de petit caporal collait bien à l'interne qu'elle avait côtoyé en quatrième année de faculté. Elle invita Paul à ne pas compliquer la situation, elle irait le trouver seule et se présenterait comme la petite amie du patient.

– Ils me laisseront passer, le rassura-t-elle.

– Essayez quand même de l'appeler plutôt par son prénom, « Patient », ça peut éveiller des soupçons.

Paul craignait que Brisson ne soit pas dupe de la supercherie.

– Nous ne nous sommes pas croisés depuis de nombreuses années, et vu le temps qu'il passe à se regarder lui-même, je doute qu'il reconnaisse le visage de sa propre mère.

Lauren alla se présenter à la guérite de Cybile. L'infirmière de garde posa son livre et sortit de sa cage de verre. La zone derrière elle n'était accessible qu'au personnel médical. Mais en vingt ans de carrière elle avait acquis un flair infaillible : que la jeune femme qu'elle accompagnait vers le box soit ou non la petite amie du patient importait peu, elle était, avant tout, médecin. Brisson ne pourrait lui faire aucun reproche.

Lauren entra dans la pièce où Arthur reposait. Elle étudia les mouvements de la cage thoracique. La respiration était lente et régulière, la couleur de la peau, normale. Sous prétexte de prendre la main de son petit ami, elle étudia son pouls. Le cœur semblait battre moins vite que lors du précédent examen, bien que le rythme pulsatif ait augmenté sous ses doigts. Si elle réussissait à le tirer de ce mauvais pas, elle lui ferait passer un électrocardiogramme de contrôle et ce, de gré ou de force.

Elle s'approcha du panneau lumineux où étaient suspendues les radiographies du crâne. Elle demanda à Cybile si c'était « des photos » du cerveau de son fiancé qui étaient exposées sur ce mur.

Cybile la regarda, dubitative, et leva les yeux au ciel.

– Je vais vous laisser avec votre « fiancé » ; vous devez avoir besoin d'intimité.

Lauren la remercia du fond du cœur.

Sur le pas de la porte, l'infirmière se retourna et regarda à nouveau Lauren.

– Vous pouvez étudier les clichés de plus près, docteur, la seule chose que je vous recommande c'est de finir votre bilan avant que Brisson redescende. Je ne veux pas avoir d'ennuis. Et cela étant dit, j'espère que vous êtes meilleur médecin que comédienne.

Lauren entendit les pas s'éloigner dans le couloir.

Elle s'approcha du tableau pour étudier attentivement les radios. Brisson était encore plus incapable qu'elle ne l'avait imaginé. Un bon interne aurait suspecté l'épanchement hémorragique à l'arrière du crâne. Cet homme sur la table devait être opéré au plus vite, elle redoutait déjà que le cerveau ne souffre du temps perdu. Pour confirmer son diagnostic, il fallait lui faire passer un scanner de toute urgence.

Les mains dans les poches de sa blouse, Brisson entra dans la guérite de Cybile.

– Il est encore là, celui-là ? s'étonna-t-il en désignant Paul assis sur une chaise à l'autre bout du hall.

– Oui, et son ami est toujours dans le box, docteur.

– Il s'est réveillé ?

– Non, mais il respire très bien et ses constantes sont stables, je viens de les prendre.

– Vous croyez à un risque d'hématome intracrânien, vous ? s'enquit Brisson d'une voix faible.

Cybile fouilla dans ses papiers pour ne pas croiser le regard du médecin, sa foi dans le genre humain approchait son seuil de tolérance.

– Je ne suis qu'une infirmière, vous me l'avez suffisamment fait remarquer depuis que vous êtes chez nous, docteur.

Brisson adopta aussitôt une attitude plus assurée.

– Ne soyez pas insolente ! Je peux vous faire muter quand je veux ! Ce type est juste sonné, il va récupérer. Au matin, nous lui ferons passer un scanner, par précaution. Remplissez-moi une fiche de transfert et cherchez-moi un scan libre dans une clinique du quartier ou dans un centre d'imagerie. Dites bien que le docteur Brisson en personne souhaite que l'examen soit pratiqué dans la matinée.

– Je n'y manquerai pas, grommela Cybile.

En s'engageant dans le couloir, il entendit l'infirmière lui crier qu'elle avait autorisé la compagne du patient à lui rendre visite dans la salle d'examens.

– Sa femme est là ? demanda Brisson en se retournant.

– Sa petite amie !

– Ne hurlez pas comme ça, Cybile, nous sommes dans un hôpital !

– Il n'y a que nous, docteur, dit Cybile. Et heureusement, murmura-t-elle dès que Brisson s'éloigna.

L'infirmière retourna à sa guérite. Paul la fixait du regard, elle haussa les épaules. Il entendit la porte de la salle d'examens se refermer sur les pas de l'interne, hésita quelques secondes et se leva pour franchir d'un pas volontaire la fameuse ligne jaune.

Brisson se présenta à la jeune femme assise sur le tabouret à côté de son fiancé.

– Bonjour, Lauren. Ça fait un sacré bail.

– Tu n'as pas changé, répondit-elle.

– Toi non plus.

– À quoi joues-tu avec ce patient ?

– Qu'est-ce que cela peut bien te faire ? Tu manques de clients au Memorial ?

– Je suis là parce que cet homme était mon patient en début de soirée, je sais que cela peut te paraître déroutant, mais certains d'entre nous font ce métier par amour de la médecine.

– Tu veux dire, ont peur d'avoir des ennuis parce qu'ils ont peut-être sous-estimé la condition clinique d'un blessé avant de le laisser quitter leur service.

Le ton de Lauren monta d'un cran, et sa voix résonna dans le couloir.

– Tu te trompes, mais apparemment ce ne sera pas la plus grave erreur d'appréciation que tu auras faite ce soir. Je suis ici parce que le copain de ce type m'a appelée au secours, et même par téléphone j'ai pu me rendre compte que tu t'étais encore gouré de diagnostic.

– Tu as peut-être quelque chose à me demander pour être aussi aimable ?

– À te demander, certainement pas, à te conseiller ! Je vais appeler le Memorial et les prier de m'envoyer une ambulance pour rapatrier cet homme à qui l'on doit probablement faire une ponction intracrânienne dans les plus brefs délais. Tu vas me laisser intervenir, et en contrepartie je te laisserai modifier ton rapport d'examen. Tu auras prescrit le transfert toi-même et ton chef de service te congratulera. Penses-y, un patient sauvé, ça ne peut pas faire de tort à ta carrière.

Brisson accusa le coup, il s'avança vers Lauren et lui ôta des mains les clichés de radiographie.

– C'est ce que j'aurais fait si j'avais pensé que son état de santé justifiait de telles dépenses. Mais ce n'est pas le cas, il va bien et il se réveillera demain matin avec une sale migraine. En attendant, je t'autorise à sortir de mon hôpital et à retourner dans le tien.

– Cet endroit est au mieux un dispensaire ! reprit Lauren.

Elle arracha une radio des mains de Brisson et l'accrocha au tableau lumineux. Le cliché était pris depuis la face. Elle délimita l'épiphyse calcifiée. La petite glande aurait dû se trouver parfaitement à cheval de la ligne médiane qui délimite les deux hémisphères du cerveau, mais sur cette image elle était décalée. Ce qui laissait présumer une compression anormale à l'arrière du cerveau.

– Tu n'es pas capable d'interpréter cette anomalie ? reprit-elle en criant.

– Ce n'est qu'un défaut sur le cliché, l'appareil portable est de mauvaise qualité ! répondit Brisson avec la voix d'un petit garçon surpris la main dans un pot de confiture.

– L'épiphyse est décalée de la ligne médiane, et la seule explication possible est la formation d'un hématome pariéto-occipital. Ton entêtement va tuer cet homme et je te jure que je te le ferai regretter.

Brisson se ressaisit, gonflé d'orgueil, il avança vers Lauren, l'obligeant à reculer vers la porte du box.

– Il faudra d'abord que tu justifies ton intrusion dans ces lieux, ta présence dans une salle d'examens où tu n'as ni autorité ni légitimité. Dans cinq minutes je téléphone aux flics pour te faire déguerpir, à moins que tu ne préfères que nous allions prendre un café quelque part ? C'est très calme ce soir, je peux m'absenter quelques instants.

Lauren toisa le résident, ses lèvres tremblaient de colère. Appuyé au mur, le bras négligemment posé au-dessus de son épaule, Brisson approcha son visage. Elle le repoussa sans ménagement.

– À la faculté, Patrick, tu transpirais déjà la concupiscence et la jalousie. La personne que tu as le plus déçue dans la vie c'est toi-même et tu as décidé de le faire payer aux autres. Si tu continues, cet homme s'en sortira sur une chaise roulante dans le meilleur des cas.

D'un geste brutal, Brisson la chassa vers la porte.

– Fous le camp d'ici avant que je te fasse arrêter. Barre-toi, et transmets mes amitiés à Fernstein ; dis-lui qu'en dépit de son jugement sévère je m'en sors très bien. Quant à lui, dit-il en désignant Arthur, il reste là, c'est mon patient !

Les veines de Brisson saillaient de rage. Lauren avait retrouvé son calme. Elle posa une main compatissante sur l'épaule de l'interne.

– Dieu que je plains ton entourage ; je t'en supplie, Patrick, s'il y a encore en toi un brin d'humanité, reste célibataire !

Paul entra brusquement dans la pièce, les yeux ivres d'émotion. Brisson sursauta.

– Est-ce que je viens de vous entendre dire qu'Arthur allait être paralysé ?

Il regardait Brisson avec l'envie irrésistible de l'étrangler pour de bon quand l'infirmière Cybile apparut à son tour. Elle s'excusa auprès du résident, elle avait fait tout son possible pour retenir Paul, elle n'avait pas eu la force physique nécessaire pour lui interdire l'accès au couloir.

– Cette fois vous êtes allés trop loin tous les deux, Cybile, appelez les flics tout de suite ! Je porte plainte.

Brisson jubilait, l'infirmière s'approcha, sortit la main de sa poche et glissa quelque chose dans celle de Lauren. La jeune interne identifia aussitôt l'objet et comprit l'intention de l'infirmière. Elle la remercia d'un œil complice et, sans aucune hésitation, elle planta la seringue dans le cou de Brisson et appuya sur le piston.

Le résident la regarda, stupéfait, il recula, cherchant à ôter l'aiguille de sa nuque, mais il était trop tard et déjà le sol se dérobait sous ses pieds. Lauren fit un pas pour le retenir dans sa chute.

– Valium et Hypnovel ! Il va faire un très grand voyage, annonça Cybile, humblement.

Aidée de Paul, Lauren allongea Brisson à terre.

Ce n'était plus un néon qui pendait au plafond, mais un petit avion accroché au manège. Pourquoi son père ne voulait-il pas qu'il monte dans la nacelle ?

Dans sa cabine, le forain a déjà fait tinter la clochette, le tour va commencer. Tous les enfants s'amusent et lui doit rester là, à jouer dans le sable. Parce qu'un tas de sable ça ne coûte rien. Un tour à trente cents c'est beaucoup d'argent, quel est le prix à payer pour aller jusqu'aux étoiles ?

Lauren glissa sous la tête de Brisson la couverture pliée que lui tendait Cybile.

Elle est belle, cette femme devant moi, avec sa queue-de-cheval, ses pommettes et ses yeux qui pétillent. Elle me regarde à peine. Ce n'est pas un crime de désirer. Je voudrais qu'elle vienne dans l'avion avec moi. Je laisserais mes parents à cette médiocrité qui les rassure l'un l'autre. Je hais ces gens autour de moi qui rient de rien et s'amusent de tout. Il fait noir.

– Il dort ? chuchota Paul.

– Il en a tout l'air, répondit Lauren qui vérifiait le pouls de Brisson.

– Qu'est-ce qu'on fait maintenant ?

– Il en a pour une petite demi-heure, j'aimerais mieux avoir tout nettoyé à son réveil. Il sera de très mauvaise humeur. Partez d'ici tous les trois. Je vais chercher ma voiture, nous installerons votre ami à l'arrière et nous filerons au Memorial, il n'y a pas une minute à perdre.

Elle sortit de la pièce. L'infirmière déverrouilla les freins du lit où reposait Arthur et Paul l'aida à le pousser hors de la salle d'examens en veillant à ne pas rouler sur les doigts de Brisson qui somnolait par terre. Les roues couinaient sur le linoléum du hall. Paul l'abandonna subitement.

Lauren referma le coffre de la Triumph, et fut surprise de voir Paul qui traversait le parking en courant. Il passa à sa hauteur en criant « j'arrive » et continua son sprint. Elle enfilait sa blouse en le regardant s'éloigner, perplexe.

– Paul, ce n'est vraiment pas le moment...

Quelques minutes plus tard, une ambulance s'arrêta devant elle. La portière côté passager s'ouvrit et Paul, assis à la place du conducteur, l'accueillit tout sourire.

– Je vous emmène ?

– Vous savez conduire ce genre d'engin ? demanda-t-elle en grimpant à bord.

– Je suis un spécialiste !

Ils s'arrêtèrent sous l'auvent. Cybile et Paul transbordèrent Arthur sur le brancard, à l'arrière de l'ambulance.

– Je vous aurais bien accompagnés, soupira Cybile, penchée à la vitre de Paul.

– Merci pour tout, dit-il.

– De rien, je vais perdre mon job, mais je me suis rarement autant amusée. Si vos soirées sont toutes aussi drôles, passez-moi un coup de fil, je vais avoir du temps libre.

Paul sortit un trousseau de sa poche et le remit à l'infirmière.

– J'ai fermé la porte de la salle d'examens, juste au cas où il se réveillerait un peu plus tôt !

Cybile récupéra les clés, un sourire aux lèvres. Elle donna un petit coup sur la portière comme on claque la croupe d'un cheval pour lui ordonner de prendre la route.

Seule au milieu du parking désert, devant le lit civière, Cybile vit l'ambulance tourner au coin de la rue. Elle s'arrêta devant les portes automatiques. Sous ses pieds, une grille métallique permettait l'écoulement des eaux de pluie. Elle prit les clés que Paul lui avait remises et les laissa glisser de sa main.

128

– Avec ma voiture, dit Lauren nous aurions gagné en discrétion.

– Vous m'avez dit que nous n'avions pas une minute à perdre ! objecta Paul en allumant la rampe gyrophare de l'ambulance.

Ils filaient à vive allure, si tout allait bien, ils seraient au Memorial Hospital dans un petit quart d'heure.

– Quelle nuit ! s'exclama Lauren.

– Vous croyez qu'Arthur se souviendra de quelque chose ?

– Quelques fragments de conscience se recolleront les uns aux autres. Je ne peux pas vous garantir que le tout forme une série cohérente.

– Est-il dangereux de réveiller les souvenirs de quelqu'un qui est resté longtemps dans le coma ?

– Pourquoi est-ce que ce serait dangereux ? demanda Lauren. Les comas sont consécutifs à des traumatismes crâniens. Soit le cerveau est endommagé, soit il ne l'est pas. Il arrive aussi que certains patients restent comateux sans que l'on sache pourquoi. La médecine est encore peu savante en ce qui concerne le cerveau.

– Vous parlez de ça comme d'un carburateur de voiture.

Amusée, Lauren pensa à sa Triumph qu'elle avait abandonnée sur le parking, et pria pour ne pas croiser Brisson quand elle irait la récupérer. Ce type était capable de dormir dans son cabriolet jusqu'à ce qu'elle revienne.

– Donc si on essaye de stimuler la mémoire d'un ancien comateux, on ne lui fait courir aucun risque ?

– Ne confondez pas amnésie et coma, cela n'a rien à voir. Il est fréquent qu'un individu n'arrive pas à se souvenir des événements précédant le choc qui l'a plongé dans l'inconscience. Mais si la perte de mémoire s'étend à une période plus large, elle relève d'un autre dommage que l'on appelle amnésie, et qui a ses propres causes.

Pendant que Paul réfléchissait, Lauren se retourna pour observer Arthur.

– Votre ami n'est pas encore dans le coma, il est juste inconscient.

– Vous croyez que l'on peut se souvenir de ce qui s'est passé pendant qu'on était dans le coma ?

– Peut-être de certains bruits autour de vous ? C'est un peu comme quand on dort, sauf que le sommeil est plus profond.

Paul réfléchit mille fois avant de se décider à poser cette question qui lui brûlait les lèvres.

– Et si vous êtes somnambule ?

Intriguée, Lauren le regarda. Paul était superstitieux et une petite voix lui rappelait qu'il avait juré de garder un secret ; son meilleur ami était allongé sur une civière, inconscient, alors à contrecœur, il mit un terme à ses questions.

Lauren se retourna à nouveau. La respiration d'Arthur était ample et régulière. Si les radiographies de son crâne n'avaient été de si mauvais augure, on aurait pu croire qu'il dormait paisiblement.

– Il a l'air plutôt bien, dit-elle en reprenant sa place.

– Ah mais c'est un type très bien ! même s'il lui arrive de m'emmerder du matin au soir !

– Je parlais de son état de santé ! À vous voir ensemble, vous avez l'air d'un vieux couple.

– Nous sommes comme frères, bougonna Paul.

– Vous n'avez pas souhaité prévenir sa petite amie, enfin je veux dire la vraie ?

– Il est célibataire, et surtout ne me demandez pas pourquoi !

– Pourquoi ?

– Il a un don pour se mettre dans des situations compliquées.

– Comme ?

Paul regarda longuement Lauren, c'est vrai que le sourire qu'elle portait dans ses yeux était unique.

– Laissez tomber ! dit-il en hochant la tête.

– Tournez à droite, il y a des travaux par là, reprit Lauren. Pourquoi me posiez-vous toutes ces questions sur le coma ?

– Comme ça !

– Qu'est-ce que vous faites dans la vie ?

– Je suis architecte.

– Comme lui ?

– Comment le savez-vous ?

– Il me l'a dit cette après-midi.

– Nous avons fondé notre cabinet ensemble. Vous avez une bonne mémoire pour vous souvenir ainsi du métier de tous vos patients.

– Architecte, c'est un joli métier, murmura Lauren.

– Ça dépend des clients.

– Pour nous, c'est un peu pareil, dit-elle en riant.

L'ambulance approchait de l'hôpital. Paul donna un petit coup de sirène et se présenta devant la rampe réservée aux véhicules de secours. L'officier de sécurité actionna la barrière.

– J'adore les passe-droits, jubila-t-il.

– Arrêtez-vous sous le porche, vous jouerez à nouveau avec votre klaxon et les brancardiers viendront chercher votre ami.

– Quel luxe !

– C'est juste un hôpital.

Il arrêta le fourgon à l'endroit désigné par Lauren. Deux brancardiers venaient déjà à leur rencontre.

– Je vais avec eux, dit Lauren. Allez vous garer, je vous retrouverai plus tard dans la salle d'attente.

– Merci pour tout ce que vous faites, dit Paul.

Elle ouvrit la portière et descendit du véhicule.

– Quelqu'un proche de vous a été dans le coma ?

Paul la fixa du regard.

– Vraiment très proche ! répondit Paul.

Lauren accompagna le brancard et entra dans les Urgences.

– Vous avez quand même une drôle de façon de vous fréquenter tous les deux. Vous étiez faits pour vous entendre ! murmura-t-il en la regardant s'éloigner dans le hall.

10.

Les roulettes du chariot tournaient si vite que leurs moyeux tremblaient sur leur axe ; Lauren et Betty se frayaient un chemin dans les couloirs encombrés des Urgences. Elles évitèrent de justesse une armoire à pharmacie et la rencontre dans un virage d'une équipe de brancardiers qui arrivait en face s'avéra des plus périlleuse. Au plafond, les néons s'étiraient en un trait continu de couleur laiteuse. Au loin, le signal de l'ascenseur retentit. Lauren hurla qu'on l'attende. Elle accéléra encore sa course, Betty l'aidant du mieux qu'elle le pouvait à maintenir le chariot en ligne droite. Un interne en ORL qui retenait les portes de la cabine les aida à se faufiler entre deux autres lits qui montaient vers les blocs de chirurgie.

– Scanner ! haleta Lauren alors que la cabine s'élevait.

Une infirmière appuya sur le bouton du cinquième. La course reprit sa folle allure de corridor en corridor, où les portes palières virevoltaient à leur passage. L'unité d'imagerie médicale était enfin en vue. À bout de souffle, Lauren et Betty rassemblèrent leurs dernières forces.

– Je suis le docteur Kline, j'ai prévenu l'appariteur de notre arrivée, j'ai besoin d'un scan crânien tout de suite.

– Nous vous attendions, répondit Lucie, vous avez le dossier du patient ?

La paperasserie attendrait, Lauren poussa le chariot dans la salle d'examens. Depuis sa cabine de contrôle isolée du scanner, le docteur Bern se pencha sur le micro.

– Que cherchons-nous ?

– Une hémorragie probable dans le lobe occipital, j'ai besoin d'une série de clichés préopératoires pour une ponction intracrânienne.

– Vous comptez intervenir cette nuit ? demanda Bern, surpris.

– Dans moins d'une heure si j'arrive à monter l'équipe.

– Fernstein est prévenu ?

– Pas encore, murmura Lauren.

– Mais vous avez bien son aval pour ces scans en urgence ?

– Évidemment, mentit Lauren.

Aidée de Betty, elle installa Arthur sur la table de thérapie et le sangla au support de tête. Betty injecta la solution iodée pendant que l'opérateur initiait les protocoles d'acquisition depuis son terminal. Dans un bruissement à peine audible, la table avança jusqu'au centre de l'anneau. Le Statif effectua ses premières rotations tandis que la couronne de détecteurs tournait autour de la tête d'Arthur. Les rayons X captés étaient transmis à une chaîne informatique qui recomposait l'image de son cerveau en coupes.

Les premières planches apparaissaient déjà sur les deux écrans de l'opérateur. Elles confirmaient le diagnostic de Lauren, infirmaient celui de Brisson. Arthur devait être opéré immédiatement. Il fallait suturer au plus vite la dissection de la veine endommagée et réduire l'hématome à l'intérieur de la cavité crânienne.

– À ton avis, quel est le potentiel de récupération ? demanda Lauren à son collègue, en parlant dans le micro de la salle du scanner.

– C'est toi l'interne en neurochirurgie ! Mais si tu veux mon pronostic je dirais que, si vous intervenez dans l'heure, tout est encore possible. Je ne vois pas de lésion majeure, il respire bien, les centres neuro-fonctionnels semblent intacts, il peut s'en sortir indemne.

Le radiologue fit signe à Lauren de le rejoindre dans la cabine. Il pointa du doigt sur l'écran une zone du cerveau.

– Je voudrais que tu regardes de plus près cette coupe, dit-il, je pense que nous avons ici une petite malformation étrange, je vais compléter ses examens par un IRM. J'enverrai les images par le Dicom[1] ; tu les récupéreras directement sur le neuronavigateur. Tu pourrais presque laisser le robot opérer pour toi.

– Merci pour tout.

– C'était calme cette nuit, tes visites me font toujours plaisir.

Un quart d'heure plus tard, Lauren quittait le département d'imagerie médicale, conduisant Arthur vers le dernier étage de l'hôpital. Betty l'abandonna devant les ascenseurs, il fallait qu'elle redescende aux Urgences. De là, elle ferait tout ce qui lui était possible pour réunir une équipe chirurgicale dans les meilleurs délais.

1. Serveur informatique.

Le bloc opératoire baignait dans l'obscurité ; au mur, la pendule luminescente indiquait trois heures quarante.

Lauren tenta d'installer Arthur sur la table d'opération, mais sans aide l'exercice se révélait complexe. Elle en avait assez de cette vie, de ces horaires, d'être toujours à la disposition de tous, alors que personne n'était jamais là pour elle. Son beeper la rappela à l'ordre, elle se précipita vers le combiné du téléphone mural. Betty décrocha aussitôt.

– J'ai réussi à joindre Norma, elle a eu du mal à me croire. Elle s'occupe de joindre Fernstein.

– Tu crois que cela va lui prendre du temps ?

– Celui qu'il faut pour aller de la cuisine à la chambre ; si l'appartement de Fernstein est aussi grand qu'on le dit, elle mettra cinq petites minutes !

– Tu veux dire que Norma et Fernstein... ?

– Tu m'as demandé de le joindre au milieu de la nuit, c'est chose faite ! Et moi j'ai demandé qu'il te rappelle directement, j'ai les tympans fragiles. Je te laisse, je cherche un anesthésiste.

– Tu crois qu'il viendra ?

– Je pense qu'il est déjà en route, tu es sa protégée, on dirait que tu es la seule à ne pas vouloir t'en rendre compte !

Betty coupa la communication et chercha dans son carnet personnel un médecin réanimateur qui vivrait non loin de l'hôpital et dont elle sacrifierait la nuit. Lauren reposa lentement le combiné. Elle regarda Arthur sur la civière qui dormait d'un sommeil trompeur.

Elle entendit des pas derrière elle. Paul s'approcha du lit et prit la main d'Arthur.

– Vous croyez qu'il va s'en sortir ? demanda-t-il d'une voix angoissée.

– Je fais de mon mieux, mais seule je ne peux pas grand-chose. J'attends la cavalerie et je suis fatiguée.

– Je ne sais pas comment vous remercier, murmura Paul. Il est la seule chose au-dessus de mes moyens que je me sois jamais accordée.

Au silence de Lauren, Paul ajouta qu'il ne pouvait se permettre de le perdre.

Lauren le regarda fixement.

– Venez m'aider, chaque minute compte !

Elle entraîna Paul vers la salle de préparation, ouvrit l'armoire centrale, et prit deux blouses vertes.

– Tendez les bras, dit-elle.

Elle noua les cordons de la tunique dans son dos et lui posa un calot sur la tête. L'entraînant vers la vasque, elle lui montra comment laver ses mains et l'aida à enfiler une paire de gants stériles. Pendant que Lauren s'habillait, Paul se contemplait dans le miroir. Il se trouvait très élégant en tenue de chirurgien. S'il n'avait pas une sainte horreur du sang, la médecine lui aurait convenu à merveille.

– Lorsque vous aurez fini de vous regarder dans la glace, vous me donnerez un petit coup de main ? demanda Lauren les bras tendus.

Paul l'aida à se préparer et, dès qu'ils furent tous deux vêtus de leur combinaison, il la suivit à l'intérieur du bloc. Lui qui s'enorgueillissait de la haute technicité des équipements de son cabinet d'architecture était émerveillé par la multitude d'appareils électroniques. Il s'approcha du neuronavigateur pour en caresser le clavier.

– Ne touchez pas à ça ! cria Lauren.

– Je ne faisais que regarder.

– Regardez avec vos yeux, pas avec vos doigts ! Vous n'avez pas le droit d'être là, si Fernstein me voit dans cette salle avec vous je vais en prendre...

– ... pour deux bonnes heures de réprimande, poursuivit la voix du vieux professeur qui sortait d'un haut-parleur. Vous avez décidé de saboter votre carrière pour contrarier ma retraite ou vous agissez par pure inconscience ?

Lauren se retourna, Fernstein la dévisageait depuis le sas de préparation de l'autre côté de la vitre.

– C'est vous qui m'avez fait prêter le serment d'Hippocrate, je respecte mes engagements, voilà tout ! répondit Lauren dans l'intercom.

Fernstein se pencha sur la console, il appuya sur le bouton du micro pour s'adresser à ce « médecin » qu'il ne connaissait pas.

– Je lui ai fait jurer de donner son corps à la médecine, je pense que lorsque les générations futures étudieront son cerveau, la science fera de grands progrès dans la compréhension du phénomène de l'entêtement.

– Ne vous inquiétez pas, depuis qu'il m'a sauvée sur la table d'opération, il me prend pour sa créature ! reprit Lauren à l'attention de Paul en ignorant totalement Fernstein.

Elle s'empara d'un rasoir stérile dans un tiroir et d'une paire de ciseaux, découpa la chemise d'Arthur et en jeta les lambeaux dans une corbeille. Paul ne put réfréner un sourire en la voyant débarrasser le torse d'Arthur de toute pilosité.

– Cette coupe va beaucoup lui plaire à son réveil ! dit-il.

Lauren apposa des électrodes aux poignets, aux chevilles et en sept points autour du cœur d'Arthur. Elle relia les fils électriques à l'électrocardiographe et vérifia le bon fonctionnement de la machine. Un tracé lent et régulier s'afficha sur l'écran vert luminescent.

– Je suis devenu son grand jouet ! Je me fais engueuler si je fais trop d'heures, je me fais engueuler si je ne suis pas au bon étage au bon moment, je me fais engueuler si nous ne traitons pas assez de patients aux Urgences, je me fais engueuler parce que j'arrive trop vite sur le parking, je me fais même engueuler parce que j'ai mauvaise mine ! Le jour où j'étudierai son cerveau, la médecine fera un grand pas dans la compréhension du machisme chez les toubibs !

Paul toussota, gêné. Fernstein invita Lauren à le rejoindre.

– Je suis en milieu stérilisé, protesta-t-elle ; je sais déjà ce que vous voulez me dire !

– Vous croyez que je me suis levé au milieu de la nuit pour le seul plaisir de vous passer un savon ? J'aimerais m'entretenir avec vous du protocole opératoire, dépêchez-vous, c'est un ordre !

Lauren fit claquer ses gants et sortit du bloc, laissant Paul seul en compagnie d'Arthur.

– Qui est le réanimateur ? demanda-t-elle alors que la porte du sas coulissait sur ses glissières.

– Je croyais que c'était ce médecin, avec vous !

– Non, ce n'est pas lui, murmura Lauren en regardant le bout de ses chaussures.

– Norma s'en occupe, elle nous rejoindra dans quelques minutes. Bon, vous avez réussi à former une équipe de pointe au milieu de la nuit, dites-moi qu'il ne s'agit pas d'une appendicite.

Les traits de Lauren se détendirent, elle posa une main sur l'épaule de son vieux professeur.

– Ponction intracrânienne et réduction d'un hématome sous-dural.

– À quand remontent les premiers saignements ?

– Dix-neuf heures, avec une augmentation probable de l'intensité vers vingt et une heures, suite à l'absorption d'une forte dose d'aspirine.

Fernstein regarda sa montre, il était quatre heures du matin.

– Quel est votre pronostic de récupération ?

– L'opérateur du scan est optimiste.

– Je ne vous ai pas demandé son avis mais le vôtre !

– Je n'en sais rien, pour tout vous dire, mais mon instinct me dit que ça valait le coup de vous réveiller.

– Alors si nous ne le sortons pas de là, je blâmerai votre instinct. Où sont les clichés ?

– Déjà introduits dans le neuronavigateur, les périmètres des champs opératoires sont établis, nous les avons envoyés par le Dicom. J'ai allumé l'échographe et initialisé les protocoles opératoires.

– Bien, nous devrions pouvoir opérer dans le quart d'heure. Vous allez tenir le coup ? interrogea le professeur en enfilant sa blouse.

– Précisez votre question ! le nargua Lauren en lui nouant les cordons dans le dos.

– Je parle de votre fatigue.

– C'est une obsession chez vous ! râla-t-elle en prenant une nouvelle paire de gants stériles dans l'armoire.

– Si je dirigeais une compagnie aérienne, je m'inquiéterais de la vigilance de mes pilotes.

– Ne vous inquiétez pas, j'ai les pieds sur terre.

– Alors qui est ce chirurgien dans la salle d'opération ? Je ne le reconnais pas sous son calot, questionna Fernstein en se lavant les mains.

– C'est une longue histoire, dit-elle, embarrassée, il va s'en aller, il est juste venu m'aider.

– Quelle est sa spécialité ? Nous ne serons pas trop ce soir, toute aide sera la bienvenue.

– Psychiatre !

Fernstein resta interloqué. Norma entra dans la salle de préparation. Elle aida le professeur à enfiler ses gants et ajusta le reste de sa tenue. L'infirmière regarda le vieux professeur, fière de son élégance. Fernstein se pencha à l'oreille de son élève et murmura :

– Elle trouve qu'en vieillissant je ressemble à Sean Connery.

Et Lauren put voir le sourire qui s'étirait sous le masque du chirurgien.

Le docteur Lorenzo Granelli, réanimateur réputé, fit une entrée fracassante. Installé depuis vingt ans en Californie, titulaire d'une chaire au centre hospitalier universitaire, il ne s'était jamais départi de cet accent élégant et ensoleillé qui soulignait ses origines vénitiennes.

– Alors, s'exclama-t-il les bras grands ouverts. Qu'est-ce donc que cette urgence qui ne peut pas attendre ?

L'équipe entra dans le bloc. Au grand étonnement de Paul, chacun le salua en l'appelant docteur. Du regard, Lauren lui suggéra fermement de sortir, mais alors qu'il se dirigeait vers la porte du sas, l'anesthésiste lui demanda de l'aider à installer la poche de perfusion. Granelli regarda, perplexe, les gouttes qui perlaient sous le calot de Paul.

– Mon petit doigt me dit que vous avez déjà chaud, cher collègue.

Paul répondit d'un mouvement de tête et accrocha, tremblotant, le sac de plasma à la perche. De son côté, Lauren exposait rapidement la situation au reste de l'équipe. Elle fit défiler sur l'écran de l'ordinateur les différentes coupes du scanner.

– Je demanderai une nouvelle échographie lorsque nous aurons soulagé la pression intracrânienne.

Fernstein se détourna de l'écran et s'approcha du patient. En découvrant le visage d'Arthur, il recula d'un pas et remercia le ciel que le masque chirurgical qu'il portait dissimule ses traits.

– Tout va bien ? lui demanda Norma qui ressentait le trouble du professeur.

Fernstein s'écarta de la table d'opération.

– Comment ce jeune homme est-il arrivé chez nous ?

– C'est une histoire qui vous semblera difficile à croire, répondit Lauren d'une voix à peine audible.

– Nous allons avoir tout le temps de l'entendre, insista-t-il en prenant place derrière le neuronavigateur.

Lauren expliqua le parcours chaotique qui avait conduit Arthur pour la deuxième fois aux Urgences du Memorial Hospital et l'avait soustrait aux mains malheureuses de Brisson.

– Pourquoi ne pas avoir pratiqué un contrôle neurologique plus approfondi lorsque vous l'avez examiné la première fois ? demanda Fernstein en vérifiant le bon fonctionnement de son appareil.

– Il n'y avait pas de traumatisme crânien, pas de perte de connaissance, le bilan neuromoteur était satisfaisant. Nous avons pour consignes de limiter les examens inutilement coûteux...

– Vous n'avez jamais respecté les consignes, ne me dites pas que vous avez subitement décidé de vous y plier aujourd'hui, pour une première fois ce ne serait vraiment pas de chance !

– Je n'avais aucune raison d'être inquiète.

– Et Brisson...

– Fidèle à lui-même, rétorqua Lauren.

– Il vous a laissée emmener son patient ?

– Pas vraiment...

Paul simula une incroyable quinte de toux. Toute l'équipe chirurgicale le regarda. Granelli abandonna son poste et vint lui tapoter le dos.

– Vous êtes sûr que vous allez bien, cher confrère ?

Paul rassura l'anesthésiste d'un signe de la tête et s'éloigna de lui.

– Alors voilà une excellente nouvelle ! s'exclama Granelli. Maintenant et tout à fait confidentiellement, si vous pouviez éviter de badigeonner cette pièce de vos bacilles, le corps médical dont je fais partie vous en serait infiniment reconnaissant. Je parle au nom de ce cher patient qui souffre déjà à l'idée que vous vous approchiez de lui.

Paul, qui avait l'impression qu'une colonie de fourmis avait élu domicile dans ses jambes, se rapprocha de Lauren et murmura à son oreille, suppliant :

– Sortez-moi d'ici avant que ça ne commence, je ne supporte pas la vue du sang !

– Je fais de mon mieux, chuchota la jeune interne.

– Ma vie se transforme en calvaire quand vous êtes réunis tous les deux, si un jour vous pouviez essayer de vous fréquenter un tout petit peu comme tout le monde, ça m'arrangerait beaucoup.

– De quoi parlez-vous ? demanda Lauren, étonnée.

– Je me comprends ! Trouvez-moi un moyen de quitter cet endroit avant que je tourne de l'œil.

Lauren s'écarta de Paul.

– Vous êtes prêt ? demanda-t-elle à Granelli.

– Plus prêt serait presque impossible, ma chère, j'attends le signal, répondit l'anesthésiste.

– Encore quelques minutes, annonça Fernstein.

Norma posa le champ opératoire sur la tête d'Arthur. Son visage disparut sous un linge vert.

Fernstein voulait vérifier une dernière fois les clichés, il se retourna vers le panneau rétro éclairé mais ce dernier était vierge de toute image. Il fustigea Lauren du regard.

– Elles sont restées de l'autre côté de la vitre, je suis désolée.

Lauren ressortit de la pièce pour chercher les planches d'IRM. La porte du bloc opératoire se referma pendant que Norma apaisait Fernstein d'un sourire complice.

– Tout cela est inadmissible, dit-il en prenant les poignées du neuronavigateur. Elle nous réveille au milieu de la nuit, personne n'est prévenu de cette intervention, nous avons à peine eu le temps de nous préparer, il y a quand même un minimum de procédures à respecter dans cet hôpital !

– Mais mon cher collègue, s'exclama Granelli, le talent s'exprime souvent dans la spontanéité de l'imprévu.

Tous les visages se tournèrent vers l'anesthésiste. Granelli toussota.

– Enfin quelque chose comme ça ! Non ?

Les portes de la salle de préparation où Lauren recueillait les derniers comptes rendus d'analyses s'ouvrirent brusquement. Un policier en uniforme précédait un inspecteur de police. Lauren reconnut aussitôt le médecin en blouse qui la pointait du doigt.

– C'est elle, arrêtez-la tout de suite !

– Comment êtes-vous arrivés jusque-là ? demanda Lauren, stupéfaite, au policier.

– Il semblait y avoir urgence, nous l'avons emmené avec nous pour qu'il nous guide, répondit l'inspecteur en désignant Brisson.

– Je suis venu assister à votre interpellation pour tentative d'assassinat, séquestration de médecin dans l'exercice de ses fonctions, enlèvement d'un de ses patients et vol d'une ambulance !

– Si vous le permettez, docteur, je vais faire mon métier, reprit l'inspecteur Erik Brame à l'attention de Brisson.

Il demanda à Lauren si elle reconnaissait les faits. Elle inspira profondément et jura qu'elle n'avait agi que dans l'intérêt du blessé. Il s'agissait d'un cas de légitime défense...

L'inspecteur Brame était désolé, il ne lui appartenait pas de juger de cela, et il n'avait d'autre choix que de lui passer les menottes.

– C'est vraiment nécessaire ? supplia Lauren.

– C'est la loi ! jubila Brisson.

– J'en ai une deuxième paire ; si vous parlez encore une fois à ma place, dit l'inspecteur, je vous embarque pour usurpation de la fonction d'agent de la force publique !

– Ça existe ce délit ? demanda l'interne.

– Vous voulez le vérifier ? répondit Brame d'un ton ferme.

Brisson recula d'un pas, laissant le policier poursuivre son interrogatoire.

– Qu'avez-vous fait de l'ambulance ?

– Elle est sur le parking. Je l'aurais ramenée au petit matin.

Le haut-parleur crépita, Lauren et le policier se retournèrent pour voir Fernstein qui s'adressait à eux depuis le bloc opératoire.

– Pouvez-vous me dire ce qui se passe ?

Les joues de la jeune neurologue avaient viré au

145

pourpre, elle se pencha sur le pupitre, les épaules lourdes, et appuya sur la touche de l'interphone.

– Pardon, murmura-t-elle, je suis tellement désolée.

– Est-ce que cette intrusion policière a un rapport avec le patient qui se trouve sur cette table ?

– En quelque sorte, avoua Lauren.

Granelli s'approcha de la vitre.

– S'agit-il d'un bandit ? demanda-t-il, presque extatique.

– Non, répondit Lauren. Tout est de ma faute, je suis tellement confuse.

– Ne soyez pas confuse, reprit l'anesthésiste, moi-même lorsque j'avais votre âge, j'ai fait deux ou trois plaisanteries qui m'ont valu quelques soirées en compagnie des carabinieri, leurs costumes sont bien plus élégants que ceux de votre police, d'ailleurs.

Le réanimateur fut coupé dans son élan par l'inspecteur Brame qui s'approcha du micro.

– Elle a volé une ambulance et enlevé ce patient dans un autre hôpital.

– Toute seule ? s'exclama l'anesthésiste au comble de l'excitation, mais cette fille est épatante !

– Elle avait un complice, souffla Brisson, je suis certain qu'il est dans le hall, il faut l'embarquer, lui aussi.

Fernstein et Norma se tournèrent vers le seul médecin qui ne s'était toujours pas présenté, mais à leur grande surprise il avait disparu. Recroquevillé dans le compartiment qui se trouvait sous la table d'opération, Paul ne comprenait pas comment sa soirée avait pu virer à un tel cauchemar. Il y a quelques heures, il était un homme heureux et serein qui dînait en compagnie d'une femme ravissante.

Fernstein s'approcha de la vitre et demanda à

Lauren pourquoi elle avait commis un acte aussi stupide. Son élève releva la tête et le regarda, les yeux pleins de tristesse.

– Brisson allait le tuer.

– Bonsoir, professeur, dit le jeune interne, ravi. Je veux récupérer mon patient tout de suite ! Je vous interdis de commencer cette intervention, je le ramène avec moi.

– J'en doute fort, objecta Fernstein furieux.

– Monsieur le professeur, je vous invite à laisser faire le docteur Brisson, dit l'inspecteur de police, embarrassé.

Granelli recula à pas feutrés jusqu'à la table d'intervention. Il vérifia la condition d'Arthur et débrancha une électrode à son poignet. Aussitôt le signal d'alarme de l'électrocardiographe retentit. Granelli leva les bras au ciel.

– Et voilà ! On parle, on parle et ce jeune homme va de plus en plus mal. À moins que ce monsieur qui nous enquiquine ne prenne la responsabilité de l'aggravation inévitable de la condition de notre malade, je pense qu'il serait temps d'opérer. De toute façon, l'anesthésie a déjà commencé et il n'est plus transportable ! conclut-il, triomphal.

Le masque chirurgical de Norma ne pouvait cacher son sourire. Brisson, fou de rage, pointa un doigt rageur vers Fernstein.

– Vous me le paierez tous !

– Je crois que nous n'avons pas fini de faire nos comptes, jeune homme, maintenant partez d'ici et laissez-nous travailler ! ordonna le professeur, en se retournant sans adresser le moindre regard à Lauren.

L'inspecteur Brame rangea sa paire de menottes et prit la jeune neurologue par le bras. Brisson leur emboîta le pas.

– Le moins que l'on puisse dire, reprit Granelli en remettant l'électrode au poignet d'Arthur, c'est que cette soirée est très originale.

Le ronronnement des appareils recouvrit le silence qui s'installa dans la salle d'opération. Le liquide anesthésiant descendit le long du tube de perfusion et entra dans les veines d'Arthur. Granelli vérifia la saturation des gaz sanguins et fit signe à Fernstein que l'intervention pouvait enfin commencer.

*

Lauren avait pris place à bord de la voiture banalisée de l'inspecteur Erik Brame, Brisson était monté dans celle du policier en uniforme. Au croisement de California Street, les deux véhicules se séparèrent. Brisson rentrait finir sa garde au San Pedro. Il viendrait signer sa plainte dans la matinée.

– Il était vraiment en danger ? demanda l'inspecteur.

– Il l'est toujours, répondit Lauren depuis la banquette arrière.

– Et ce Brisson y est pour quelque chose ?

– Ce n'est pas lui qui l'a projeté dans une vitrine, mais disons que son incompétence a aggravé la situation.

– Alors, vous lui avez sauvé la vie ?

– J'allais l'opérer quand vous m'avez arrêtée.

– Et vous faites ce genre de choses pour tous vos patients ?

– Oui et non, enfin essayer de les sauver oui, les enlever dans un autre hôpital, non.

– Vous avez pris tous ces risques pour un inconnu ? poursuivit l'inspecteur. Là, vous m'épatez.

– Ce n'est pas ce que vous faites tous les jours

dans votre métier, prendre des risques pour des inconnus ?

– Si, mais moi je suis policier.

– Moi, médecin...

La voiture entra dans Chinatown, Lauren pria l'officier d'ouvrir la fenêtre, ce n'était pas vraiment réglementaire mais il accepta, ce soir il en avait assez du règlement.

– Ce type m'était très antipathique, mais je n'avais pas le choix, vous comprenez ?

Lauren ne répondit pas, la tête penchée à la fenêtre, elle respira l'air marin qui gagnait les quartiers est de la ville.

– J'aime cet endroit plus que tout, dit-elle.

– Dans d'autres circonstances je vous aurais emmenée manger le meilleur canard laqué du monde.

– Chez les frères Tang ?

– Vous connaissez l'endroit ?

– C'est ma cantine, enfin c'était, depuis deux ans je n'ai plus eu le temps d'y mettre les pieds.

– Vous êtes inquiète ?

– Je préférerais être avec eux dans la salle d'opération, mais Fernstein est le meilleur neurochirurgien de cette ville, alors non je ne devrais pas être soucieuse.

– Vous avez déjà réussi à répondre à une question seulement par oui ou par non ?

Elle sourit.

– Vous avez vraiment fait ce coup-là, toute seule ? reprit l'inspecteur.

– Oui !

La voiture se rangea sur le parking du 7e district. L'inspecteur Brame aida Lauren à descendre du véhicule. Dès qu'ils entrèrent dans le commissariat, il confia sa passagère à l'officier de permanence.

Nathalia n'aimait pas passer la nuit loin de son compagnon, mais les heures entre minuit et six heures du matin comptaient double. Plus que trois mois et elle aussi prendrait sa retraite. Son vieux flic bourru lui avait promis de l'emmener faire ce grand voyage dont elle rêvait depuis tant d'années. À la fin de l'automne ils s'envoleraient pour l'Europe. Elle l'embrasserait sous la tour Eiffel, ils visiteraient Paris et ils partiraient à Venise pour s'unir enfin devant Dieu. En amour la patience a ses vertus. Il n'y aurait aucune cérémonie, ils entreraient simplement tous les deux dans une petite chapelle, la ville en comptait des dizaines.

Nathalia entra dans la salle d'interrogatoire pour relever l'identité de Lauren Kline, une interne en neurochirurgie qui avait dérobé une ambulance et enlevé un patient dans un hôpital.

11.

Nathalia posa son bloc-notes sur la table.

– J'ai vu des choses originales dans mon métier, mais là vous battez un record, dit-elle en prenant la cafetière sur le réchaud.

Elle regarda longuement Lauren. En trente ans de carrière elle avait assisté à un grand nombre d'interrogatoires et pouvait juger de la sincérité d'un prévenu en moins de temps qu'il n'en avait fallu à ce dernier pour commettre son délit. La jeune interne décida de coopérer ; hormis la complicité de Paul, elle n'avait rien à cacher. Elle assumait ses actes. Si une situation identique se représentait, elle adopterait la même attitude.

Une demi-heure s'écoula, Lauren racontait, Nathalia l'écoutait, resservant du café de temps à autre.

– Vous n'avez pas noté un mot de ma déposition, répondit Lauren.

– Je n'étais pas là pour ça, un inspecteur viendra demain matin. Je vous recommande d'attendre un avocat avant de raconter à quiconque d'autre ce que vous venez de me dire. Votre patient a-t-il des chances de s'en sortir ?

– On ne le saura qu'à la fin de l'intervention, pourquoi ?

Si Lauren lui avait vraiment sauvé la vie Nathalia pensait que cela dissuaderait probablement les administrateurs du Mission San Pedro de se porter partie civile.

– Il n'y a aucun moyen de me laisser sortir, le temps de l'opération ? Je jure de me représenter ici demain matin.

– Il faudra d'abord qu'un juge fixe le montant de votre caution. Dans le meilleur des cas il vous recevra dans le courant de l'après-midi, sauf si votre collègue retirait sa plainte.

– N'y comptez pas, il n'a pas pu m'avoir quand nous étions à la faculté, vous pensez bien qu'il tient là sa revanche.

– Vous vous connaissiez ?

– J'ai eu à le supporter comme voisin de banc en quatrième année.

– Et il prenait un peu trop de place ?

– Le jour où il a posé ses mains sur mes cuisses, je l'ai éconduit assez brusquement.

– Mais encore ?

– Je peux vous raconter ça sans la présence de mon avocat ? rétorqua Lauren d'un ton amusé. Je l'ai giflé en plein cours de biologie moléculaire, la claque a résonné dans tout l'amphithéâtre.

– À l'Académie de police, je me souviens d'avoir menotté un jeune inspecteur qui avait essayé de m'embrasser de façon un peu cavalière. Il a passé une très mauvaise nuit, accroché à la portière de sa voiture.

– Et vous ne l'avez jamais recroisé ?

– Nous allons bientôt nous marier !

Nathalia s'excusa auprès de Lauren, mais le

règlement l'obligeait à l'enfermer. Lauren regarda le réduit grillagé au fond de la salle d'interrogatoire.

– C'est calme ce soir ! reprit Nathalia. Je vais laisser la cellule ouverte. Si vous entendez des pas, enfermez-vous toute seule, sinon c'est moi qui aurai des ennuis. Il y a du café dans le tiroir sous le réchaud et des tasses dans le petit placard. Ne faites pas de bêtises.

Lauren la remercia. Nathalia quitta la pièce et retourna à son bureau. Elle prit le registre de nuit pour y reporter l'identité de la jeune femme inter-pellée et conduite au 7e district à quatre heures trente-cinq.

*

– Quelle heure est-il ? demanda Fernstein.

– Vous êtes fatigué ? répondit Norma.

– Je ne vois pas pourquoi je le serais, j'ai été réveillé au milieu de la nuit et j'opère depuis plus d'une heure, bougonna le vieux chirurgien.

– Les chiens ne font pas des chats, n'est-ce pas ma chère Norma ? reprit l'anesthésiste.

– Quel est le sens de votre propos, cher confrère ? interrogea Fernstein.

– Je me demandais où votre élève avait acquis ce phrasé, si particulier.

– Faut-il en déduire que vos étudiants prati-queront la médecine avec un léger accent italien ?

Fernstein introduisit un drain par l'incision pratiquée dans le crâne d'Arthur. Déjà, le sang s'épanchait dans le tube. L'hématome sous-dural commençait enfin à se résorber. Une fois les micro-dissections cautérisées il resterait à s'attaquer à la petite malformation vasculaire. La sonde du neuro-navigateur avançait millimètre par millimètre. Les vaisseaux sanguins apparaissaient sur le moniteur de contrôle, semblables à des rivières souterraines. L'extraordinaire voyage au centre de l'intelligence humaine se déroulait pour l'instant sans encombre. Pourtant, de part et d'autre de la proue du navigateur, s'étendait l'immensité grise de la matière cérébelleuse, tel un amas nuageux parcouru de millions d'éclairs. Minute après minute, la sonde se frayait une voie vers son objectif final, mais il faudrait encore beaucoup de temps avant qu'elle n'atteigne les veines cérébrales internes.

*

Nathalia reconnut les pas qui grimpaient l'escalier. La tête de l'inspecteur Pilguez apparut dans l'entrebâillement de la porte. Les cheveux en bataille, le visage grisé par la barbe naissante, il posa un petit paquet blanc fermé d'un ruban marron.

– Qu'est-ce que c'est ? demanda Nathalia, curieuse.

– Un homme qui n'arrive pas à dormir quand tu n'es pas dans son lit.

– Je te manque à ce point-là ?

– Pas toi, mais ta respiration, elle me berce.

– Tu vas y arriver un jour, j'en suis certaine.

– À quoi ?

– À me dire simplement que tu ne peux plus vivre sans moi.

Le vieil inspecteur s'assit sur le bureau de Nathalia. Il sortit son paquet de cigarettes de sa poche pour en porter une à ses lèvres.

– Puisque tu es en service actif pour quelques mois encore, je vais exceptionnellement te faire partager le fruit d'une expérience rudement acquise sur le terrain. Pour arriver à une conclusion, tu dois regrouper tes indices. Dans le cas qui te préoccupe,

154

tu es en face d'un type à la soixantaine bien tassée, qui a quitté New York pour partager ta vie ; le même bonhomme sort de son lit, qui est aussi le tien, à quatre heures du matin, il traverse la ville en voiture alors qu'il n'y voit rien la nuit, s'arrête pour t'acheter des beignets alors que son taux de cholestérol lui interdit de fréquenter le trottoir d'une pâtisserie – ce sont des beignets au sucre dans ce paquet – et il vient te les déposer sur ton bureau. Tu as besoin d'une déposition en plus ?

– J'aimerais quand même que tu passes aux aveux !

Nathalia ôta la cigarette coincée entre les lèvres de Pilguez, et l'échangea contre un baiser.

– C'est pas mal du tout, ça, tu progresses dans ton enquête ! reprit le policier à la retraite. Tu me rends ma cigarette ?

– Tu es dans un établissement public, c'est interdit !

– À part toi et moi, je ne vois pas grand monde.

– Détrompe-toi, il y a une jeune femme dans la cellule 2.

– Elle est allergique au tabac ?

– Elle est toubib !

– Vous avez coffré un médecin ? Qu'est-ce qu'elle a fait ?

– Une histoire à dormir debout, j'aurai décidément tout vu dans ce métier. Elle a piqué une ambulance et enlevé un patient dans le coma...

Nathalia n'avait pas eu le temps de terminer sa phrase, Pilguez s'était levé d'un bond et se dirigeait d'un pas décidé dans le couloir.

– George ! cria-t-elle, tu es à la retraite !

Mais l'inspecteur ne se retourna pas et ouvrit la porte de la salle d'interrogatoire.

– J'ai comme un pressentiment, marmonna-t-il en refermant la porte derrière lui.

＊

– Je crois que nous ne sommes plus très loin, dit Fernstein en faisant pivoter la poignée du robot.

L'anesthésiste se pencha sur son écran, et augmenta aussitôt le débit d'oxygène.

– Vous avez un problème ? demanda le chirurgien.

– La saturation baisse, laissez-moi quelques minutes avant de continuer.

L'infirmière s'approcha de la patère, elle régla le débit de la perfusion et vérifia les tubes d'admission d'air qui entraient dans le nez d'Arthur.

– Tout est en place, dit-elle.

– Cela semble se stabiliser, reprit Granelli, d'une voix plus calme.

– Je peux continuer ? demanda Fernstein.

– Oui, mais je ne suis pas tranquille, je ne sais même pas si cet homme a des antécédents cardiaques.

– Je vais passer un second drain, l'hématome est un peu encalotté.

La tension d'Arthur avait chuté, les constantes affichées sur l'écran n'étaient pas alarmantes, mais de nature à maintenir l'anesthésiste en état d'alerte. La composition des gaz sanguins n'était pas des plus satisfaisantes.

– Plus tôt nous le réveillerons et mieux ce sera ; il ne réagit pas bien au Diprivan, reprit Granelli.

Le tracé de l'électrocardiogramme marqua une nouvelle inflexion. L'onde Q était anormale. Norma retint son souffle en regardant le petit moniteur, mais le tracé vert reprit ses ondulations régulières.

– Nous ne sommes pas passés loin, dit l'infirmière en reposant les poignées du défibrillateur.

– J'aurais souhaité une échographie de comparaison, dit à son tour Fernstein, hélas il nous manque un médecin ce soir. Mais qu'est-ce qu'elle fait bon sang ? Ils ne vont quand même pas la garder toute la nuit !

Et Fernstein se jura de s'occuper personnellement de ce crétin de Brisson.

*

Lauren alla s'asseoir sur la banquette au fond de la cage grillagée. Pilguez ouvrit la porte, sourit en remarquant que la serrure n'était pas fermée et se dirigea vers la desserte. Il prit la cafetière et se servit une tasse.

– Je ne dis rien pour la cellule, et vous ne dites rien pour le lait. J'ai du cholestérol, elle serait furieuse.

– Elle n'aurait pas tort ! Quel taux ?

– Les spécificités du décor qui vous entoure vous échappent ? Je ne suis pas venu pour une consultation.

– Vous prenez vos médicaments au moins ?

– Ils me coupent l'appétit et j'aime manger.

– Demandez un changement de traitement.

Pilguez parcourut le rapport de police, le compte rendu de Nathalia était vierge.

– Elle doit vous trouver sympathique. Que voulez-vous, elle est comme ça, elle a ses têtes !

– De qui parlez-vous ?

– De ma femme, c'est elle qui a oublié de reporter vos déclarations et c'est elle qui a aussi oublié de refermer la grille de votre cellule, c'est fou ce qu'elle devient distraite avec l'âge. Et qui était ce patient que vous avez enlevé ?

– Un certain Arthur Ashby, si ma mémoire est bonne.

Pilguez leva les bras au ciel, il avait l'air consterné.

– Pas si bonne que ça, si vous voulez mon avis !

– Vous pourriez être plus clair ? interrogea Lauren.

– Il a déjà failli gâcher mes derniers mois de service, ne me dites pas que vous avez décidé de prendre la relève et de me pourrir ma retraite ?

– Je n'ai pas la moindre idée de ce dont vous me parlez.

– C'est bien ce que je craignais ! soupira l'inspecteur. Et où est-il ?

– Au Memorial Hospital, au bloc opératoire de neurochirurgie, là où je devrais me trouver en ce moment, au lieu de perdre mon temps dans ce commissariat. J'ai proposé à votre femme de me laisser y retourner en lui promettant de revenir dès l'intervention achevée, mais elle n'a pas voulu.

L'inspecteur se releva pour aller remplir sa tasse. Il tourna le dos à Lauren et versa une cuillère de sucre en poudre dans le breuvage.

– Il ne manquerait plus que ça ! dit-il d'une voix qui couvrait le bruit de la cuillère. Elle est à trois mois de la fin de sa carrière et nous avons déjà nos billets pour Paris, je sais que c'est presque un sport chez vous deux, mais vous n'allez pas foutre ça en l'air aussi.

– Je n'ai pas le souvenir que nous nous soyons déjà rencontrés et je ne comprends rien à vos petites remarques, vous pouvez m'éclairer ?

Pilguez posa un gobelet de café sur la table et le poussa devant Lauren.

– Faites attention, c'est brûlant. Buvez ça et je vous emmène.

– J'ai causé déjà pas mal d'ennuis aux gens autour de moi ce soir, vous êtes sûr que...

– Je suis à la retraite depuis quatre ans, qu'est-ce que vous voulez qu'ils me fassent maintenant, ils m'ont déjà piqué mon job !

– Alors je peux vraiment retourner là-bas ?

– Têtue et sourde !

– Pourquoi vous faites ça ?

– Vous êtes médecin, votre métier est de soigner des gens, je suis flic, faisons en sorte que les questions restent ma prérogative. Partons, je dois vous ramener ici avant la relève qui a lieu dans quatre heures.

Lauren suivit le policier dans le couloir, Nathalia leva la tête et regarda son compagnon.

– Qu'est-ce que tu fais ?

– Tu as laissé la porte de la cage ouverte et l'oiseau s'envole, ma chérie.

– Tu veux rire ?

– Toi qui te plains que je ne le fais jamais ! Je viens te chercher à la fin de ton service et j'en profiterai pour ramener la petite.

Pilguez ouvrit la portière à Lauren, il contourna le véhicule et s'installa derrière le volant de la Mercury Grand Marquis. Un parfum de cuir fauve flottait dans l'habitacle.

– Elle sent un peu le neuf, mais ma vieille Toronado a rendu l'âme cet hiver, vous auriez dû entendre le bruit des trois cent quatre-vingt-cinq chevaux qui galopaient sous son capot. On a fait quelques belles poursuites elle et moi.

– Vous aimez les vieilles voitures ?

– Non, c'était juste pour faire la conversation.

159

Une pluie fine se mit à tomber sur la ville, une kyrielle de petites gouttes se déposaient sur le pare-brise en un voile brillant.

– Je sais que je n'ai pas le droit de vous poser de questions, mais pourquoi m'avez-vous sortie de ma cellule ?

– Vous l'avez dit vous-même, vous serez plus utile dans votre hôpital qu'à boire du mauvais café dans mon commissariat.

– Et vous avez un sens aigu de l'utilité publique ?

– Vous préférez que je vous ramène au poste ?

Les trottoirs déserts luisaient dans la nuit.

– Et vous, reprit-il, pourquoi avez-vous fait tout ça cette nuit : un sens aigu du devoir ?

Lauren se tut et tourna la tête vers la fenêtre.

– Je n'en ai pas la moindre idée.

Le vieil inspecteur sortit son paquet de cigarettes.

– Ne vous inquiétez pas, je ne fume plus depuis deux ans. Je me contente de les mastiquer.

– C'est bien, vous prolongez votre espérance de vie.

– Je ne sais pas si je vais vivre plus vieux, mais en tout cas, entre la retraite, mon régime contre le cholestérol et l'arrêt du tabac, le temps me paraît déjà beaucoup plus long.

Il jeta sa cigarette par la fenêtre. Lauren enclencha les essuie-glaces.

– Vous est-il arrivé de vous sentir bien en compagnie de quelqu'un que vous ne connaissiez pas ?

– Une femme est arrivée un jour dans le commissariat à Manhattan où j'étais jeune inspecteur. Elle s'est présentée à moi, mon bureau était près de l'entrée. Elle venait d'être affectée au dispatching. Pendant toutes ces années où je sillonnais les rues de Midtown, elle était cette voix qui crépitait dans ma radio de bord. Je me débrouillais pour que mes heures de service collent avec les siennes, j'étais dingue d'elle. Comme je ne la voyais que très rarement, j'avais tendance à interpeller un peu n'importe qui pour n'importe quoi, simplement pour revenir au commissariat et déférer mon détenu devant elle. Elle a repéré mon manège assez vite et m'a proposé d'aller boire un verre avant que je ne coffre le buraliste au coin de la rue pour vente d'allumettes humides. Nous sommes allés dans un petit café derrière le commissariat, on s'est assis à une table, et voilà.

– Voilà quoi ? questionna Lauren, amusée.

– Si j'en allume une vous ne direz rien ?

– Deux bouffées et vous la jetez !

– Marché conclu !

Le policier porta une nouvelle cigarette à sa bouche, il appuya sur l'allume-cigare et reprit son récit.

– Il y avait quelques collègues au comptoir du bar, ils faisaient semblant de ne pas nous voir, mais nous savions elle et moi que dès le lendemain ça jaserait. J'ai mis du temps à m'avouer que je ressentais un manque quand elle n'était pas au commissariat. J'ai répondu à votre question, maintenant ?

– Et quand vous avez compris ça, qu'est-ce que vous avez fait ?

– J'ai continué à perdre beaucoup de temps, répondit l'inspecteur.

Un silence s'installa à bord. Pilguez fixait la route.

– Cet homme que j'ai enlevé, je l'ai à peine vu. Je l'ai examiné brièvement, il est reparti avec sa drôle de mine et son air un peu perdu. Et puis son ami m'a téléphoné, les nouvelles n'étaient pas très bonnes.

L'inspecteur tourna lentement la tête

— Je ne peux pas vous expliquer pourquoi, dit-elle, mais en raccrochant, j'étais heureuse de savoir où il était.

Pilguez regarda sa passagère, un sourire aux lèvres, il se pencha pour ouvrir la boîte à gants, et sortit un gyrophare rouge qu'il aimanta sur le toit de sa voiture.

— Jouons un petit tour à votre impatience.

Il alluma sa cigarette. La voiture filait dans la nuit, et aucun feu ne viendrait interrompre sa course.

*

Norma épongea le front du professeur. Encore quelques minutes et la sonde atteindrait sa destination, la petite anomalie vasculaire était en vue. L'électrocardiographe émit un son bref. Toute l'équipe retenait son souffle. Granelli se pencha sur l'appareil et regarda le tracé qui défilait devant lui. Il tapa du plat de la main sur le haut du moniteur et l'onde reprit sa courbure normale.

— Cette machine est aussi fatiguée que vous, professeur, dit-il en retournant à sa place.

Mais cette remarque n'apaisa pas l'inquiétude qui régnait dans la salle. Norma vérifia le niveau de charge du défibrillateur. Elle changea la poche qui recueillait le sang épanché de l'hématome, désinfecta de nouveau les pourtours de l'incision et retourna à sa place sur le côté de la table.

— L'accès est beaucoup plus compliqué que je ne l'imaginais, précisa Fernstein, cette circonvolution ne ressemble à rien de connu.

— Vous croyez que c'est un anévrisme ? demanda

162

l'anesthésiste en regardant l'écran du neuronavigateur.

– Certainement pas, on dirait plutôt une petite glande, je vais la contourner pour en étudier les points d'attachement, je ne suis plus du tout certain qu'il faille l'ôter.

Alors que la sonde atteignait la zone délimitée par Fernstein, l'électroencéphalographe qui mesurait l'activité électrique du cerveau d'Arthur attira l'attention de Norma. L'une des ondes se mettait à osciller étrangement, elle marqua un brusque pic d'une amplitude inégalée. L'infirmière imita le geste de l'anesthésiste et tapota sur le moniteur. L'onde plongea d'une façon vertigineuse avant de remonter à une altitude raisonnable.

– Vous avez un problème ? interrogea le professeur.

À la première anomalie, l'imprimante de l'appareil aurait dû marquer la bande de papier témoin, mais elle n'avait pas réagi. Déjà l'étrange tracé fuyait à la droite de l'écran. Norma haussa les épaules et pensa que dans cette salle tout était aussi fatigué qu'elle.

– Je crois que je vais pouvoir inciser, je ne suis pas certain de vouloir enlever cette chose, dit le professeur, mais au moins nous pourrons pratiquer une biopsie.

– Vous ne voulez pas faire une pause ? suggéra l'anesthésiste.

– Je préfère en finir le plus vite possible, nous n'aurions pas dû entreprendre une telle intervention avec une équipe aussi réduite.

Granelli, qui aimait travailler en petit nombre, ne partageait pas l'avis de son confrère. Les meilleurs praticiens de la ville étaient réunis dans cette salle. Il décida de garder ce point de vue pour lui. Il pensa que ce week-end il irait naviguer sur son voilier dans la baie de San Francisco. Il venait d'acheter une grande voile neuve.

*

La Mercury Grand Marquis se rangea sur le parking de l'hôpital. Pilguez se pencha pour ouvrir la portière de Lauren. Elle descendit de son véhicule et resta à l'observer quelques instants.

– Fichez-moi le camp d'ici, ordonna l'inspecteur, vous avez mieux à faire que de regarder cette voiture. Je vais aller prendre un café en face, je compte sur vous pour m'y retrouver avant que mon carrosse se transforme en citrouille.

– C'était vous que je regardais. Je cherchais les mots pour vous remercier !

Lauren s'enfuit vers le sas des Urgences, elle traversa le hall en courant et s'engouffra dans l'ascenseur. Plus la cabine s'élevait vers les étages, plus son cœur tambourinait dans sa poitrine. Elle s'affaira à la hâte, passa une blouse qu'elle noua seule, et enfila ses gants.

Essoufflée, elle pressa du coude le poussoir qui commandait l'accès au bloc opératoire et la porte du sas coulissa aussitôt. Personne ne semblait lui porter attention. Lauren patienta quelques instants et toussota sous son masque.

– Je dérange ?

– Non, vous êtes inutile, c'est presque pire, répondit Fernstein. Je peux savoir ce qui vous a retenue tout ce temps ?

– Les barreaux d'une cellule dans un commissariat de police !

– Et ils ont fini par vous libérer ?

164

– Non, c'est mon fantôme qui est là ! dit-elle d'un ton sec.

Cette fois Fernstein releva la tête.

– Épargnez-moi votre insolence, reprit le professeur.

Lauren s'approcha de la table d'opération, elle balaya du regard les différents moniteurs et s'inquiéta auprès de Granelli de l'état général du patient. L'anesthésiste la rassura aussitôt. Une petite alerte l'avait inquiété tout à l'heure, mais les choses semblaient être rentrées dans l'ordre.

– Nous n'en avons plus pour très longtemps, dit Fernstein, je renonce à la biopsie, le risque est trop important. Ce jeune homme devra continuer à vivre avec cette légère anomalie et la science avec cette inconnue.

Un bip strident retentit. Norma se précipita sur le défibrillateur. L'anesthésiste consulta l'écran, le rythme cardiaque devenait critique. Lauren prit les poignées des mains de Norma, elle les frotta l'une à l'autre avant de les plaquer sur le torse d'Arthur.

– Trois cents ! cria-t-elle en envoyant le courant.

Sous l'impulsion de la décharge, le corps se courba avant de retomber lourdement sur la table. Le tracé sur l'écran restait inchangé.

– On le perd ! dit Norma.

– Chargez à trois cent cinquante ! demanda Lauren en appuyant à nouveau sur les poignées.

Le thorax d'Arthur se hissa vers le ciel. Cette fois, la ligne verte plongea avant de redessiner un trait aussi triste que droit.

– On recharge à quatre cents, passez-moi cinq milligrammes d'adrénaline et cent vingt-cinq de Solu-Médrol dans cette perfusion, hurla Lauren.

L'anesthésiste s'exécuta sur-le-champ. En un instant, sous l'œil avisé d'un professeur à qui rien n'échappait, la jeune urgentiste venait de reprendre les commandes de la salle opératoire.

Dès que le défibrillateur eut recouvré sa charge, Lauren appuya sur les poignées. Le corps d'Arthur se leva dans un ultime effort, pour retenir la vie qui s'en allait.

– Norma, une autre ampoule de cinq milligrammes d'adrénaline et une unité de Lidocaïne, tout de suite !

Fernstein regarda le tracé qui n'avait pas évolué. Il s'approcha de Lauren et posa la main sur son épaule.

– Je crains que nous ayons fait plus que le nécessaire.

Mais la jeune urgentiste arracha la seringue des mains de Norma et la planta sans aucune hésitation dans le cœur de son patient.

Le geste fut d'une précision redoutable, l'aiguille glissa entre deux côtes, elle traversa le péricarde et pénétra de quelques millimètres la paroi qui entourait le cœur. Aussitôt, le soluté se distilla dans toutes les fibres du myocarde.

– Je te défends d'abandonner, murmura Lauren en colère, accroche-toi !

Elle reprit les poignées du défibrillateur mais Fernstein retint son geste et les lui ôta des mains.

– Ça suffit, Lauren, laissez-le partir.

Elle repoussa son professeur avec véhémence et l'attaqua de front.

– Ça ne s'appelle pas partir, ça s'appelle mourir ! Quand va-t-on accepter d'utiliser de vrais mots ? Mourir, mourir, mourir, répéta-t-elle en frappant d'un coup de poing le torse inerte d'Arthur.

Le son continu qui s'échappait de l'électrocardiographe s'interrompit brusquement, laissant place à une succession de bips courts. L'équipe resta immobile, tous fixaient le tracé vert qui était presque plat. À son extrémité, l'onde se mit à osciller, elle s'arrondit et finit par reformer une courbe dont le dessin retrouvait un aspect presque normal.

– Et ça, ça ne s'appelle pas revenir, mais vivre ! tempêta Lauren en reprenant les poignées des mains de Fernstein.

Le professeur quitta aussitôt la salle en criant qu'elle n'avait pas besoin de lui pour suturer. Il la laissait à son patient et retournait retrouver son lit qu'il n'aurait jamais dû quitter. Un silence pesant s'installa, interrompu par les bips de l'électrocardiographe qui répondaient en écho aux battements du cœur d'Arthur.

Le docteur Granelli retourna derrière sa console et vérifia la saturation des gaz sanguins.

– Le moins que l'on puisse dire, c'est que notre jeune homme revient de loin. Personnellement, j'ai toujours trouvé qu'une certaine dose d'entêtement pouvait avoir du charme. Je vous laisse dix petites minutes, chère consœur, pour refermer les incisions, et je vous le ramène à la surface du monde.

Norma préparait déjà les agrafes, quand Lauren entendit un gémissement à ses pieds.

Elle se pencha et aperçut un bras qui s'agitait sous elle.

S'agenouillant, elle vit Paul, le teint blanc comme un linceul, recroquevillé sous le tablier du plateau d'opération.

– Qu'est-ce que vous faites là ? demanda-t-elle, stupéfaite.

– Vous êtes revenue ? réussit à dire Paul d'une voix à peine audible, avant de s'évanouir.

Lauren appuya fortement sur les points d'ancrage de ses mandibules, causant une douleur bien plus efficace que n'importe quels sels d'ammoniaque. Paul rouvrit les yeux.

– Je voudrais sortir, supplia-t-il, mais j'ai les jambes terriblement faibles, je ne me sens pas très bien.

Lauren résista à l'envie de rire et demanda à l'anesthésiste de bien vouloir lui préparer une sonde d'oxygène.

– Ça doit être l'odeur de l'éther, dit Paul d'une voix tremblante. Ça sent un peu l'éther ici, non ?

Granelli haussa les sourcils, il appareilla la sonde et ouvrit le débit d'air au maximum. Lauren appliqua le masque sur le visage de Paul qui reprit quelques couleurs.

– Ah ! c'est très agréable, dit-il, ça fait beaucoup de bien, c'est un peu comme à la montagne.

– Taisez-vous et respirez à fond.

– C'est affreux, les bruits que j'ai entendus, et puis la poche là-bas au bout, elle s'est remplie de sang...

Et de nouveau, Paul perdit connaissance.

– Je ne veux pas interrompre ce tête-à-tête, ma chère, mais il est temps de suturer le patient qui se trouve sur la couchette du dessus !

Norma remplaça Lauren. Quand Paul se sentit mieux, elle lui banda les yeux, l'aida à se lever et l'escorta chancelant jusqu'à la sortie du bloc.

L'infirmière l'installa sur un lit dans une pièce voisine, elle jugea préférable de le maintenir sous oxygène. Alors qu'elle lui apposait un masque sur le visage, elle ne résista pas à la curiosité de lui demander quelle était sa spécialité. Paul regarda la blouse tachée de Norma et ses yeux virèrent encore au blanc. Norma lui tapota les joues. Dès qu'il revint à lui, elle l'abandonna et retourna au bloc.

Il était six heures du matin quand Lorenzo Granelli s'attaqua au délicat processus de la phase de réveil. Vingt minutes plus tard, Norma entraînait Arthur, emmailloté dans un drap, vers le service de réanimation.

Lauren quitta le bloc en compagnie de l'anesthésiste. Tous deux se rendirent dans la salle adjacente. Ils ôtèrent leurs gants et se lavèrent les mains sans un mot. Alors qu'il allait quitter la salle de préparation, Granelli se retourna vers Lauren et la regarda, attentif, avant de lui confier qu'il réopérerait avec elle quand elle le souhaiterait, il aimait beaucoup sa façon de travailler.

La jeune neurologue s'assit sur le rebord de la vasque, épuisée. La tête au creux des mains, elle attendit d'être vraiment seule et se mit à pleurer.

*

La salle de réanimation baignait dans le silence du petit matin. Norma ajusta la sonde nasale et vérifia le débit d'oxygène. Le ballon au bout du masque enflait et désenflait au rythme régulier de la respiration d'Arthur. Elle referma le pansement, vérifiant que le drain n'était pas comprimé par la gaze. La poche de perfusion s'écoulait dans la veine. Elle remplit la feuille du bilan postopératoire et confia son patient à l'infirmier de permanence qui prenait désormais sa relève. Au bout du long couloir, elle vit Fernstein qui avançait d'un pas lourd. Le professeur poussa les portes battantes qui menaient au bloc opératoire.

*

Lauren releva la tête et se frotta les yeux. Fernstein s'assit à ses côtés.

– La nuit a été difficile, n'est-ce pas ?

Lauren regarda les chaussons stériles qu'elle portait encore aux pieds. Elle les fit bouger comme deux marionnettes absurdes et ne répondit pas. Elle avait pris des risques inconsidérés mais la fin de l'intervention lui avait donné raison, poursuivit le professeur. Il l'invitait à en tirer une satisfaction personnelle. Ce soir, elle avait recueilli les fruits de l'enseignement qu'il lui avait dispensé. Lauren regarda son professeur, perplexe. Il se redressa et passa son bras autour de son épaule.

– Vous avez sauvé une vie que j'aurais perdue ! Vous voyez, il est temps que je prenne ma retraite et que je vous apprenne une dernière chose.

Les rides autour de ses yeux trahissaient cette tendresse qu'il s'efforçait de cacher, il se releva.

– Ayez la sérénité d'accepter ce que vous ne pouvez pas changer, le courage de changer ce que vous pouvez et, surtout, la sagesse d'en connaître la différence.

– Et à quel âge arrive-t-on à faire ça ? demanda Lauren au vieil homme.

– Marc Aurèle y a réussi à la fin de sa vie, dit-il en s'éloignant les mains dans le dos. Ça vous laisse encore un peu de temps, dit-il avant de disparaître derrière les portes qui se refermèrent sur ses pas.

Lauren resta seule quelques instants. Elle consulta sa montre et se souvint de sa promesse. Un inspecteur de police l'attendait dans un café en face de l'hôpital.

Elle s'engagea dans le couloir et s'arrêta devant la vitre de la salle de réanimation. Sur un lit, près de la fenêtre aux stores baissés, un homme bardé de tubes et de fils revenait à cette vie, décidément si fragile. Elle le regardait, et chaque fois qu'Arthur inspirait, la poitrine de Lauren s'emplissait de joie.

12.

À l'accueil, une jeune infirmière remplaçait Betty. Lauren effaça son nom du tableau des médecins en service. Le radiologue qui l'avait reçue au service d'imagerie médicale achevait aussi sa garde, il vint à sa rencontre et demanda comment s'était déroulée l'intervention, si son patient s'en était sorti correctement. En l'accompagnant vers la sortie, Lauren lui fit un compte rendu des événements de la nuit, elle ne mentionna pas l'épisode qui l'avait opposée à Fernstein et ajouta que ce dernier avait préféré laisser la petite anomalie vasculaire en place.

Le radiologue avoua ne pas être surpris. L'irrégularité lui avait semblé d'une taille infime, qui ne justifiait pas les risques opératoires. « Et puis, on vit très bien avec ce genre de petit défaut, tu en es la preuve vivante », ajouta-t-il. L'expression de Lauren trahissait son étonnement, le radiologue l'informa qu'elle avait, elle aussi, une petite singularité dans le lobe pariéto-occipital. Fernstein avait préféré ne pas y toucher lorsqu'il l'avait opérée après son accident. Le radiologue s'en souvenait comme si c'était hier. Jamais il n'avait eu à faire autant de clichés de scanner et d'IRM pour une même patiente ; bien plus que nécessaire. Mais les examens avaient été exigés par le chef du département de neurologie en personne et certaines demandes ne se discutaient pas.

– Pourquoi ne m'en a-t-il jamais rien dit ?

– Je n'en ai pas la moindre idée, mais je préférerais que vous ne lui rapportiez pas notre conversation. Secret médical oblige !

– C'est quand même un comble, je suis médecin !

– Pour moi, vous étiez surtout la patiente de Fernstein !

Le professeur ouvrit la fenêtre de son bureau. Il aperçut son élève traverser la rue ; Lauren céda le passage à une ambulance et entra dans le petit bistrot en face de l'hôpital. Un homme l'attendait dans le box où Fernstein et elle avaient l'habitude de prendre leurs repas. Fernstein retourna s'asseoir dans son fauteuil, Norma venait d'entrer pour lui remettre un dossier. Il souleva le rabat et prit connaissance de l'identité du patient qu'il venait d'opérer.

– C'est bien lui, n'est-ce pas ?

– J'en ai bien peur, répondit Norma, le visage fermé.

– Il est en salle de réveil ?

Norma reprit le dossier des mains du professeur.

– Ses fonctions sont stables, le bilan neurologique est parfait. Le chef du service de réanimation pense le faire redescendre dans votre unité dès ce soir, il a besoin de ses lits, conclut l'infirmière.

– Il n'est pas question que Lauren s'occupe de lui ; sinon, il finira par rompre sa promesse.

– Il ne l'a pas fait jusqu'à présent, pourquoi céderait-il maintenant ?

– Parce qu'il n'a pas eu à la côtoyer tous les jours, ce qui sera le cas si elle le traite.

– Que comptes-tu faire ?

Songeur, Fernstein retourna à la fenêtre.

Lauren quittait le café, elle montait à bord d'une Mercury Grand Marquis rangée devant l'établissement. Seul un policier pouvait avoir eu l'audace de se garer le long du trottoir en face des Urgences. Il fallait aussi qu'il s'occupe des incidents de cette nuit. Norma le tira de ses pensées.

– Force-la à prendre des vacances !

– Tu as déjà réussi à convaincre un arbre de se plier en deux pour céder le passage aux oiseaux ?

– Non, mais j'en ai coupé un qui gênait l'accès à mon garage ! répondit Norma en s'approchant de Fernstein.

Elle reposa la chemise de carton sur le bureau et enlaça le vieux professeur.

– Tu n'as jamais cessé de t'inquiéter pour elle, elle n'est pas ta fille ! Après tout, qu'adviendrait-il de si grave si elle apprenait la vérité ? Que sa mère était d'accord pour l'euthanasier ?

– Que je suis le médecin qui l'en avait convaincue ! grommela le professeur en repoussant Norma.

L'infirmière récupéra le dossier et sortit de la pièce sans se retourner. Dès qu'elle eut refermé la porte, Fernstein décrocha le téléphone. Il appela le standard et demanda à ce que l'on joigne chez lui l'administrateur du Mission San Pedro Hospital.

*

L'inspecteur Pilguez se rangea sur la place de stationnement qui lui avait été réservée pendant de nombreuses années.

– Dites à Nathalia que je l'attends ici.

Lauren descendit de la Mercury et disparut dans l'enceinte du commissariat. Quelques minutes plus tard, la responsable du Dispatch grimpait à bord. Pilguez lança le moteur et la Grand Marquis remonta vers le nord de la ville.

– À quelques minutes près, dit Nathalia, vous me mettiez tous deux dans une situation délicate.

– Mais nous sommes arrivés à temps !

– Tu peux m'expliquer ce qui se passe avec cette fille ? Tu la sors de sa cellule sans mon avis et tu disparais la moitié de la nuit avec elle.

– Tu es jalouse ? demanda le vieil inspecteur, ravi.

– Si je cesse de l'être un jour, c'est là que tu auras du souci à te faire.

– Tu te souviens de ma dernière affaire ?

– Comme si c'était demain ! soupira sa passagère.

Pilguez s'engagea sur le Geary Expressway, son petit sourire au coin des lèvres n'échappa pas à Nathalia.

– C'était elle ?

– Quelque chose comme ça.

– Et c'était lui ?

– D'après ce que j'ai pu lire dans le rapport de police, c'est bien le même homme. Le moins qu'on puisse dire, c'est que ces deux loustics ont un certain talent pour faire le mur.

Le visage radieux, Pilguez caressait la jambe de sa compagne.

– Je sais que tu n'accordes pas de sens aux petits signes de la vie, mais là, avoue qu'on frise le feu d'artifice. Elle n'a même pas fait le rapprochement, poursuivit l'inspecteur. Je suis fasciné. Comme si personne ne lui avait rien raconté de ce que cet homme a fait pour elle.

– Et de ce que tu as fait toi aussi !

– Moi ? Je n'ai rien fait !

– À part la retrouver dans cette maison de Carmel et la ramener à l'hôpital, non tu as raison, tu n'as rien fait. Et je ne te ferai aucune allusion au fait que le dossier de cette enquête se soit volatilisé.

– Là, je n'y étais absolument pour rien !

– C'est probablement pour ça que je l'ai retrouvé au fond de la penderie en faisant du rangement.

Pilguez ouvrit la fenêtre et enguirlanda un piéton qui traversait hors des clous.

– Et toi, tu ne lui as rien dit, à la petite ? poursuivit Nathalia.

– Ça me brûlait les lèvres.

– Et tu n'as pas éteint l'incendie ?

– Mon instinct m'a poussé à me taire.

– Tu me le prêterais de temps en temps ton instinct ?

– Pour quoi faire ?

La Mercury entra dans le garage de la maison où vivaient l'inspecteur et sa compagne. Un soleil couleur tournesol se levait sur la baie de San Francisco. Bientôt ses rayons chasseraient la brume qui enveloppait le Golden Gate aux premières heures du jour.

＊

Allongée sur la couchette d'une cellule du commissariat de police, Lauren se demandait comment elle avait pu, en une nuit, ruiner ses chances d'obtenir son internat de neurochirurgie et, ainsi, sept années de travail acharné.

＊

Kali abandonna le tapis en laine. La chambre de Mme Kline lui était interdite, la porte-fenêtre du balcon étant entrouverte, elle se faufila et passa son museau entre les barreaux du garde-corps. Elle suivit du regard une mouette qui planait au ras des flots, renifla l'air frais du petit matin et retourna se coucher dans le salon.

*

Fernstein reposa le combiné sur son socle. La conversation avec l'administrateur du San Pedro s'était déroulée comme il l'avait prévue. Son confrère ordonnerait à Brisson de retirer sa plainte et ignorerait l'emprunt de l'ambulance, quant à lui, il ne mettrait pas à exécution sa menace de faire intervenir une commission d'inspection de leur service d'Urgences.

*

Après une halte dans une boulangerie française sur Sutter Street un taxi conduisait Paul en direction de Pacific Heights.

Il se rangea devant l'immeuble où vivait une vieille dame au charme ravageur. Hier soir, elle avait sauvé la vie de son meilleur ami. Miss Morrison promenait Pablo. Paul descendit de la voiture et l'invita à partager des croissants chauds et quelques nouvelles rassurantes d'Arthur.

*

Une infirmière entra sans faire de bruit dans la salle 102 du service de réanimation. Arthur dormait. Elle changea la poche qui recueillait les derniers épanchements de l'hématome et vérifia les constantes vitales de son patient. Satisfaite, elle reporta ses relevés sur un feuillet rose qu'elle rangea dans le dossier d'Arthur.

*

Norma frappa à la porte du bureau. Fernstein prit la doyenne des infirmières par le bras et l'entraîna dans le couloir. C'était la première fois qu'il s'autorisait un geste complice dans l'enceinte de l'établissement hospitalier.

– J'ai une idée, dit-il. Allons prendre un petit déjeuner au bord de l'océan, et puis nous irons piquer un petit somme sur la plage.

– Tu ne travailles pas aujourd'hui ?

– J'ai fait mon quota cette nuit, je prends ma journée.

– Il faut que j'informe le planning que je prends la mienne.

– Je viens de le faire à ta place.

Les portes de l'ascenseur s'ouvrirent devant eux. Deux anesthésistes et un chirurgien orthopédique en pleine conversation saluèrent le professeur qui, contrairement à ce qu'avait pensé Norma, ne quitta pas son bras en entrant dans la cabine.

*

À dix heures du matin, un officier de police entra dans la cellule où Lauren s'était endormie. Le docteur Brisson avait retiré sa plainte. Le Mission San Pedro Hospital ne souhaitait pas la poursuivre pour « l'emprunt » d'une de ses ambulances. Une dépanneuse de la fourrière avait rapatrié sa Triumph sur le parking du commissariat. Lauren n'avait plus qu'à s'acquitter des frais d'enlèvement et elle serait libre de rentrer chez elle.

Sur le trottoir devant le commissariat, le soleil l'éblouit. Autour d'elle, la ville avait repris vie, et pourtant Lauren se sentait étrangement seule. Elle monta à bord de sa Triumph et reprit le chemin dont elle s'était écartée pour faire un détour au milieu de la nuit.

*

– Je pourrai lui rendre visite ? demanda Miss Morrison en raccompagnant Paul au bout du palier.
– Je vous appellerai dès que je l'aurai vu.
– Passez plutôt me voir, dit-elle en s'accrochant au bras de Paul. Je lui aurai préparé une boîte de sablés, vous pourrez les lui apporter demain.
Rose rentra chez elle, prit le double des clés de l'appartement d'Arthur et alla arroser ses plantes. Son voisin lui manquait beaucoup. À son grand étonnement, Pablo décida de l'accompagner.

*

Norma et le professeur Fernstein étaient allongés sur le sable blanc de Baker Beach. Il lui tenait la main et regardait une mouette virevolter dans le ciel. L'oiseau déploya ses ailes pour jouer avec les courants ascendants.
– Qu'est-ce qui t'inquiète ainsi ? demanda Norma.
– Rien, répondit Fernstein.
– Tu feras plein d'autres choses quand tu arrêteras l'hôpital, tu voyageras, tu donneras des conférences, et puis tu t'occuperas de ton jardin, c'est ce que font les retraités, non ?
– Tu te moques de moi, là ?
Fernstein se tourna pour regarder attentivement Norma.

– Tu comptes mes rides ? lui demanda-t-elle.

– Tu sais, je n'ai pas fait quarante années de neurochirurgie pour finir ma vie à tailler des bougainvillées et des thuyas. Mais ton idée de conférences et de voyages ça me plaît bien, à condition que tu m'accompagnes.

– Tu as peur de la retraite à ce point-là, pour me proposer des choses pareilles ?

– Non, pas le moins du monde, c'est moi qui l'ai avancée cette retraite, j'aimerais rattraper le temps perdu, je voudrais qu'il te reste quelque chose de nous.

Norma se redressa et regarda tendrement l'homme qu'elle aimait.

– Wallace Fernstein, pourquoi vous entêtez-vous à refuser ce traitement ? Pourquoi ne pas au moins essayer ?

– Je t'en supplie, Norma, ne reprenons pas cette conversation, faisons ces voyages et oublions les conférences. Le jour où le « crabe » aura eu raison de moi, tu m'enterreras où je te l'ai demandé. Je veux mourir en vacances, pas dans le théâtre où j'ai opéré toute ma vie, et encore moins côté spectateurs.

Norma embrassa le vieux professeur à pleine bouche. Tous les deux sur cette plage étaient comme deux vieux amants magnifiques.

*

Lauren referma la porte de son appartement. Kali n'était pas là pour lui faire la fête. La lumière du répondeur clignotait, elle enclencha la lecture mais n'écouta pas jusqu'au bout le message que sa mère avait laissé. Elle se rendit dans l'alcôve qui dominait la baie et prit son téléphone portable, effleurant les touches du clavier. Une mouette qui arrivait tout droit de Baker Beach vint se poser sur le poteau télégraphique dressé devant sa fenêtre. L'oiseau penchait la tête de côté, comme pour mieux la regarder, il agita ses ailes et regagna le large. Elle composa le numéro de Fernstein, obtint sa messagerie et raccrocha. Elle appela le Memorial, déclina son identité et demanda à parler à l'interne de garde. Elle voulait obtenir des nouvelles d'un patient qu'elle avait opéré cette nuit. Le neurologue de service effectuait sa visite, elle laissa son numéro pour qu'il la rappelle.

*

Paul attendait depuis plus d'une heure, assis sur une chaise, le long d'un mur de la salle d'attente. Les visites n'étaient autorisées qu'à partir de treize heures.

Une femme à la tête bandée enserrait dans ses bras une pochette de radiographies comme on tient un trésor.

Un enfant turbulent jouait sur le tapis, faisant rouler une petite voiture le long des motifs rectangulaires orange et violets.

Un vieux monsieur à l'allure élégante, les mains croisées dans le dos, regardait, attentif, quelques reproductions d'aquarelles accrochées aux murs. Hormis l'odeur si caractéristique des hôpitaux, on aurait pu l'imaginer visitant un musée.

Dans le couloir, une jeune femme emmitouflée dans une couverture dormait sur une civière, une perfusion accrochée à une patère s'écoulait dans la veine de son bras. Deux ambulanciers adossés au mur de chaque côté du brancard veillaient sur elle.

L'enfant s'empara d'un journal et commença à

déchirer les pages, produisant un bruit aussi régulier qu'irritant. Sa mère ne lui portait aucune attention, profitant certainement d'un précieux moment de répit.

Paul regardait la pendule accrochée en face de lui. Enfin, une infirmière vint à sa rencontre, mais elle poursuivit son chemin vers le distributeur de boissons, ce n'était qu'un sourire de courtoisie. Comme elle fouillait les poches de sa blouse à la recherche d'un peu de monnaie, Paul se leva et avança vers elle. Il introduisit une pièce dans la fente du monnayeur et regarda l'infirmière d'un air interrogatif, le doigt sur le clavier de la machine.

– Un Red Bull ! dit la jeune femme, surprise.

– Vous êtes si fatiguée que ça ? demanda Paul en composant la série de chiffres qui libérerait la boisson de son compartiment.

Un ressort se mit à tourner, la canette avança vers la vitre avant de descendre dans le bac. Paul la récupéra et la tendit à l'infirmière.

– Voilà votre potion énergisante.

– Nancy ! dit-elle en le remerciant.

– C'est écrit sur votre blouse, répondit Paul, maussade.

– Ça ne va pas ?

– J'attends !

– Un médecin ?

– L'heure légale des visites.

L'infirmière consulta sa montre.

– Qui venez-vous voir ?

– Arthur...

Mais il n'eut pas le temps de prononcer son nom, Nancy l'interrompit et le prit par le bras pour l'entraîner dans le couloir.

– Je sais de qui vous parlez, suivez-moi ! Je vous

emmène, les règlements n'ont de sens que si on les enfreint de temps en temps.

Elle le conduisit jusqu'à la porte de la chambre 307.

– Ils auraient dû le garder en réanimation jusqu'à ce soir, mais l'interne a jugé son état satisfaisant, alors il est chez nous. Nous avons tiré à la courte paille et j'ai gagné.

Paul la dévisagea, interdit.

– Vous avez gagné quoi ?

– C'est moi qui m'occupe de lui ! dit-elle, en lui faisant un clin d'œil.

Une armoire, une chaise en paille tressée et une table roulante composaient le mobilier de la pièce. Arthur dormait, un tube d'oxygène dans les narines, une perfusion dans la veine de son bras. Il avait la tête penchée sur le côté, un pansement entourait son crâne. Paul s'approcha à pas lents, contenant l'émotion qui le submergeait.

Il approcha la chaise du lit. En regardant Arthur ainsi muré dans son silence, mille souvenirs et autant de moments partagés lui revinrent en mémoire.

– De quoi j'ai l'air ? murmura Arthur les yeux clos.

Paul toussota.

– D'un maharadja qui aurait pris une cuite.

– Comment vas-tu ?

– On s'en fiche un peu, et toi ?

– Un peu mal à la tête, je me sens très fatigué, répondit Arthur d'une voix pâteuse. Je t'ai gâché ta soirée non ?

– On peut voir ça sous cet angle-là, tu m'as surtout fichu une sacrée trouille.

– Arrête de faire cette tête-là, Paul.

– Tu as les yeux fermés !

– Je te vois quand même. Et cesse de t'inquiéter, les médecins m'ont dit qu'une fois l'hématome résorbé on récupérait à toute vitesse. La preuve !

Paul avança vers la fenêtre. La vue donnait sur les jardins de l'hôpital. Un couple avançait, à pas lents, le long d'une allée bordée de massifs de fleurs. L'homme portait une robe de chambre, sa femme l'aidait dans sa marche. Ils s'assirent sur un banc, sous un tilleul argenté. Paul resta le regard fixé au-dehors.

– J'ai encore trop de défauts pour rencontrer la femme de ma vie, mais je voudrais changer tu sais.

– Tu voudrais changer quoi ?

– Cet égoïsme qui me fait te parler de moi alors que je suis au chevet de ton lit d'hôpital, par exemple. Je voudrais être comme toi.

– Tu veux dire avec un turban sur la tête et une migraine de cachalot ?

– Réussir à m'abandonner sans avoir la trouille au ventre, à vivre les défauts de l'autre comme des fragilités sublimes.

– C'est d'aimer dont tu parles ?

– Quelque chose comme ça, oui. C'est tellement incroyable ce que tu as fait.

– M'être fait percuter par un side-car ?

– Avoir continué à l'aimer sans retour. Avoir su te nourrir du seul sentiment que tu lui portais, avoir respecté sa liberté, te contenter du fait qu'elle existe sans chercher à la revoir, juste pour la protéger.

– Ce n'est pas pour la protéger, Paul, c'est pour lui laisser le temps de s'accomplir. Si je lui avais dit la vérité, si nous avions vécu cette histoire, je l'aurais éloignée de sa vie.

– Tu l'attendras tout ce temps-là ?

– Autant que je le pourrai.

L'infirmière qui était entrée sans qu'ils l'entendent

fit signe à Paul que le temps de visite réglementaire tirait à sa fin, Arthur devait se reposer. Pour une fois Paul ne chercha pas à discuter. Quand il arriva au pas de la porte, il se retourna et regarda Arthur.

– Ne me refais jamais un coup comme ça.

– Paul ?

– Oui.

– Elle était là cette nuit, n'est-ce pas ?

– Repose-toi, nous en reparlerons plus tard.

Paul avançait dans le couloir, les épaules lourdes. Nancy le rejoignit devant l'ascenseur. Elle entra dans la cabine avec lui et appuya sur le bouton du second. Tête baissée, Nancy fixait le bout de ses sandales.

– Vous n'êtes pas si mal que ça, vous savez.

– Et vous ne m'avez pas vu en tenue de chirurgien !

– Non, mais j'ai entendu votre conversation.

Et comme Paul semblait ne pas comprendre ce qu'elle essayait de lui dire, elle le regarda droit dans les yeux et ajouta qu'elle aurait aimé avoir un ami comme lui. Alors que les portes de la cabine s'ouvraient sur le palier, elle se hissa sur la pointe des pieds et posa un baiser sur sa joue, avant de disparaître.

*

Le professeur Fernstein avait laissé un message sur le répondeur de Lauren. Il voulait la voir au plus vite. Il passerait à son domicile en fin de journée. Sans laisser d'autre explication, il raccrocha.

– Je ne sais pas si nous avons raison de faire ça, dit Mme Kline.

Fernstein rangea son téléphone portable.

– Il est un peu tard pour changer de ligne de conduite, vous ne trouvez pas ? Vous ne pouvez pas risquer de la perdre une seconde fois, c'est bien ce que vous m'avez toujours dit ?

– Je ne sais plus, peut-être que lui avouer enfin la vérité nous délivrerait tous les deux d'un poids énorme.

– Avouer sa faute à l'autre pour soulager sa conscience, c'est une belle idée, mais c'est tout simplement de l'égoïsme. Vous êtes sa mère, vous avez vos raisons de craindre qu'elle ne vous pardonne pas. Moi, je ne supporte pas l'idée qu'elle apprenne un jour que j'ai renoncé, que c'est moi qui ai voulu la débrancher.

– Vous avez agi selon vos convictions, vous n'avez rien à vous reprocher.

– Ce n'est pas cette vérité qui compte, reprit le professeur. Si j'avais été dans sa situation, si mon sort avait dépendu de sa décision médicale, je sais qu'elle n'aurait jamais renoncé.

La mère de Lauren s'assit sur un banc. Fernstein prit place à côté d'elle. Le regard du vieux professeur se perdait dans les eaux calmes du petit port de plaisance.

– J'en ai encore pour dix-huit mois, au mieux ! Après mon départ, faites comme bon vous semble !

– Je croyais que vous preniez votre retraite à la fin de l'année ?

– Je ne parlais pas de ma retraite.

Mme Kline posa sa main sur celle du vieux professeur. Les doigts tremblaient. Il prit un mouchoir dans sa poche et s'épongea le front.

– J'ai sauvé des tas de gens dans ma vie, mais je crois que je n'ai jamais su les aimer, la seule chose qui m'intéressait était de les soigner. Je gagnais des victoires contre la mort et la maladie, j'étais plus fort qu'elles, enfin jusqu'à maintenant. Je n'ai même pas été foutu d'avoir un enfant. Quel revers pour quelqu'un qui prétend s'être voué à la vie !

– Pourquoi avez-vous fait de ma fille votre protégée ?

– Parce qu'elle est tout ce que j'aurais voulu être. Elle est courageuse là où je n'étais qu'obstiné, elle invente là où je ne faisais qu'appliquer, elle a survécu là où je vais mourir, et j'ai une peur bleue. Je me réveille la nuit la trouille au ventre. J'ai envie de donner des coups de pied dans ces arbres qui vont me survivre ; j'ai oublié de faire tant de choses.

Mme Kline prit le professeur par la main et l'entraîna dans l'allée.

– Où allons-nous ?

– Suivez-moi et ne dites rien.

Ils remontèrent le long de la Marina. Devant eux, près de la jetée, un petit parc accueillait une ribambelle d'enfants en bas âge. Trois balançoires s'élevaient dans le ciel au prix des efforts surhumains de parents épuisés, qui poussaient sans relâche ; le toboggan ne désemplissait pas, en dépit de la bonne volonté d'un grand-père qui tentait d'en réguler l'accès ; une construction de bois et de cordages souffrait des assauts de Robinsons en herbe, un petit garçon s'était coincé dans une tubulure rouge, il hurlait, paniqué. Un peu plus loin, une mère tentait, sans résultat, de convaincre son chérubin d'abandonner le bac à sable et de venir prendre son goûter. Assortie de chants indiens, une ronde infernale tournait sans pitié autour d'une jeune fille au pair tandis que deux garçons se disputaient un ballon. Le concert de pleurs, de hurlements et de cris virait à la cacophonie.

Accoudée à la barrière, Mme Kline épiait cet

enfer miniature ; le visage éclairé d'un sourire complice, elle regarda le professeur.

– Vous voyez, vous n'avez pas tout perdu !

Une petite fille, qui chevauchait un cheval à ressort, leva la tête. Son père venait de pousser le portillon de l'aire de jeu. Elle abandonna sa monture, se précipita à sa rencontre et sauta dans ses bras grands ouverts. L'homme la hissa à sa hauteur et l'enfant se blottit contre lui, en enfouissant sa tête au creux de sa nuque, avec une infinie tendresse.

– C'était bien tenté, dit le professeur en souriant à son tour.

Il regarda sa montre et s'excusa, l'heure de son rendez-vous avec Lauren approchait. Sa décision la mettrait hors d'elle, même s'il l'avait prise dans son intérêt. Mme Kline le regarda s'éloigner, seul dans l'allée ; il traversa le parking et monta dans sa voiture.

*

Les arbres alignés sur les trottoirs de Green Street pliaient sous le poids de leur feuillage. En cette saison, la rue éclatait de couleurs. Les jardins des maisons victoriennes étaient bordés de fleurs. Le professeur sonna à l'interphone de l'appartement de Lauren et grimpa à l'étage. Assis sur le canapé du salon, il prit son air le plus grave et l'informa qu'elle était mise à pied ; il lui était interdit de s'approcher du Memorial Hospital pendant deux semaines. Lauren refusa de le croire, une telle décision devait être validée par un conseil de discipline devant lequel elle pourrait défendre sa cause. Fernstein lui demanda d'entendre ses arguments. Il avait obtenu sans trop de difficultés de la part de l'administrateur du Mission San Pedro qu'il s'abstienne d'engager toute poursuite, mais pour convaincre Brisson de retirer sa plainte, il lui avait fallu une monnaie d'échange. L'interne avait exigé une punition exemplaire. Deux semaines de congé sans solde étaient un moindre mal au regard du sort encouru s'il n'avait pu étouffer ainsi l'affaire. Et même si la colère la gagnait à penser aux exigences amères de Brisson. Lauren, scandalisée par cette injustice qui laissait son salopard de collègue à l'abri de toute sanction pour ses négligences inavouables, savait que son professeur venait de protéger sa carrière.

Elle se résigna et accepta la sentence. Fernstein lui fit jurer qu'elle respecterait le marché à la lettre : en aucun cas elle ne s'aventurerait près de l'hôpital, pas plus qu'elle n'entrerait en contact avec les membres de son équipe. Même le Parisian Coffee lui était interdit.

Quand Lauren lui demanda ce qu'elle aurait le droit de faire pendant ses quinze journées perdues, Fernstein lui fit une réponse ironique : elle allait enfin pouvoir se reposer. Lauren regarda son professeur, reconnaissante et furieuse, elle était sauvée et vaincue. L'entretien n'avait pas duré plus d'un quart d'heure. Fernstein la complimenta pour son appartement, il trouvait l'ensemble bien plus féminin que ce qu'il s'était imaginé, Lauren lui désigna la porte d'un doigt autoritaire. Sur le palier, Fernstein ajouta qu'il avait donné des instructions précises au standard pour qu'on refuse tout appel émanant d'elle, il lui était interdit de pratiquer la médecine le temps de la sanction, même par téléphone. En revanche elle pouvait mettre cette période à profit pour compulser ses derniers cours de fin d'internat.

En reprenant la route, Fernstein ressentit une violente douleur. Le « crabe » qui le rongeait venait de mordre. Il profita d'un feu rouge pour essuyer son front qui perlait de sueur. Derrière lui, un automobiliste impatient avait beau user de son avertisseur pour l'inviter à avancer, il ne trouvait pas la force d'appuyer sur l'accélérateur. Le vieux médecin ouvrit sa vitre et aspira à pleins poumons, cherchant à reprendre un peu de ce souffle qui lui manquait. La souffrance était saisissante et sa vue se troublait. Dans un ultime effort, il changea de file et réussit à se ranger sur un parking réservé à la clientèle d'un magasin de fleurs.

Le contact coupé, il desserra sa cravate, défit le bouton du col de sa chemise et posa sa tête sur le volant. Cet hiver, il voudrait emmener Norma dans les Alpes et voir encore une fois la neige, et puis il la conduirait jusqu'en Normandie. L'oncle médecin qui avait marqué son enfance y reposait dans un cimetière, entouré de neuf mille autres tombes. La douleur reculait enfin, il relança le moteur et reprit sa route, remerciant le ciel que cette crise n'ait pas eu lieu pendant une opération.

*

Une Audi grise roulait vers la Marina, la température de cette fin de journée était douce. De ravissantes créatures venaient fréquemment courir à cette heure dans les allées qui longent le petit port de plaisance. Une jeune femme s'y promenait en compagnie de son chien. Paul se rangea sur l'aire de stationnement et la rejoignit à pied.

Lauren était perdue dans ses pensées, elle sursauta quand il l'aborda.

– Je ne voulais pas vous faire peur, dit-il, je suis désolé.

– Merci d'être venu aussi vite. Comment va-t-il ?

– Mieux, il a quitté la réanimation, il s'est réveillé et il ne semble pas souffrir.

– Vous avez parlé à l'interne de garde ?

Paul n'avait pu s'entretenir qu'avec une infirmière, elle était confiante. Arthur récupérait très bien. Demain, elle enlèverait la perfusion et commencerait à le réalimenter.

– C'est bon signe, dit Lauren en libérant la laisse de Kali.

La chienne partit gambader derrière quelques mouettes qui volaient en rase-mottes au-dessus des pelouses.

– Vous prenez une journée de repos ?

Lauren expliqua à Paul que le sauvetage lui avait coûté deux semaines de mise à pied. Paul ne savait quoi dire.

Ils firent quelques pas, côte à côte, aussi silencieux l'un que l'autre.

– Je me suis conduit comme un lâche, finit par avouer Paul. Je ne sais même pas comment vous remercier de ce que vous avez fait cette nuit. Tout est de ma faute. Demain j'irai me présenter au commissariat et leur dire que vous n'y êtes pour rien.

– Vous arrivez comme la cavalerie, Brisson a retiré sa plainte, il l'a troquée contre une punition. Les fayots des premiers rangs de l'école continuent, adultes, à lever le doigt à la première occasion.

– Je suis désolé, dit Paul. Est-ce que je peux encore faire quelque chose ?

Lauren s'arrêta pour le regarder attentivement.

– Moi je ne suis pas désolée ! Je crois que je ne

me suis jamais sentie autant en vie qu'au cours de ces dernières heures.

À quelques mètres d'eux, une buvette proposait des glaces et des rafraîchissements. Paul commanda un soda, Lauren un cornet à la fraise et, pendant que Kali faisait du charme à un écureuil qui la lorgnait depuis la branche de son arbre, ils s'assirent autour d'une des tables en bois.

– C'est une belle amitié qui vous unit tous les deux.

– Nous ne nous sommes pas quittés depuis l'enfance, hormis quand Arthur est parti vivre en France.

– Amour ou voyage d'affaires ?

– Les affaires sont plutôt de mon ressort et l'évasion du sien.

– Il fuyait quelque chose ?

Paul la regarda droit dans les yeux.

– Vous !

– Moi ? demanda Lauren, stupéfaite.

Paul but une longue gorgée de son soda et s'essuya la bouche d'un revers de la main.

– Les femmes ! enchaîna Paul, maussade.

– Toutes les femmes ? répliqua Lauren en souriant.

– Une en particulier.

– Une rupture ?

– Il est très secret, il me truciderait s'il m'entendait parler ainsi.

– Alors changeons de sujet.

– Et vous, demanda Paul, vous avez quelqu'un dans votre vie ?

– Vous n'êtes pas en train de me draguer ? reprit Lauren, amusée.

– Certainement pas ! je suis allergique aux poils de chien.

– J'ai quelqu'un ; une histoire qui n'occupe pas beaucoup de place dans ma vie, répondit Lauren, mais j'imagine que je trouve une forme d'équilibre à cette situation bancale. Mes horaires de travail ne laissent pas beaucoup de place à d'autre vie que celle de médecin. Être deux réclame beaucoup de temps.

– Eh bien vous voyez, plus le temps passe, et plus je trouve que la solitude, même bien masquée, en fait perdre beaucoup ! Vivre pour son métier ne devrait pas être une finalité en soi.

Lauren appela Kali qui s'éloignait un peu trop. Elle se retourna vers Paul.

– Au regard de la nuit que je viens de passer, je ne suis pas sûre que votre ami partage cet avis. Et puis nous ne sommes pas assez intimes pour poursuivre cette conversation.

– Je suis désolé, je ne voulais pas faire le moralisateur, c'est juste que...

– Que quoi ? l'interrompit Lauren.

– Rien !

Lauren se leva et remercia Paul de la glace qu'il lui avait offerte.

– Je peux vous demander quelque chose ? dit-elle.

– Tout ce que vous voulez.

– Je sais que cela peut paraître cavalier, mais si je pouvais vous appeler de temps à autre pour prendre des nouvelles de mon patient, je n'ai pas le droit d'appeler l'hôpital...

Le visage de Paul s'illumina.

– Pourquoi souriez-vous comme ça ? demanda Lauren.

– Pour rien, je crains que nous ne soyons pas suffisamment intimes pour que ce sujet fasse l'objet d'une conversation entre nous.

Un silence s'installa quelques minutes.

– Appelez-moi quand vous voulez... Vous avez mon numéro !

– Je suis désolée, je l'ai eu par Betty, il était sur la fiche d'admission de votre ami, « personne à contacter en cas d'urgence ».

Paul griffonna celui de son domicile sur le dos d'un reçu de carte bancaire et le tendit à Lauren, elle pouvait le joindre quand bon lui semblait. Elle mit le papier dans la poche de son jean, le remercia et s'éloigna dans l'allée.

– Votre patient s'appelle Arthur Ashby, dit Paul, presque narquois.

Lauren hocha la tête ; elle le salua d'un geste amical et partit retrouver Kali. Dès qu'elle fut assez loin de lui, Paul appela le Memorial Hospital. Il demanda qu'on lui passe le bureau des infirmières du service de neurologie. Il avait un message très important à communiquer au patient de la chambre 307. Il faudrait le lui délivrer dès que possible, même dans la nuit s'il venait à se réveiller.

– Quel est ce message ? interrogea l'infirmière.

– Dites-lui qu'il a fait une touche !

Et Paul raccrocha, heureux. Non loin de lui, une femme le regardait, l'air triste et furieux. Paul reconnut la silhouette qui se levait d'un banc et s'en allait vers la rue. À quelques mètres de lui, Onega héla un taxi. Il courut vers elle, mais ne put la rejoindre avant qu'elle s'engouffre dans un taxi qui s'éloignait déjà.

– Et merde ! dit-il, seul sur le parking de la Marina.

13.

Le bar était presque désert. Dans le fond de la salle, un pianiste jouait une mélodie du Duke. Onega repoussa sa coupe vide et invita le barman à lui resservir un Dry Martini.

– Il est encore un peu tôt pour un troisième verre, non ? demanda le serveur en lui servant sa boisson.

– Tu as des heures pour le malheur, toi ?

– Mes clients viennent plutôt cuver leur chagrin en fin de journée.

– Mais moi je suis ukrainienne, dit Onega en soulevant son verre, et nous avons un culte de la nostalgie avec lequel aucun Occidental ne peut rivaliser. Il faut un talent à l'âme que vous n'avez pas !

Onega abandonna le comptoir et vint s'accouder au piano où le musicien entamait une chanson de Nat King Cole. Elle leva son verre et le but, cul sec. Le pianiste fit signe au barman de la resservir et reprit son refrain. Le bar se peupla au fil des heures. La nuit était tombée quand Paul entra dans l'établissement. Il s'approcha d'Onega, faisant mine d'ignorer qu'elle était déjà ivre.

– L'animal vient se repentir la queue entre les jambes, dit-elle.

– Je croyais qu'à l'Est vous teniez mieux l'alcool.

– Tu n'as cessé de te tromper sur mon compte, alors un peu plus, un peu moins, quelle différence cela fait.

– Je t'ai cherchée partout, reprit-il en la retenant par l'épaule alors qu'elle vacillait sur son tabouret.

– Et tu m'as trouvée, tu as du flair !

– Viens, je te raccompagne.

– Tu n'as pas eu ton saoul de sensations, alors tu viens jouer avec ta poupée russe ; c'est pratique, il te suffit d'ouvrir une des gigognes et de prendre la taille en dessous ?

– Mais qu'est-ce que tu racontes ? Je suis passé chez toi, je t'ai appelée sur ton portable, je suis passé par tous les restaurants dont tu m'avais parlé et je me suis souvenu de cet endroit.

Onega se leva, s'appuyant au comptoir.

– Pour quoi faire, Paul ? Je t'ai vu à la Marina avec cette fille, tout à l'heure. Je t'en supplie, ne me dis pas que ce n'était pas ce que je crois, ce serait terriblement banal et décevant.

– Ce n'était pas ce que tu crois ! Cette femme, c'est Arthur qui l'aime depuis des années.

Onega le dévisagea. Ses yeux brillaient de désespoir.

– Et toi, qui aimes-tu ? dit-elle, fière, en relevant la tête.

Paul déposa quelques billets sur le comptoir et la prit sous son épaule.

– Je crois que je vais être malade, dit Onega en parcourant les quelques mètres de trottoir qui les séparaient de la voiture.

Sur leur gauche, une petite ruelle s'enfonçait dans

la nuit. Paul l'y conduisit. Les pavés déglingués brillaient d'un éclat sombre ; un peu plus loin, quelques caisses de bois les mettraient à l'abri des regards indiscrets. Au-dessus d'une grille d'égout, Paul soutenait Onega qui se vidait d'un trop-plein de chagrin. Au dernier soubresaut, il prit un mouchoir de sa poche et lui essuya les lèvres. Onega se redressa, fière et distante.

– Ramène-moi chez moi !

Le cabriolet remontait O'Farell. Cheveux au vent, Onega reprenait des couleurs. Paul roula un long moment, avant de s'arrêter devant le petit immeuble où vivait son amie. Il coupa le moteur et la regarda.

– Je ne t'ai pas menti, dit Paul en brisant le silence.

– Je sais ! murmura la jeune femme.

– Est-ce que tout cela était bien nécessaire ?

– Un jour tu apprendras peut-être à me connaître. Je ne t'invite pas à monter, je ne suis pas en état de te recevoir.

Elle descendit de la voiture et avança vers l'entrée de l'immeuble. Au pas de la porte elle se retourna, brandissant le mouchoir de Paul.

– Je peux le garder ?

– Ne t'en fais pas pour ça, jette-le !

– Chez nous, on ne se débarrasse jamais d'un premier mot d'amour.

Onega entra dans le corridor et gravit l'escalier. Paul attendit que la fenêtre de son appartement s'éclaire, la voiture s'éloigna dans la rue déserte.

*

L'inspecteur Pilguez refermait les boutons de sa veste de pyjama, il se regardait dans le long miroir de la chambre à coucher...

197

– Il te va très bien, dit Nathalia, je l'ai su dès que je l'ai vu dans la boutique.

– Merci, dit George en l'embrassant sur le nez.

Nathalia ouvrit le tiroir de la table de nuit et en sortit un petit pot en verre et une cuillère.

– George ! dit-elle d'une voix déterminée.

– Oh non ! supplia-t-il.

– Tu avais promis, reprit-elle en forçant la cuillère dans sa bouche.

La moutarde forte envahit ses papilles gustatives et les yeux de l'inspecteur rougirent aussitôt. Il tapa d'un pied rageur en inspirant à fond par le nez.

– Bon Dieu que c'est fort, ce machin !

– Je suis désolée, mon chéri, sinon tu ronfles toute la nuit ! dit Nathalia déjà allongée sous les draps. Allez, viens te coucher !

*

Au dernier des trois étages d'une maison victorienne perchée sur les hauteurs de Pacific Heights, une jeune interne lisait, allongée dans son lit. Sa chienne Kali dormait sur le tapis, bercée par la pluie qui frappait aux carreaux. Pour la première fois depuis longtemps, Lauren avait délaissé ses traités habituels de neurologie pour une thèse qu'elle s'était procurée à la librairie de la faculté. Le sujet en était le coma.

*

Pablo vint se blottir au pied du fauteuil où s'était endormie Miss Morrison. Le dragon de *Fu Man Chu* avait eu beau réaliser l'une de ses plus belles cascades, ce soir Morphée avait gagné le combat.

Penchée sur la vasque, Onega recueillit l'eau au creux de ses mains. Elle frictionna son visage et releva la tête, regardant son image dans la glace. Elle laissa ses mains glisser sur ses joues, rehaussa ses pommettes et souligna du doigt une petite ride au pourtour de ses yeux. Du bout de l'index, elle suivit le contour de sa bouche, descendit le long de sa gorge et tira sur son cou, se forçant à sourire. Elle éteignit la lumière.

Quelqu'un grattait à la porte du petit studio ; Onega traversa la pièce unique qui faisait office de chambre et de salon, vérifia que la chaîne de sécurité était passée dans son fourreau, et ouvrit. Paul voulait juste s'assurer que tout allait bien. Tant qu'on n'est pas mort, lui répondit Onega, rien n'est vraiment grave. Elle le fit entrer, et quand elle referma la porte le sourire qui se dessinait sur ses lèvres ne ressemblait en rien à celui qui s'effaçait déjà dans la buée imprimée sur le miroir de la salle de bains.

*

Une infirmière entra dans la chambre 307 du Memorial Hospital, elle prit la tension d'Arthur et ressortit. Les premières lueurs du jour entraient par la fenêtre qui donnait sur le jardin.

*

Lauren s'étira de tout son long. Les yeux encore engourdis de sommeil, elle attrapa son oreiller et le serra dans ses bras. Elle regarda le petit réveil, repoussa la couette et roula sur le côté. Kali grimpa sur le lit et vint se blottir contre elle. Robert ouvrit les yeux et les referma aussitôt. Lauren avança la main vers l'épaule de son ami, elle retint son geste et se tourna vers la fenêtre. La lumière dorée qui filtrait par les persiennes annonçait une belle journée.

Elle s'assit sur le rebord du lit et réalisa seulement alors qu'elle n'était pas de garde.

Elle quitta la chambre, passa derrière le coin cuisine, appuya sur le bouton de la bouilloire électrique et attendit que l'eau frémisse.

Sa main glissa vers le téléphone. Elle regarda la pendule du four et se ravisa. Il n'était pas encore huit heures, Betty ne serait pas à son poste.

Une heure plus tard, elle courait en petites foulées, le long des allées de la Marina. Kali trottinait derrière elle, la langue pantelante.

Lauren suivit du regard deux ambulances qui passaient toutes sirènes hurlantes. Elle prit le portable qui pendait à son cou. Betty décrocha.

Le personnel des Urgences avait été informé de la sanction prise à son encontre. L'ensemble du service avait voulu faire circuler une pétition exigeant sa réincorporation immédiate, mais l'infirmière en chef, qui connaissait bien Fernstein, les en avait dissuadés. Tout en continuant sa course, Lauren ne put s'empêcher de sourire, touchée que sa présence au sein de l'équipe ne soit pas aussi anonyme qu'elle l'imaginait. Alors que l'infirmière en chef se répandait en anecdotes, elle en profita pour lui demander des nouvelles discrètes du patient de la 307. Betty s'interrompit.

– Il ne t'a pas causé assez d'ennuis comme ça ?

– Betty !

– Comme tu voudras. Je n'ai pas encore eu de

raison de monter dans les étages, mais je t'appellerai dès que j'ai du neuf. C'est assez calme ce matin, et toi, comment vas-tu ?

– Je réapprends à faire des choses totalement inutiles.

– Comme quoi ?

– Ce matin, je me suis maquillée pendant dix bonnes minutes.

– Et alors ? demanda Betty, brûlant de curiosité.

– Je me suis démaquillée juste après !

Betty rangeait une pile de dossiers dans le casier des internes, le combiné coincé entre la nuque et la joue.

– Tu verras, quinze jours de repos te feront reprendre goût aux petits plaisirs de la vie.

Lauren s'arrêta à la hauteur de la buvette pour acheter une bouteille d'eau minérale, qu'elle vida presque d'un trait.

– Souhaite-le-moi, une matinée à ne rien faire me rend déjà dingue, je me suis mêlée aux joggers en priant le ciel pour qu'il y ait au moins une petite foulure autour de moi.

Betty lui promit de la rappeler dès qu'elle aurait des informations, deux ambulances venaient d'arriver devant le sas des Urgences. Lauren raccrocha. Le pied posé sur un banc, renouant le lacet de sa chaussure, elle se demanda si c'était vraiment par conscience professionnelle qu'elle se souciait à ce point de la santé d'un homme, qu'hier elle ne connaissait pas encore.

*

Paul prit les clés de sa voiture et quitta son bureau. Il informa Maureen qu'il serait en rendez-vous tout l'après-midi, il ferait tout son possible

201

pour repasser en fin de journée. Une demi-heure plus tard, il entrait dans le hall du San Francisco Memorial Hospital et montait quatre à quatre la volée de marches jusqu'au premier étage, trois à trois jusqu'au second et une à une jusqu'au troisième, se jurant en avançant dans le couloir qu'il retournerait à la salle de gym dès le week-end. Il croisa Nancy qui sortait d'une chambre, lui fit un baisemain et poursuivit son chemin, la laissant stupéfaite au milieu du couloir. Il entra dans la chambre et s'approcha du lit.

Il fit semblant de régler le débit de la perfusion, prit le poignet d'Arthur et regarda sa montre pour relever son pouls.

– Tire la langue, pour voir, dit-il goguenard.

– Je peux savoir à quoi tu joues ? demanda Arthur.

– Voler des ambulances, kidnapper des gens dans le coma, maintenant j'ai pris un vrai coup de main. Mais tu as raté le meilleur, tu aurais dû me voir en blouse verte, avec mon masque et mon calot sur la tête. L'élégance absolue !

Arthur se redressa dans son lit.

– Tu as vraiment assisté à l'intervention ?

– Franchement, on fait tout un plat de la médecine, mais chirurgien ou architecte, tout ça c'est du pareil au même, c'est une question de travail en équipe ! Ils manquaient de personnel, j'étais là, je n'allais pas rester sans rien faire, alors j'ai aidé.

– Et Lauren ?

– Elle est impressionnante. Elle anesthésie, elle coupe, elle recoud, elle réanime, et avec quel tempérament ! C'est un plaisir de bosser avec elle.

Le visage d'Arthur s'assombrit.

– Qu'est-ce qu'il y a maintenant ? questionna Paul.

– Il y a qu'elle va avoir des ennuis à cause de moi !

– Oui, eh bien vous êtes quittes ! C'est quand même fascinant, le seul auquel vous ne pensez jamais quand vous organisez vos soirées débiles, c'est moi !

– Et toi, tu n'as pas eu d'ennuis ?

Paul toussota et souleva une paupière d'Arthur.

– Tu as bonne mine ! dit-il sur un ton emprunté au médecin.

– Comment t'en es-tu sorti ? insista Arthur.

– Je me suis comporté comme une merde si tu veux tout savoir. Quand la police est arrivée aux portes du bloc, je me suis caché sous la table d'opération, c'est pour ça que j'ai dû assister à toute l'intervention. Cela dit, en décomptant les périodes où j'étais dans les pommes, j'ai quand même dû participer cinq bonnes minutes. C'est à elle que tu dois d'avoir la vie sauve, moi je n'y suis pas pour grand-chose.

Nancy entra dans la chambre. Elle vérifia la tension d'Arthur et lui demanda s'il voulait essayer de se lever et de marcher. Paul se proposa de l'aider.

Ils firent quelques pas jusqu'au bout du couloir. Arthur se sentait bien, il avait retrouvé son équilibre et il eut même envie de poursuivre la promenade. Dans l'allée du jardin de l'hôpital, il pria Paul de lui rendre deux services...

Paul repartit dès qu'Arthur fut couché. En chemin, il s'arrêta chez un fleuriste d'Union Street. Il y fit composer un bouquet de pivoines blanches, et glissa la carte qu'Arthur lui avait confiée dans l'enveloppe. Les fleurs seraient livrées avant la soirée. Puis il redescendit vers la Marina et se gara devant un vidéo-club. Vers dix-neuf heures, il sonna à l'interphone de Rose Morrison, il lui donna des nouvelles d'Arthur et le dernier épisode des aventures de *Fu Man Chu*.

*

Lauren était allongée sur le tapis, plongée dans sa thèse. Sa mère, installée sur le canapé du salon, feuilletait les pages d'un magazine. De temps à autre, elle relevait les yeux de sa lecture pour regarder sa fille.

– Qu'est-ce qui t'a pris de faire une chose pareille ? demanda-t-elle en jetant son journal sur la table basse.

Lauren reporta quelques notes sur un cahier à spirale, sans répondre.

– Tu aurais pu ruiner ta carrière, toutes ces années de travail perdues au nom de quoi ? argua sa mère.

– Tu as bien perdu toutes ces années avec ton mariage. Et tu n'as pas sauvé la vie de papa, que je sache ?

La mère de Lauren se leva.

– Je vais promener Kali, dit-elle sèchement en décrochant son trench-coat du portemanteau.

Et elle quitta l'appartement en claquant la porte.

– Au revoir, murmura Lauren en suivant d'une oreille les pas qui s'éloignaient.

Mme Kline croisa un coursier au bas de l'escalier. Il portait un énorme bouquet de pivoines blanches et cherchait l'appartement de Lauren Kline.

– Je suis Mme Kline, dit-elle, en prenant la petite enveloppe accrochée au papier de cellophane.

Il n'avait qu'à laisser les fleurs dans le hall, elle

les récupérerait à son retour. Elle lui donna un pourboire et le jeune homme s'en alla.

En descendant la rue, elle souleva le rabat de la petite envelope. Deux mots étaient rédigés sur la carte de correspondance : « Vous revoir », ils étaient signés « Arthur ».

Mme Kline froissa la carte et l'abandonna au fond de la poche de son imperméable.

Dans le quartier il n'y avait qu'un seul square qui acceptait les animaux. Si le destin avait ses raisons, l'homme sans imagination les trouverait toujours imparfaites. Mme Kline s'assit sur un banc ; à côté d'elle, la vieille dame qui lisait son journal eut envie de faire sa connaissance.

Dans l'enclos réservé aux chiens, Kali grimpait sur un jack russell qui se reposait à l'ombre douce d'un tilleul.

– Vous n'avez pas l'air d'aller bien, dit la vieille dame.

Mme Kline sursauta.

– Simplement songeuse, répondit la mère de Lauren. Nos chiens ont l'air de bien s'entendre...

– Pablo a toujours été attiré par les grandes perches ; je vais quand même lui relire le manuel, j'ai l'impression qu'ils sont à l'envers. Qu'est-ce qui vous préoccupe ?

– Rien !

– Si vous avez besoin de vous confier, je suis la personne idéale, je suis sourde comme un pot !

Mme Kline regarda Rose, qui n'avait pas quitté sa lecture.

– Vous avez des enfants ? dit-elle d'une voix abandonnée.

Miss Morrison fit non de la tête.

– Alors vous ne pourrez pas comprendre.

– Mais j'ai aimé des hommes qui en avaient !

– Cela n'a rien à voir.

– Ce que ça peut m'agacer ! protesta Rose. Les gens qui ont des enfants regardent ceux qui n'en n'ont pas comme s'ils appartenaient à une autre planète. Aimer un homme est aussi compliqué que d'élever des gamins !

– Je ne partage pas tout à fait votre point de vue.

– Et vous êtes toujours mariée ?

Mme Kline regarda sa main, le temps avait effacé la marque de son alliance.

– Alors, quels sont ces soucis que vous cause votre fille ?

– Comment savez-vous qu'il ne s'agit pas d'un garçon ?

– Une chance sur deux !

– Je crois que j'ai fait quelque chose de mal, murmura la mère de Lauren.

La vieille dame replia son journal et écouta attentivement ce que Mme Kline avait tant besoin d'avouer.

– C'est moche le coup des fleurs ! Et pourquoi redoutez-vous tant qu'elle revoie ce jeune homme ?

– Parce qu'il risque de réveiller un passé qui peut nous faire du tort à toutes les deux.

La vieille dame replongea dans son quotidien, le temps de réfléchir, et le reposa sur le banc.

– Je ne sais pas de quoi vous parlez, mais on ne protège personne à l'abri d'un mensonge.

– Je suis désolée, dit Mme Kline, je vous parle de choses que vous ne pouvez pas comprendre.

Rose Morrison avait tout le temps de comprendre. La mère de Lauren hésita, mais après tout, quel risque courait-elle de se confier à une inconnue ? L'envie de chasser sa solitude fut la plus forte, elle se rassit et raconta l'histoire d'un homme qui avait enlevé une jeune femme pour la sauver, alors que sa propre mère avait renoncé.

– Votre jeune homme n'aurait pas un grand-père célibataire, par hasard ?

– Quand il m'a rendu les clés de l'appartement, je n'ai plus jamais eu de ses nouvelles.

– Et il a disparu, comme cela ?

– Disons que nous l'avons un peu aidé.

– Nous ?

– Un neurochirurgien réputé s'est chargé de lui expliquer à quel point la santé de ma fille était fragile. Il a su trouver mille raisons de le convaincre de s'éloigner d'elle.

– Alors devant tant d'évidences, cet homme s'est effacé ?

La mère de Lauren soupira.

– Oui.

– Je croyais qu'il en avait plus que ça ! reprit la vieille dame. Remarquez, quand ils sont fous d'amour, ils perdent beaucoup de leurs capacités ! Et ce que disait ce professeur était sincère ?

– Sincère sûrement, vrai, je n'en sais trop rien. Lauren a récupéré très vite, en quelques mois elle était à nouveau elle-même.

– Vous pensez qu'il est trop tard maintenant pour parler à votre fille ?

– Je me pose cette question tous les jours, et je n'arrive pas à imaginer sa réaction.

– J'ai vu pas mal de vies gâchées par des secrets de famille. Je n'ai pas eu la chance d'avoir d'enfants, et en dépit de ce que je vous disais tout à l'heure pour me donner une contenance, vous ne savez pas à quel point cela me manque. Mais j'aimais trop souvent pour m'en croire capable, enfin, c'était mon excuse pour ne pas regarder mon égoïsme en face. Je comprends vos réticences, même si je suis convaincue que vous avez tort. L'amour est fait de tolérance, c'est ce qui lui donne sa force.

– J'aimerais tellement que vous ayez raison.

– On quitte un homme, on croit l'oublier... jusqu'à ce qu'un souvenir nous rappelle à lui, alors comment imaginer se défaire de l'amour que nous portons à nos parents. On perd un temps fou à ne pas leur dire qu'on les aime, pour finir par se rendre compte, après leur mort, comme ils nous manquent.

La vieille dame se pencha vers Mme Kline.

– Si ce jeune homme a sauvé votre fille, vous lui êtes redevable. Allez donc le trouver.

Et Rose replongea dans la lecture de son journal. Mme Kline attendit quelques instants, elle salua sa voisine de banc, appela Kali et s'éloigna dans l'allée du parc.

En rentrant, elle récupéra le bouquet de fleurs au pied des marches. L'appartement était désert. Elle arrangea les pivoines dans un vase qu'elle posa sur la table basse du salon et referma la porte derrière elle.

*

Les jours de la semaine s'écoulaient avec la régularité d'un métronome. Tous les matins, Lauren allait faire une longue promenade sous les arbres du parc du Presidio. Il lui arrivait de marcher jusqu'à la plage qui bordait le versant pacifique. Elle s'installait alors sur le sable et plongeait dans sa thèse qu'elle retrouvait chaque soir.

L'inspecteur Pilguez avait fini par s'adapter aux horaires de Nathalia. Chaque jour, à midi, ils partageaient un repas où se rencontraient leurs appétits, celui d'un petit déjeuner pour l'une, d'un déjeuner pour l'autre.

Au milieu d'une journée entrecoupée de réunions avec le bureau d'études et de visites de chantier, Paul retrouvait Onega qui l'attendait sur un banc au bout d'une jetée, face à la baie.

Miss Morrison emmenait Pablo profiter des belles après-midi d'été dans le petit parc situé près de chez elle. Il lui arrivait de croiser Mme Kline et reconnut un jour Lauren au chien qui suivit ses pas. Ce jeudi de grand soleil, elle fut tentée de l'aborder mais renonça finalement à distraire la jeune femme de sa lecture. Quand Lauren quitta l'allée centrale, elle la suivit d'un regard amusé.

Chaque début de soirée, George Pilguez déposait Nathalia devant le commissariat.

Juste avant de retrouver Onega pour dîner, Paul rendait visite à son ami ; il lui présentait esquisses et projets qu'Arthur corrigeait d'un trait de crayon ou amendait de quelques annotations sur les choix de coloris et de matériaux.

Ce vendredi, Fernstein se félicita de l'état de santé de son patient. Il lui ferait passer un scanner de contrôle dès qu'il y aurait un créneau de libre, et si, comme il en était convaincu, tout était normal, il signerait son bon de sortie. Plus rien ne justifiait qu'il occupe un lit d'hôpital. Ensuite, il faudrait être raisonnable quelque temps, mais la vie ne tarderait pas à reprendre son cours normal. Arthur le remercia de tous les soins qu'il lui avait apportés.

*

Paul était parti depuis longtemps, les couloirs ne résonnaient déjà plus des pas tumultueux de la journée, l'hôpital avait revêtu son habit de nuit. Arthur alluma le téléviseur perché sur une tablette en face de son lit. Il ouvrit le tiroir de sa table de nuit et prit son téléphone portable. Le regard perdu dans ses pensées, il fit dérouler les noms du répertoire et renonça à déranger son meilleur ami. Le téléphone lui échappa lentement de la main et roula sur les draps, sa tête glissa sur l'oreiller.

La porte s'entrebâilla, une interne entra dans la chambre. Elle se dirigea aussitôt au pied du lit et consulta le dossier médical. Arthur entrouvrit les yeux et la regarda, silencieux, elle semblait concentrée.

– Un problème ? dit-il

– Non, répondit Lauren en relevant la tête.

– Que faites-vous ici ? demanda-t-il, stupéfait.

– Ne parlez pas si fort, chuchota Lauren.

– Pourquoi parler à voix basse ?

– J'ai mes raisons.

– Et elles sont secrètes ?

– Oui !

– Alors, il faut que je vous avoue, même à voix basse, que je suis content de vous voir.

– Moi aussi, enfin, je veux dire que je suis contente que vous alliez mieux. Je suis vraiment désolée de ne pas avoir diagnostiqué cette hémorragie au premier examen.

– Vous n'avez aucune raison de vous en vouloir. Je crois que je ne vous ai pas beaucoup facilité la tâche, dit Arthur.

– Vous étiez si pressé de partir !

– L'obsession du travail, un jour ça me tuera !

– Vous êtes architecte, c'est ça ?

– C'est ça !

– C'est un métier très pointu, beaucoup de mathématiques !

– Oui, enfin comme en médecine à la fac, et puis après on laisse les autres faire les maths pour vous.

– Les autres ?

– Les calculs de portances, de résistances, tout ça c'est surtout le boulot des ingénieurs !

– Et que font les architectes pendant que les ingénieurs bossent ?

– Ils rêvent !

– Et vous rêvez à quoi ?

Arthur regarda longuement Lauren, il sourit et pointa du doigt l'angle de la chambre.

– Avancez jusqu'à la fenêtre.

– Pour quoi faire ? s'étonna Lauren.

– Un petit voyage.

– Un petit voyage à la fenêtre ?

– Non, un petit voyage depuis la fenêtre !

Elle obéit, un sourire presque moqueur au coin des lèvres.

– Et maintenant ?

– Ouvrez-la ?

– Quoi ?

– La fenêtre !

Et Lauren fit exactement ce qu'Arthur lui avait demandé.

– Que voyez-vous ? demanda-t-il en chuchotant toujours.

– Un arbre ! répondit-elle.

– Décrivez-le-moi.

– Comment ça ?

– Il est grand ?

– Il est haut comme deux étages, mais il a de grandes feuilles vertes.

– Alors fermez les yeux.

Lauren se prit au jeu et la voix d'Arthur la rejoignit dans une obscurité improvisée.

– Les branches sont immobiles, à cette heure de la journée, les vents de la mer ne sont pas encore levés. Approchez-vous du tronc, les cigales se cachent souvent dans les recoins d'écorces. Au pied de l'arbre s'étend un tapis d'épines de pin. Elles sont roussies par le soleil. Maintenant, regardez tout autour de vous. Vous êtes dans un grand jardin, il est parsemé de larges bandes de terre ocre plantées de quelques pins parasols. À votre gauche vous en verrez des argentés, à droite des séquoias, devant des grenadiers et un peu plus loin des caroubiers qui semblent couler jusqu'à l'océan. Empruntez le petit escalier de pierre qui borde le chemin. Les marches sont irrégulières, mais ne craignez rien, la pente est douce. Regardez sur votre droite, vous devinez les restes d'une roseraie, maintenant ? Arrêtez-vous en bas, et regardez devant vous.

Et Arthur inventait un univers, fait juste de mots ; Lauren vit la maison aux volets clos qu'il lui décrivait. Elle avança vers le perron, grimpa les marches et s'arrêta sous la véranda. En contrebas, l'océan semblait vouloir briser les rochers, les vagues charriaient des amas d'algues mariées à des entrelacs d'épines. Le vent soufflait dans ses cheveux, elle eut presque envie de les repousser en arrière.

Elle contourna la maison, et suivit à la lettre les instructions d'Arthur qui la guidait pas à pas dans son pays imaginaire. Sa main effleurait la façade, à la recherche d'une petite cale, au bas d'un volet.

Elle fit comme il disait et la retira du bout des doigts. Le panneau de bois s'ouvrit et elle crut même l'entendre grincer sur ses gonds. Elle souleva la fenêtre à guillotine en déboîtant légèrement le châssis qui accepta de coulisser sur ses cordeaux.

– Ne vous arrêtez pas dans cette pièce, elle est trop sombre, traversez-la, vous arriverez dans le couloir.

Elle avançait à pas lents, derrière les murs, chaque pièce paraissait contenir un secret. Elle entra dans la cuisine. Sur la table, il y avait une vieille cafetière italienne, on y faisait un excellent café, et devant elle, une cuisinière comme on en trouvait autrefois dans les vieilles demeures.

– Elle fonctionne avec du bois ? demanda Lauren.

– Si vous le voulez, vous trouverez même des bûches, à l'abri d'un appentis juste au-dehors, en passant par-derrière.

– Je veux rester dans la maison et continuer à la visiter, murmura-t-elle.

– Alors ressortez de la cuisine. Ouvrez la porte, juste en face.

Elle entra dans le salon. Un long piano dormait dans l'obscurité du lieu. Elle alluma la lumière et s'approcha assez près pour s'asseoir sur le tabouret.

– Je ne sais pas jouer.

– C'est un instrument particulier, rapporté d'un lointain pays ; si vous pensez très fort à une mélodie que vous aimez, il vous la jouera, mais uniquement si vous posez vos mains sur son clavier.

Lauren se concentra de toutes ses forces, et la partition du « Clair de lune » de *Werther* envahit sa tête.

Elle avait l'impression que quelqu'un jouait à côté d'elle, et plus elle se laissait entraîner dans le songe, plus la musique était profonde et présente. Elle visita ainsi chaque endroit, grimpant jusqu'à l'étage, allant de chambre en chambre ; et, petit à petit, les mots qui décrivaient la maison se transformaient en une multitude de détails qui inventaient une vie tout autour d'elle. Elle retourna dans la seule pièce qu'elle n'avait pas encore visitée. Elle entra dans le petit bureau, regarda le lit et frissonna, elle ouvrit les yeux, et la maison s'évanouit.

– Je crois que je l'ai perdue, dit-elle.

– Ce n'est pas grave, maintenant elle est à vous, vous pourrez y retourner quand vous voudrez, il vous suffira d'y penser.

– Je ne pourrais pas recommencer toute seule, je ne suis pas très douée pour les mondes imaginaires.

– Vous avez tort de ne pas vous faire confiance. Je trouve que pour une première fois vous vous êtes plutôt bien débrouillée.

– Alors c'est ça votre métier. Vous fermez les yeux et vous imaginez des lieux ?

– Non, j'imagine la vie qu'il y aura à l'intérieur, et c'est elle qui me suggère le reste.

– C'est une drôle de façon de travailler.

– C'est plutôt une façon drôle de travailler.

– Il faut que je vous laisse, les infirmières ne vont pas tarder à faire leur ronde.

– Vous reviendrez ?

– Si je le peux.

Elle se dirigea vers la porte de la chambre et se retourna juste avant de sortir

– Merci pour cette visite, c'était bien, j'ai aimé ce moment.

– Moi aussi.

– Elle existe cette maison ?

– Tout à l'heure, vous l'avez vue ?

– Comme si j'y étais !

– Alors si elle existe dans votre imagination, c'est qu'elle est vraie.

– Vous avez une étrange façon de penser.

– À force de fermer les yeux sur ce qui les entoure, certains sont devenus aveugles sans même le savoir. Je me suis contenté d'apprendre à voir, même dans le noir.

– Je connais un hibou qui aurait bien besoin de vos conseils.

– Celui qui était dans votre blouse l'autre soir ?

– Vous vous souvenez ?

– Je n'ai pas eu l'occasion de fréquenter beaucoup de médecins, mais il est difficile d'en oublier un qui vous examine avec une peluche dans la poche.

– Il a peur du jour et son grand-père m'a demandé de le guérir.

– Il faudrait lui trouver une paire de lunettes de soleil pour enfant, j'en possédais une quand j'étais petit, c'est incroyable ce que l'on peut voir au travers.

– Comme quoi ?

– Des rêves, faits de pays imaginaires.

– Merci du conseil.

– Mais attention, quand vous aurez guéri votre hibou, dites-lui bien qu'il suffit de cesser de croire une seule seconde pour que le rêve se brise en mille morceaux.

– Je le lui dirai, comptez sur moi. Reposez-vous, maintenant.

Et Lauren sortit de la chambre.

Un clair de lune entrait par les persiennes. Arthur repoussa ses draps, et se rendit à la fenêtre. Il resta là, appuyé au rebord, à regarder les arbres du jardin, immobiles. Il n'avait aucune envie de suivre le conseil de son ami. Depuis trop longtemps il se nourrissait de patience, et rien n'avait pu le détacher du souvenir de cette femme, ni le temps ni les voyages peuplés d'autres regards. Bientôt il sortirait d'ici.

14.

Le week-end s'annonçait beau, pas un nuage ne venait troubler l'horizon. Tout était calme, comme si la ville se réveillait d'une nuit d'été trop courte. Pieds nus, les cheveux en bataille, vêtue d'un vieux pull-over qu'elle portait comme une robe légère, Lauren travaillait à son bureau, reprenant ses recherches là où elles les avait laissées la veille.

Elle continua jusqu'au milieu de la matinée, guettant l'heure du courrier. Elle attendait un ouvrage scientifique commandé depuis deux jours, elle le trouverait peut-être enfin dans sa boîte aux lettres. Elle traversa le salon, ouvrit la porte de son appartement et sursauta en poussant un cri.

– Je suis désolé, je ne voulais pas vous faire peur, dit Arthur, les mains croisées dans le dos. J'ai eu votre adresse grâce à Betty.

– Qu'est-ce que vous faites là ? demanda Lauren en tirant sur son pull.

– Je n'en sais trop rien moi-même.

– Ils n'auraient jamais dû vous laisser sortir, c'est beaucoup trop tôt, dit-elle en bafouillant.

– Je vous avoue que je ne leur ai pas vraiment donné le choix... vous me laissez entrer quand même ?

Elle lui céda le passage et lui proposa de s'installer dans le salon.

– J'arrive tout de suite ! lança-t-elle en s'enfuyant vers la salle de bains.

« J'ai l'air d'un Gremlin ! » se dit-elle en essayant de remettre un peu d'ordre dans ses cheveux. Elle se précipita dans le dressing et commença à se débattre avec les cintres.

– Tout va bien ? demanda Arthur, étonné du bruit qui émanait de la penderie.

– Vous voulez un café ? cria Lauren qui cherchait désespérément ce qu'elle allait bien pouvoir mettre.

Elle regarda de plus près un sweater et le jeta par terre, le chemisier blanc n'allait pas non plus, il virevolta en l'air, une petite robe ne tarda pas à le rejoindre. Seconde après seconde, un amas de vêtements s'empilait derrière elle.

Arthur avança au milieu du salon, il regarda tout autour de lui. Dieu que ce lieu lui était familier. Les étagères d'une bibliothèque en bois clair pliaient sous les ouvrages, elles finiraient par céder si Lauren complétait sa collection d'encyclopédies médicales. Arthur sourit en voyant qu'elle avait installé son bureau exactement là où il avait mis jadis sa table d'architecte.

À travers les portes entrouvertes, il devinait la chambre à coucher et le lit qui faisait face à la baie.

Il entendit Lauren toussoter dans son dos et se retourna. Elle portait un jean et un tee-shirt blanc.

– Ce café, avec lait et sucre, sans lait et avec sucre ou sans sucre et avec lait ? demanda-t-elle.

– Comme vous voudrez ! répondit Arthur.

Elle passa derrière le comptoir de la cuisine, l'eau fuyait du robinet, elle se mit à jaillir à grand jet.

– Je crois que j'ai un problème, dit-elle en tentant de contenir l'inondation entre ses mains.

Arthur lui indiqua aussitôt la vanne d'arrêt général dans le petit placard situé juste à côté d'elle. Lauren se précipita pour la fermer. Le visage éclaboussé, elle regarda fixement Arthur.

– Comment le saviez-vous ?

– Je suis architecte !

– C'est un métier qui permet de voir au travers des murs ?

– La plomberie d'une maison est moins complexe que celle du corps humain, mais nous aussi, nous avons nos petits trucs pour arrêter les hémorragies. Vous avez des outils ?

Lauren sécha son visage avec une serviette en papier et ouvrit un tiroir. Elle sortit un vieux tournevis, une clé à molette et un marteau.

Elle posa les outils sur le comptoir, l'air désolé.

– On devrait quand même pouvoir opérer, dit Arthur.

– Je ne crois pas être qualifiée pour ça !

– C'est une intervention moins compliquée que ce que vous faites au bloc opératoire. Vous avez un joint neuf ?

– Non !

– Regardez dans l'armoire à fusibles, je ne sais pas pourquoi, mais on en trouve toujours un ou deux qui traînent au-dessus du compteur électrique.

– Et où traîne l'armoire électrique ?

Arthur lui montra du doigt le petit coffrage juste à côté de la porte d'entrée.

– Ça c'est le disjoncteur, dit Lauren.

– C'est là que ça se trouve, dit Arthur d'un ton amusé.

Lauren se campa devant lui.

– Eh bien, puisque les placards de ma maison n'ont aucun secret pour vous, allez chercher ces joints vous-même, ça nous fera gagner du temps !

Arthur se dirigea vers l'entrée. Il avança la main vers le coffrage et se ravisa.

– Qu'est-ce que vous avez ? demanda Lauren.

– Mes mains sont encore malhabiles, murmura Arthur, visiblement embarrassé.

Lauren s'avança vers lui.

– Ce n'est pas grave, dit-elle d'une voix rassurante. Soyez patient, vous n'aurez pas de séquelles, mais il faut un peu de temps pour récupérer, c'est la nature qui veut ça.

– Pour la réparation, je peux quand même vous guider si vous voulez ? dit Arthur.

– J'avais d'autres projets ce matin que de soigner un robinet. Mon voisin est un bricoleur de génie, c'est lui qui m'a presque tout installé ici, il sera ravi de s'en occuper.

– C'est lui qui a eu l'idée de mettre la bibliothèque contre cette fenêtre ?

– Pourquoi, il ne fallait pas ?

– Si, si, dit Arthur en retournant dans le salon.

– Ça, c'est un « si, si » qui veut dire exactement le contraire !

– Non, pas du tout ! insista Arthur.

– Qu'est-ce que vous mentez mal !

Il invita Lauren à s'installer sur le canapé.

– Retournez-vous, dit Arthur.

Lauren s'exécuta, ne comprenant pas bien où il voulait en venir.

– Vous voyez, si ces étagères n'occultaient pas la fenêtre, vous auriez une très jolie vue d'ici.

– J'aurais une très jolie vue, mais dans mon dos ! En général, je m'assieds à l'endroit sur mon canapé !

– C'est pour cela qu'il serait plus judicieux de le retourner ; honnêtement, la porte d'entrée ce n'est pas ce qu'il y a de plus beau, non ?

Lauren se leva, posa ses mains sur les hanches et le dévisagea.

– Je n'y avais jamais prêté attention. Vous êtes venu chez moi à l'improviste en sortant de l'hôpital, pour refaire la décoration ?

– Je suis désolé, dit Arthur en baissant la tête.

– Non, c'est moi qui suis désolée, reprit Lauren d'une voix calme. Je m'emporte un peu facilement ces temps-ci. Je vous prépare ce café ?

– Vous n'avez plus d'eau !

Lauren ouvrit le réfrigérateur.

– Je n'ai même pas un jus de fruits à vous offrir.

– Alors, je vous emmène petit déjeuner ?

Elle lui demanda juste de l'attendre le temps qu'elle descende chercher son courrier. Dès qu'il l'entendit s'éloigner dans le couloir, Arthur fut pris de l'envie irrésistible de renouer avec ce lieu qu'il avait habité. Il entra dans la chambre à coucher et s'approcha du lit. Le souvenir d'un matin d'été resurgit comme évadé des pages d'un livre tombé d'une bibliothèque. Il aurait voulu que le temps remonte à ce jour où il la regardait dormir.

Il effleura la couverture du bout des doigts, l'écheveau de laine se souleva lentement sous sa main. Il passa dans la salle de bains et regarda les flacons posés près de la vasque. Un lait, un parfum, quelques rares produits de maquillage. Une idée lui traversa l'esprit, il jeta un coup d'œil au-dehors et se décida à assouvir un très vieux rêve. Il entra à l'intérieur de la penderie attenante et referma la porte derrière lui.

Caché entre les cintres, il regardait les vêtements au sol, ceux encore accrochés et tentait d'imaginer Lauren, dans l'une ou l'autre des tenues. Il aurait voulu rester là, attendre qu'elle le trouve. Peut-être que la mémoire lui reviendrait, elle hésiterait, juste un instant, se souviendrait des mots qu'ils se disaient. Alors, il la prendrait au creux de ses bras, et l'embrasserait comme avant, ou plutôt d'un baiser différent. Plus rien ni personne ne pourrait la lui enlever. C'était idiot, s'il restait là, elle commencerait par avoir peur. Qui n'aurait pas peur de quelqu'un qui se cache dans le placard de votre salle de bains ?

Il fallait sortir d'ici avant qu'elle ne revienne ; un court instant encore, qui pourrait lui en vouloir ? Qu'elle remonte l'escalier lentement, quelques secondes volées au bonheur d'être au milieu d'elle.

– Arthur ?

– J'arrive.

Il s'excusa d'être entré dans la salle de bains sans autorisation, il avait voulu se laver les mains.

– Il n'y a pas d'eau !

– Je m'en suis souvenu en ouvrant le robinet ! dit-il confus. Votre livre est arrivé ?

– Oui, je range ce pavé dans la bibliothèque et on y va ? Je meurs de faim.

En passant devant la cuisine, Arthur regarda la gamelle de Kali.

– C'est l'écuelle de ma chienne, elle est chez maman.

Lauren prit ses clés sur le comptoir et ils quittèrent l'appartement.

La rue était inondée de soleil. Arthur eut envie de prendre Lauren par le bras.

– Où voulez-vous aller ? demanda-t-il en croisant ses mains dans son dos.

Elle était affamée et hésitait, par pure féminité, à lui avouer qu'elle rêvait d'un hamburger. Arthur la rassura, c'était beau une femme qui avait de l'appétit.

– Et puis à New York, c'est déjà l'heure du

déjeuner, et à Sydney, celle du dîner ! ajouta-t-elle, radieuse.

– C'est une façon de voir les choses, dit Arthur en marchant à son côté.

– Interne, on finit par manger n'importe quoi, à n'importe quelle heure.

Elle l'entraîna jusqu'à Ghirardelli Square, ils longèrent les quais et s'engagèrent sur une jetée ; perchée sur des pilotis, la salle de restaurant du Simbad était ouverte nuit et jour. L'hôtesse d'accueil les installa à une table, elle tendit un menu à Lauren et disparut. Arthur n'avait pas faim, il renonça à lire la carte que Lauren lui tendait.

Un serveur se présenta quelques instants plus tard, il nota la commande de Lauren et s'en retourna vers les cuisines.

– Vous ne mangez vraiment rien ?

– J'ai été nourri toute la semaine à coups de perfusions, et je crois que mon estomac a rétréci. Mais j'adore vous regarder manger.

– Il faudra quand même vous réalimenter !

Le serveur déposa une énorme assiette de pancakes sur la table.

– Pourquoi êtes-vous venu chez moi ce matin ?

– Pour réparer une fuite d'eau.

– Sérieusement !

– Pour vous remercier de m'avoir sauvé la vie je crois.

Lauren reposa la fourchette qu'elle tenait dans sa main.

– Parce que j'en avais envie, avoua Arthur.

Elle le regarda, attentive, et arrosa son plat de sirop d'érable.

– Je n'ai fait que mon métier, dit-elle à voix basse.

– Je ne suis pas sûr qu'anesthésier un de vos

223

collègues et voler une ambulance soit votre lot quotidien.

– L'ambulance, c'était une idée de votre meilleur ami.

– Je m'en doutais un peu.

Le serveur revint vers la table demander à Lauren si elle avait besoin de quelque chose.

– Non, pourquoi ? dit Lauren.

– Je croyais que vous m'aviez appelé, répondit le garçon d'un ton hautain.

Lauren le regarda s'éloigner, elle haussa les épaules et reprit sa conversation.

– Votre ami m'a dit que vous vous étiez connus au pensionnat.

– Maman est morte quand j'avais dix ans, nous étions très proches.

– C'est courageux, la plupart des gens ne prononcent jamais ce mot, ils disent « parti » ou encore « quitté ».

– Quitter ou partir sont des actions volontaires.

– Vous avez grandi seul ?

– La solitude peut être une forme de compagnie. Et vous ? vous avez toujours vos parents ?

– Ma mère seulement, depuis mon accident nos relations sont plutôt tendues, elle est un peu trop présente.

– L'accident ?

– Un tonneau en voiture, j'ai été éjectée, laissée pour morte, mais l'acharnement d'un de mes professeurs m'a ramenée à la vie après quelques mois de coma.

– Vous n'avez gardé aucun souvenir de cette période ?

– Je me souviens des dernières minutes avant l'impact, après il y a un trou de onze mois dans ma vie.

– Personne n'a jamais réussi à se souvenir de ce qui se passe pendant ces moments-là ? demanda Arthur la voix chargée d'espoir.

Lauren sourit, elle regarda un chariot à dessert rangé non loin d'elle.

– Pendant qu'on est dans le coma ? C'est impossible ! reprit-elle. C'est le monde de l'inconscience, il ne se passe rien.

– Pourtant la vie continue tout autour, non ?

– Ça vous intéresse vraiment ? Vous n'êtes pas obligé d'être poli, vous savez.

Arthur promit que sa curiosité était sincère. Lauren lui expliqua qu'il y avait bien des théories à ce sujet, et peu de certitudes. Les patients avaient-ils une perception de ce qui les entourait ? D'un point de vue médical, elle n'y croyait pas beaucoup.

– Vous avez dit d'un point de vue médical ? Pourquoi cette distinction ?

– Parce que j'ai vécu la chose de l'intérieur.

– Et vous en avez tiré des conclusions différentes ?

Lauren hésita à répondre, elle montra le chariot de desserts au serveur qui s'empressa d'accourir à sa table. Elle choisit une mousse au chocolat pour elle, et comme Arthur ne demandait rien, elle commanda un éclair au chocolat pour lui.

– Et deux merveilleux desserts pour Miss, dit le garçon en servant les assiettes.

– Je fais parfois des rêves étranges qui ressemblent à des fragments de mémoire, comme des sensations qui me reviennent, mais je sais aussi que le cerveau est capable de transformer en souvenirs ce qu'on lui a raconté.

– Et que vous a-t-on dit ?

– Rien de particulier, la présence de ma mère,

tous les jours, celle de Betty, une infirmière qui travaille dans mon service et d'autres choses sans réelle importance.

– Comme ?

– Mon réveil, mais nous avons assez parlé de tout ça, il faut que vous goûtiez à ces deux desserts !

– Ne m'en veuillez pas mais je suis allergique au chocolat.

– Vous ne voulez rien d'autre ? Vous n'avez ni bu ni mangé.

– Je comprends votre mère, elle doit être un peu excessive dans ses comportements, mais ce n'est que de l'amour.

– Elle vous adorerait si elle vous entendait.

– Je sais, c'est un de mes grands défauts.

– Lequel ?

– Je suis le genre d'homme dont les belles-mères se souviennent, mais pas toujours leur fille.

– Et des belles-mères comme vous dites, il y en a eu beaucoup ? demanda Lauren en prenant une grande cuillère de mousse au chocolat.

Arthur la regarda, amusé ; elle avait un trait de chocolat au-dessus de la lèvre. Il avança la main, comme pour effacer la flèche de l'arc de Cupidon, mais il n'osa pas.

Derrière son comptoir, un barman regardait leur table, intrigué.

– Je suis célibataire.

– J'ai du mal à vous croire.

– Et vous ? reprit Arthur.

Lauren chercha ses mots avant de répondre.

– J'ai quelqu'un dans ma vie, nous ne vivons pas vraiment ensemble, enfin il est là. C'est parfois comme cela, les sentiments s'éteignent. Vous êtes célibataire depuis longtemps ?

– Assez longtemps, oui.

– Là, je ne vous crois plus du tout.

– Qu'est-ce qui vous semble impossible ?

– Qu'un type comme vous reste seul.

– Je ne suis pas seul !

– Ah, vous voyez !

– On peut aimer quelqu'un et être célibataire ! Il suffit que le sentiment ne soit pas réciproque, ou que la personne ne soit pas libre.

– Et on peut rester fidèle à quelqu'un tout ce temps ?

– Si ce quelqu'un est la femme de votre vie, cela vaut la peine d'attendre, non ?

– Donc vous n'êtes pas célibataire !

– Pas dans mon cœur.

Lauren prit une grande gorgée de son café et grimaça. Le liquide était froid. Arthur aurait voulu lui en commander un autre mais elle le devança et montra au serveur la cafetière posée sur la plaque chauffante d'une desserte.

– Miss voudra une ou deux tasses ? demanda le serveur, un sourire ironique aux lèvres.

– Vous avez un problème ? répliqua Lauren.

– Moi, pas du tout, dit le garçon en repartant vers son office.

– Vous croyez qu'il est énervé parce que vous n'avez rien pris ? demanda-t-elle à Arthur.

– C'était bon ? répondit-il.

– Affreux, dit Lauren en riant.

– Alors pourquoi avez-vous choisi cet endroit ? répliqua Arthur en la rejoignant dans son rire.

– J'aime sentir le souffle de la mer, mesurer sa tension, son humeur.

Le rire d'Arthur se mut en un sourire chargé de mélancolie, il y avait de la tristesse dans ses yeux, des étoiles de chagrin avec un goût de sel.

– Qu'est-ce que vous avez ? questionna Lauren.

– Rien, juste un souvenir.

Lauren fit signe au serveur de lui porter l'addition.

– Elle a de la chance, dit-elle en reprenant une gorgée de café.

– Qui ça ?

– Celle que vous attendez depuis longtemps.

– Vraiment ? demanda Arthur.

– Oui, vraiment ! Qu'est-ce qui vous a séparés ?

– Problème de compatibilité !

– Vous ne vous entendiez plus ?

– Si, très bien. Nous partagions des fous rires, des envies. Nous nous étions même juré de rédiger un jour une liste des choses heureuses à faire, elle l'appelait ça la *happy to do* liste.

– Qu'est-ce qui vous a empêché de l'écrire ?

– Le temps nous a séparés avant.

– Vous ne vous êtes pas revus ?

Le serveur posa l'addition sur la table, Arthur voulut la prendre mais Lauren l'enleva d'un geste plus rapide que le sien.

– J'apprécie votre galanterie, dit-elle, mais n'y pensez même pas, la seule chose que vous avez consommée ici, ce sont mes paroles, je ne suis pas féministe, mais il y a des limites quand même !

Arthur n'eut pas le temps d'argumenter, Lauren avait déjà remis sa carte de crédit à l'employé du restaurant.

– Je devrais rentrer et travailler, dit Lauren, et en même temps je n'en ai pas du tout envie.

– Alors allons nous promener, la journée est magnifique et moi je n'ai pas du tout envie de vous laisser aller travailler.

Elle repoussa sa chaise et se leva.

– J'accepte la balade.

Le serveur hocha la tête quand elle quitta l'établissement.

Elle voulait marcher dans le parc du Presidio, elle aimait y flâner sous les grands séquoias. Souvent, elle descendait jusqu'à l'avancée de terre où vient s'ancrer l'une des piles du Golden Gate. Arthur connaissait bien l'endroit. De là, le pont suspendu s'étendait comme un trait dans le ciel entre la baie et l'océan.

Lauren devait récupérer sa chienne. Arthur promit de la retrouver là-bas. Lauren le quitta au bout de la jetée, il la regarda s'éloigner sans rien dire. Certains moments ont un goût d'éternité.

15.

Il l'attendait au pied du grand pont, assis sur un muret en brique. À cet endroit, les vagues de l'océan affrontaient celles de la baie, dans un combat qui durait depuis la nuit des temps.

– Je vous ai fait attendre ? s'excusa-t-elle.

– Où est Kali ?

– Je n'en ai pas la moindre idée, maman n'était pas là. Vous connaissez son nom ?

– Venez, allons marcher de l'autre côté du pont, j'ai envie de voir l'océan, répondit Arthur.

Ils gravirent une colline et la redescendirent par son autre versant. En contrebas, la plage s'étendait sur des kilomètres.

Ils marchèrent le long de l'eau.

– Vous êtes différent, dit Lauren.

– De qui ?

– De personne en particulier.

– Alors ce n'est pas très difficile.

– Ne soyez pas idiot.

– Quelque chose chez moi vous gêne ?

– Non, rien ne me gêne, vous semblez toujours serein, c'est tout.

– C'est un défaut ?

– Non, mais c'est très déroutant, comme si rien n'avait l'air de vous poser de problème.

– J'aime chercher des solutions, c'est de famille, ma mère était comme moi.

– Vos parents vous manquent ?

– J'ai à peine eu le temps de connaître mon père. Maman avait un certain regard sur la vie, différent, comme vous dites.

Arthur s'agenouilla pour ramasser du sable.

– Un jour, dit-il, j'avais trouvé dans le jardin une pièce d'un dollar, je croyais être drôlement riche. J'ai couru vers elle, mon trésor serré dans la paume. Je le lui ai montré, j'étais si fier de ma découverte Après m'avoir écouté lui dicter la liste de tout ce que j'allais acheter avec une telle fortune, elle a refermé mes doigts sur la pièce, retourné délicatement ma main et m'a demandé de l'ouvrir.

– Et alors ?

– Le dollar est tombé par terre. Maman m'a dit « voilà, c'est ce qui arrive quand on meurt, même à l'homme le plus riche de la terre. L'argent et le pouvoir ne nous survivent pas. L'homme n'invente l'éternité de son existence que dans les sentiments qu'il partage ». Et c'était vrai ; elle est morte hier, il y a des années de cela, depuis si longtemps que j'ai cessé d'en compter les mois sans en perdre un seul jour. Elle apparaît parfois dans l'instant d'un regard qu'elle m'a appris à poser sur les choses, sur un paysage, un vieillard qui traverse la rue en portant son histoire ; elle surgit dans un rayon de pluie, dans un reflet de lumière, au détour d'un mot dans une conversation, elle est mon immortelle.

Arthur laissa filer les grains de sable entre ses doigts. Il y a des chagrins d'amour que le temps n'efface pas et qui laissent aux sourires des cicatrices imparfaites.

Lauren s'approcha d'Arthur, elle prit son bras et l'aida à se relever, ils continuèrent à marcher sur la plage.

– Comment fait-on pour attendre quelqu'un aussi longtemps ?

– Pourquoi me reparlez-vous de ça ?

– Parce que cela m'intrigue.

– Nous avons vécu le début d'une histoire, elle était comme une promesse que la vie n'a pas tenue ; moi je tiens toujours mes promesses.

Lauren lâcha son bras, Arthur la regarda s'éloigner seule, vers la grève. Il attendit quelques instants pour la rejoindre, elle jouait à effleurer les vagues du bout du pied.

– J'ai dit quelque chose qu'il ne fallait pas ?

– Non, murmura Lauren, au contraire. Je crois qu'il est temps que je rentre, j'ai vraiment du travail.

– Et ça ne peut pas attendre demain ?

– Demain ou cette après-midi, qu'est-ce que cela change ?

– Une envie peut tout changer, vous ne croyez pas ?

– Et de quoi avez-vous envie ?

– De continuer à marcher sur cette plage avec vous à accumuler les gaffes.

– Nous pourrions dîner ensemble ce soir ? suggéra Lauren.

Arthur plissa les yeux comme s'il hésitait. Elle lui donna une tape sur l'épaule.

– Je choisis l'endroit, dit-il en riant, juste pour vous prouver que tourisme et gastronomie ne font pas toujours mauvais ménage.

– Où allons-nous ?

– Au Cliff House, là-bas, dit-il en montrant au loin une falaise.

233

– J'habite cette ville depuis toujours et je n'y ai jamais mis les pieds !

– J'ai connu des Parisiens qui n'étaient jamais montés sur la tour Eiffel.

– Vous êtes déjà allé en France ? demanda-t-elle, les yeux émerveillés.

– À Paris, à Venise, à Tanger...

Et Arthur entraîna Lauren tout autour du monde, le temps de quelques pas que la mer montante effacerait derrière eux à la tombée du jour.

*

La salle aux boiseries sombres était presque vide. Lauren entra la première. Un maître d'hôtel en livrée vint l'accueillir. Elle demanda une table pour deux. Il lui suggéra d'attendre son hôte au bar. Étonnée, Lauren se retourna, Arthur avait disparu. Elle revint sur ses pas et le chercha dans l'escalier, elle le trouva sur la plus haute marche, il l'attendait, un sourire aux lèvres.

– Qu'est-ce que vous faites là ?

– La salle du bas est sinistre, celle-ci est beaucoup plus gaie.

– Vous trouvez ?

– Tout l'endroit est sinistre, n'est-ce pas ?

Lauren hocha la tête, partagée.

– C'est exactement ce que je me disais. Allons ailleurs.

– J'ai réservé auprès du maître d'hôtel ! dit-elle, gênée.

– Alors ne lui dites surtout rien, cette table sera la nôtre, nous essaierons de nous en souvenir toujours, ce sera là l'endroit où nous n'aurons pas partagé notre premier dîner !

Arthur entraîna Lauren sur le parking de l'établissement. Il lui demanda si elle voulait bien appeler un taxi. Il n'avait pas de téléphone sur lui. Lauren prit le sien et appela la compagnie.

Un quart d'heure plus tard, ils se firent déposer sur la jetée du Pier 39, décidés à tester tous les lieux à touristes de la ville. S'ils n'étaient pas trop fatigués, ils iraient même prendre un verre dans Chinatown, Arthur connaissait un immense bar où des autocars d'étrangers se déversaient du début à la fin de la soirée.

Ils marchaient sur les planches quand Lauren crut reconnaître Paul au loin, il était accoudé à la balustrade, en pleine conversation avec une ravissante jeune femme aux jambes infinies.

– Ce n'est pas votre ami ? demanda-t-elle.

– Si, c'est bien lui, répondit Arthur en faisant demi-tour.

Lauren le rejoignit.

– Vous ne voulez pas que nous allions le saluer ?

– Non, je ne tiens pas à interrompre leur tête-à-tête, venez, allons plutôt par là.

– C'est vous qui redoutez qu'ils nous voient ensemble ?

– Quelle idée, pourquoi pensez-vous une chose pareille ?

– Parce que vous avez eu l'air d'avoir peur.

– Je vous assure que non. Il serait terriblement jaloux que ma première visite ait été pour vous ; suivez-moi, je vous emmène à Ghirardelli Square, l'ancienne chocolaterie est truffée de Japonais à cette heure de la soirée.

Le long de la promenade, la fête battait son plein. Chaque année, les pêcheurs de la ville y fêtaient l'ouverture de la saison de la pêche au crabe.

Le jour avait perdu ses derniers reflets lumière de

feu et déjà la lune s'élevait dans le ciel étoilé de la baie. Sur des bûchers, de grands chaudrons d'eau de mer regorgeaient de crustacés que l'on distribuait aux passants. Lauren dégusta du plus bel appétit six gigantesques pinces qu'un marin bienveillant avait décortiquées pour elle. Arthur la regardait se régaler, émerveillé. Elle arrosa ce repas improvisé de trois gobelets pleins à ras bord d'un cabernet sauvignon de la Nappa Vallee. Après s'être léché les doigts, elle se pendit au bras d'Arthur, l'air coupable.

– Je crois que je viens de compromettre notre dîner, dit-elle, un carré de chocolat et je meurs !

– Je crois surtout que vous êtes un peu pompette !

– Ce n'est pas du tout impossible, la mer s'est levée ou est-ce que c'est moi qui tangue ?

– Les deux ! Venez, allons prendre l'air un peu plus loin.

Il l'entraîna à l'écart de la foule et la fit asseoir sur un banc éclairé par un vieux réverbère solitaire.

Lauren posa sa main sur le genou d'Arthur, elle emplit ses poumons de l'air frais du soir.

– Vous n'êtes pas venu me voir ce matin juste pour me dire merci ?

– Je suis venu vous voir parce que, sans que je puisse vous l'expliquer, vous me manquiez.

– Il ne faut pas dire ce genre de choses.

– Pourquoi ? Ces mots font peur ?

– Mon père aussi disait de jolies phrases à ma mère quand il voulait la séduire.

– Mais vous n'êtes pas elle.

– Non, j'ai un métier, une carrière, un but à atteindre, et rien ne m'en écarte, c'est ma liberté.

– Je sais, c'est pour cela que...

– Que quoi ? dit-elle en l'interrompant.

– Rien, mais je pense que ce n'est pas seulement l'endroit où l'on va qui donne un sens à la vie, mais aussi la façon dont on s'y rend.

– C'est ce que vous disait votre mère ?

– Non, c'est ce que je pense.

– Alors pourquoi avoir rompu avec cette femme qui vous manque tant ? Pour quelques incompatibilités ?

– Disons que nous sommes passés très près l'un de l'autre. Je n'étais que locataire de ce bonheur, elle n'a pas pu renouveler mon bail.

– Lequel des deux a rompu ?

– Elle m'a quitté et moi je l'ai laissée partir.

– Pourquoi ne pas vous être battu ?

– Parce que c'est un combat qui lui aurait fait du mal. C'était une question posée à l'intelligence du cœur. Privilégier le bonheur de l'autre au détriment du sien, c'est une jolie raison, non ?

– Vous n'en êtes toujours pas guéri.

– Je n'étais pas malade !

– Je ressemble à cette femme ?

– Vous avez quelques mois de plus qu'elle.

De l'autre côté de la rue, un magasinier fermait son échoppe à touristes. Il rentrait les tourniquets à cartes postales.

– Nous aurions dû en acheter une, dit Arthur, je vous aurais écrit quelques mots et vous l'aurais postée.

– Vous croyez vraiment que l'on peut aimer toute une vie la même personne ? demanda Lauren.

– Je n'ai jamais eu peur du quotidien, l'habitude n'est pas une fatalité. On peut réinventer chaque jour le luxe et le banal, la démesure et le commun. Je crois à la passion qui se développe, à la mémoire du sentiment. Je suis désolé, tout cela est de la faute de ma mère, elle m'a gavé d'idéaux amoureux. Cela place la barre très haut.

– Pour l'autre ?

– Non, pour soi-même, je fais vieux jeu, n'est-ce pas ?

– La vieillesse a ses charmes.

– J'ai pris soin de conserver une part d'enfance.

Lauren releva la tête et regarda Arthur dans les yeux. Imperceptiblement leurs deux visages se rapprochaient.

– J'ai envie de t'embrasser, dit Arthur.

– Pourquoi est-ce que tu me le demandes au lieu de le faire ? répondit Lauren.

– Je t'ai dit que j'étais terriblement vieux jeu.

Le rideau du magasin grinçait sur ses rails de fer. Une alarme retentit. Arthur se redressa, interdit, retenant la main de Lauren dans la sienne, il se leva d'un bond.

– Il faut que je parte !

Les traits d'Arthur avaient changé, Lauren devina sur son visage les marques d'une douleur soudaine.

– Qu'est-ce qui ne va pas ?

L'alarme du magasin sonnait de plus en plus fort, bourdonnant jusque dans leurs oreilles.

– Je ne peux pas t'expliquer mais il faut que je m'en aille.

– Je ne sais pas où tu vas, mais je t'accompagne ! dit-elle en se levant.

Arthur la prit dans ses bras, il ne la quitta pas des yeux, il était incapable de resserrer son étreinte autour d'elle.

– Écoute-moi, chaque seconde compte. Tout ce que je t'ai dit est vrai. Si tu le peux, je voudrais que tu te souviennes de moi, moi je ne t'oublierai pas. Un autre instant de toi, même si court, cela valait vraiment la peine.

Arthur s'éloigna à reculons.

– Pourquoi dis-tu un autre instant ? demanda Lauren, paniquée.

– La mer est pleine de merveilleux crabes maintenant.

– Pourquoi dis-tu un autre instant, Arthur ? hurla Lauren.

– Chaque minute de toi fut comme un moment volé. Rien ne pourra me l'enlever. Fais bouger le monde, Lauren, ton monde.

Il s'éloigna encore de quelques pas et se mit à courir à toutes jambes. Lauren hurla son nom. Arthur se retourna.

– Pourquoi as-tu dit un autre instant de toi ?

– Je savais que tu existais ! Je t'aime et ça ne te regarde pas.

Et Arthur disparut dans l'ombre au coin de la ruelle.

Le rideau de fer acheva lentement sa course contre la butée du trottoir. Le magasinier tourna sa clé dans le petit boîtier accroché au mur, la sirène infernale se tut. À l'intérieur du magasin, la centrale de l'alarme continuait d'émettre un bip à intervalles réguliers.

*

Un moniteur diffusait un halo de lumière verte dans la pénombre de la chambre. L'électroencéphalographe émettait une série de bip stridents à intervalles réguliers. Betty entra dans la pièce, elle alluma la lumière et se précipita vers le lit. Elle consulta la bande de papier qui sortait de la petite imprimante et décrocha aussitôt le téléphone.

– J'ai besoin d'un chariot de réa à la 307, bipez-moi Fernstein, trouvez-le, où qu'il se trouve, et dites-lui de venir ici dans les plus brefs délais. Mettez le bloc de neuro en alerte et faites monter un anesthésiste.

*

Une bruine s'étendait sur les bas quartiers de la ville. Lauren abandonna son banc, et traversa la rue où tout lui semblait en noir et blanc. Quand elle entra dans Green Street, la nuit se chargeait de nuages. La pluie fine céda la place à un orage d'été. Lauren leva la tête et regarda le ciel. Elle s'assit sur un petit muret d'enceinte et resta là un long moment, sous l'averse, à contempler la maison victorienne qui s'élevait dans les hauteurs de Pacific Heights.

Quand l'ondée cessa, elle pénétra dans le hall, gravit les marches de l'escalier et entra dans son appartement.

Ses cheveux étaient trempés, elle abandonna ses vêtements dans le salon, se frotta la tête avec un chiffon arraché au crochet de la cuisine et s'emmitoufla dans un plaid emprunté au dosseret d'un fauteuil.

Dans la cuisine, elle ouvrit un placard et déboucha une bouteille de bordeaux. Elle se servit un grand verre, avança jusqu'à l'alcôve et contempla les tourelles de Ghirardelli Square, en contrebas. Au loin, la corne de brume d'un grand cargo en partance pour la Chine résonna dans la baie. Lauren jeta un regard en coin au canapé qui lui tendait les bras. Elle l'ignora et avança d'un pas décidé vers la petite bibliothèque. Elle prit un livre, le laissa tomber à ses pieds, recommença avec un autre et, gagnée par une colère froide, elle poussa tous les manuels à terre.

Quand les étagères furent vidées de leur contenu, elle repoussa la bibliothèque, libérant la petite fenêtre qui se cachait derrière. Elle s'attaqua au canapé, et usant de toutes ses forces le fit pivoter de quatre-vingt-dix degrés. Titubante, elle récupéra le verre qu'elle avait abandonné sur le rebord de l'alcôve et s'affala sur les coussins. Arthur avait raison ; de là, la vue sur les toits des maisons était splendide. Elle but son vin presque d'un trait.

Dans la rue encore humide, une vieille dame promenait son chien, elle releva la tête vers une petite maison où seule une fenêtre versait encore un rai de lumière dans la nuit grise. La main de Lauren, engourdie de sommeil, s'ouvrit lentement, et le verre vide roula au pied du canapé.

*

– Je l'emmène au bloc, cria Betty à l'interne de réanimation.

– Laisse-moi faire remonter la saturation d'abord.

– Nous n'avons pas le temps.

– Bordel Betty, c'est moi l'interne ici.

– Docteur Stern, j'étais infirmière quand vous étiez encore en barboteuse. Et si nous remontions sa saturation sanguine en même temps que les étages ?

Betty poussait le lit dans le couloir, le docteur Philipp Stern la suivait, entraînant dans leur sillage le chariot de réanimation.

– Qu'est-ce qu'il a ? demanda-t-il, tout était normal.

– Si tout était normal il serait chez lui et conscient ! Il était somnolent ce matin, et j'ai préféré le remettre sous monitoring encéphalique, ça c'est le métier d'infirmière, quant à savoir ce qu'il a, ça c'est votre boulot de médecin !

Les roues du lit tournaient à toute vitesse, les portes de l'ascenseur allaient se refermer. Betty hurla.

– Attendez-nous, c'est une urgence !

Un interne retint les battants métalliques, Betty s'engouffra dans la cabine, le docteur Stern fit pivoter son chariot de réanimation pour se trouver une petite place.

– De quel type cette urgence ? interrogea le médecin, curieux.

Betty le regarda de haut et répondit « du type qui est allongé sur ce lit » et elle appuya sur le bouton du cinquième étage.

Pendant que la cabine s'élevait, elle voulut s'emparer du téléphone portable enfoui au fond de la poche de sa blouse, mais les portes s'ouvrirent sur le palier du service de neurologie. Elle poussa de toutes ses forces le lit vers les blocs opératoires situés à l'autre bout du corridor. Granelli l'attendait à l'entrée de la salle de préparation. Il se pencha sur le patient.

– On se connaît, non ?

Et comme Arthur ne répondait pas, Granelli regarda Betty.

– On le connaît, non ?

– Réduction d'un hématome sous-dural fulgurant lundi dernier.

– Ah, alors nous avons là un petit problème. Fernstein est prévenu ?

– Mais il est encore ici, celui-là ! dit le chirurgien en entrant à son tour, on ne va quand même pas l'opérer toutes les semaines.

– Opérez-le une bonne fois pour toutes ! râla Betty en quittant les lieux.

Elle courut dans le couloir, et descendit en toute hâte vers le standard des Urgences.

*

La sonnerie du téléphone tira Lauren de son sommeil. Elle chercha le combiné à tâtons.

– Enfin ! dit la voix de Betty, c'est la troisième fois que j'appelle, où étais-tu ?

– Quelle heure est-il ?

– Je vais me faire tuer si Fernstein apprend que je t'ai prévenue.

Lauren se redressa dans son canapé, Betty expliqua qu'elle avait dû remonter au bloc le patient de la 307, celui qu'elle avait opéré récemment. Le cœur de Lauren se mit à battre à tout rompre.

– Mais pourquoi l'avez-vous laissé sortir aussi tôt ? demanda-t-elle en colère.

– De quoi parles-tu ? l'interrogea Betty.

– Vous n'auriez jamais dû l'autoriser à quitter l'hôpital ce matin, tu sais très bien de quoi je parle c'est toi qui lui as dit où j'habitais !

– Tu as bu ?

– Un tout petit peu, pourquoi ?

– Qu'est-ce que tu racontes ? Je n'ai pas cessé de m'occuper de ton patient, il n'est même pas sorti de son lit aujourd'hui ! Et puis je ne lui ai rien dit du tout.

– Mais j'ai déjeuné avec lui !

Il y eut un moment de silence, Betty toussota.

– Je le savais, je n'aurais jamais dû te prévenir !

– Mais bien sûr que si, pourquoi dis-tu ça ?

– Parce que telle que je te connais, tu vas débarquer dans la demi-heure et ivre morte, ça ne va rien arranger.

Lauren regarda la bouteille posée sur le comptoir

243

de la cuisine, il manquait le contenu d'un grand verre de vin, pas plus.

– Betty, le patient dont tu me parles, c'est bien... ?

– Oui ! Et si tu me dis que tu as déjeuné avec lui alors qu'il est sous monitoring depuis ce matin, je t'hospitalise dès que tu arrives, et pas dans sa chambre !

Betty raccrocha. Lauren regarda autour d'elle. Le canapé n'était plus à la même place, à voir les livres amoncelés au pied de la bibliothèque on aurait cru que son appartement avait été cambriolé. Elle refusa de se laisser aller à la sensation absurde qui l'envahissait. Il y avait une explication rationnelle à ce qu'elle était en train de vivre, il suffisait de la trouver, il y en avait toujours une ! En se levant, elle marcha sur le verre vide et se fit une profonde entaille au talon. Un sang rouge jaillit sur le tapis de coco.

– Il ne manquait plus que cela.

Elle sautilla sur une jambe jusqu'à la salle de bains, mais il n'y avait pas d'eau au robinet. Elle mit son pied dans la baignoire, tendit le bras vers l'armoire à pharmacie et attrapa la bouteille d'alcool à 90° ; elle la vida sur la plaie. La douleur était saisissante, elle inspira à fond pour repousser le vertige et retira un à un les éclats enfichés dans sa chair. Soigner les autres était une chose, intervenir sur son propre corps, une autre. Dix minutes s'écoulèrent sans qu'elle arrive à stopper l'hémorragie. Elle regarda à nouveau la blessure, une simple compression ne suffirait pas à en refermer les bords, il faudrait suturer. Elle se releva, fit dégringoler tous les flacons d'une étagère, à la recherche d'une boîte de gazes stériles, en vain. Elle enroula sa cheville d'une serviette de toilette, fit un nœud qu'elle serra du mieux qu'elle le pouvait et repartit à cloche-pied vers la penderie.

*

– Il dort comme un ange ! dit Granelli.

Fernstein consulta les clichés de l'IRM.

– J'ai craint que ce ne soit cette petite anomalie que je n'avais pas opérée, mais ce n'est pas le cas ; le cerveau a suinté, nous avons retiré les drains trop tôt. C'est une petite surpression intracrânienne, je repose une voie d'extraction et tout devrait rentrer dans l'ordre. Donnez-moi une heure d'anesthésie.

– Très volontiers, cher collègue, reprit Granelli, d'excellente humeur.

– J'espérais le faire sortir lundi, mais nous allons prolonger son séjour d'au moins une semaine et cela ne m'arrange pas du tout, râla Fernstein en pratiquant son incision.

– Et pourquoi cela ? demanda Granelli en vérifiant les constantes vitales sur ses moniteurs.

– J'ai mes raisons, dit le vieux professeur.

*

Enfiler un jean ne fut pas une simple affaire. Un pull passé à même la peau, un pied chaussé, l'autre nu, Lauren referma la porte de son appartement. L'escalier lui semblait soudain des plus inamical. Au second palier, la douleur se fit bien trop vive pour continuer debout. Elle s'assit sur les marches et se laissa glisser comme sur la pente d'une journée chaotique. Elle claudiqua jusqu'à sa voiture et actionna la télécommande du garage. Sous un ciel d'orage, la vieille Triumph filait vers le San Francisco Memorial Hospital. Chaque fois qu'il lui fallait

245

changer de vitesse, la douleur l'élançait à en perdre conscience. Elle ouvrit la vitre à la recherche d'un peu d'air frais.

*

La Saab de Paul descendait California Street à vive allure. Depuis qu'ils avaient quitté le restaurant, il n'avait pas dit un mot. Onega posa sa main sur sa jambe et caressa doucement sa cuisse.

– Ne t'inquiète pas, ce n'est peut-être pas si grave que cela.

Paul ne répondit pas, il bifurqua sur Market Street et remonta vers la 20e Rue. Tous deux dînaient au sommet de la tour de la Bank of America quand le portable de Paul avait sonné. Une infirmière l'avait prévenu que l'état de santé d'Arthur Ashby s'était aggravé, le patient n'était pas en mesure d'accepter l'intervention qu'il devait subir. Paul figurant sur sa fiche d'admission, il fallait qu'il vienne aussitôt que possible signer l'autorisation d'intervention chirurgicale. Il avait donné son accord par téléphone et, après avoir quitté précipitamment le restaurant, il filait dans la nuit en compagnie d'Onega.

*

La Triumph se rangea sous l'auvent du hall des Urgences ; un officier de sécurité s'approcha de la portière pour indiquer à la conductrice qu'elle ne pouvait pas stationner à cet endroit. Lauren eut à peine le temps de répondre qu'elle était interne de l'hôpital, et blessée. L'agent demanda de l'assistance dans son talkie-walkie, Lauren venait de s'évanouir.

Granelli se pencha sur son moniteur de contrôle, Fernstein remarqua aussitôt l'inquiétude qui figeait les traits de l'anesthésiste.

– Vous avez un problème ? interrogea le chirurgien.

– Une légère arythmie ventriculaire, plus vite vous aurez fini et mieux ce sera, je souhaiterais le réveiller dès que possible.

– Je fais de mon mieux, cher collègue.

Derrière la vitre, Betty, qui avait réussi à se faire remplacer quelques minutes, ne perdait rien de ce qui se déroulait dans la salle d'opération. Elle regarda sa montre, Lauren ne tarderait pas à arriver.

*

Paul entra dans le hall des Urgences, il se présenta à l'accueil. L'hôtesse le pria de bien vouloir patienter dans la salle d'attente. L'infirmière en chef était montée dans les étages, elle ne tarderait pas à revenir. Onega l'enlaça par la taille et l'entraîna vers une chaise. Elle le laissa quelques instants et inséra une pièce dans la fente du distributeur de boissons chaudes. Elle choisit un café court sans sucre et rejoignit Paul, le gobelet à la main.

– Tiens, dit-elle de sa belle voix éraillée, tu n'as pas eu le temps d'en prendre au restaurant.

– Je suis désolé pour cette soirée, dit Paul en relevant la tête, triste.

– Tu n'as pas à être désolé, et puis ce poisson n'était pas très bon.

– C'est vrai ? demanda Paul, l'air inquiet.

– Non. Mais ici ou ailleurs, nous passons quand même la nuit ensemble. Bois, ça va être froid.

– Il a fallu que cela arrive le seul jour où je n'ai pas pu venir le voir !

Onega passa sa main dans la chevelure ébouriffée de Paul, elle le caressa avec une infinie tendresse. Il la regardait avec l'air d'un enfant oublié au milieu d'un monde d'adultes.

– Je ne peux pas le perdre, je n'ai que lui.

Onega encaissa le coup sans rien dire, elle s'assit à ses côtés et le prit au creux de ses bras.

– Il y a un chant chez nous qui dit que tant que l'on pense à une personne, elle ne meurt jamais, alors pense à lui et pas à ton chagrin.

*

Le docteur Stern entra dans le box numéro 2, il avança jusqu'au lit et prit la feuille d'admission de sa patiente.

– Votre visage m'est familier, dit-il.

– Je travaille ici, répondit Lauren.

– Oui, mais moi je viens d'arriver, j'étais encore résident à Boston vendredi dernier.

– Alors nous ne nous sommes jamais vus, je suis en congé forcé depuis huit jours et je n'ai jamais mis les pieds là-bas.

– À propos de pied, le vôtre est dans un sale état, comment vous êtes-vous fait cette blessure ?

– Bêtement !

– Mais encore ?

– En marchant sur un verre... à pied !

– Et le contenu de ce verre est dans votre estomac ?

– En quelque sorte.

– Vos analyses sont éloquentes, j'ai quand même réussi à trouver un peu de sang dans votre alcool.

– Il ne faut rien exagérer, dit Lauren en essayant de se redresser, je n'ai bu que quelques gorgées de bordeaux.

La tête lui tourna, elle sentit son cœur se soulever et l'interne eut juste le temps de lui présenter le bassinet. Il lui tendit un mouchoir en papier et sourit.

– J'en doute, chère collègue, d'après les résultats du labo que j'ai devant moi, je dirais que vous avez aussi ingurgité la moitié des crabes de la baie et une bonne bouteille de cabernet sauvignon à vous toute seule. Très mauvaise idée de mélanger ces deux couleurs dans la même soirée. Rouge sur blanc tout fout le camp !

– Qu'est-ce que vous venez de dire ? demanda Lauren.

– Moi rien, votre estomac, en revanche...

Lauren s'allongea et prit sa tête entre ses mains, ne comprenant plus rien de ce qu'il lui arrivait.

– Il faut que je sorte d'ici au plus vite.

– Je vais faire de mon mieux, reprit Stern, mais je dois d'abord vous recoudre et aussi vous faire un rappel antitétanique. Vous préférez une anesthésie locale ou...

Lauren l'interrompit pour le sommer de refermer cette plaie au plus vite. Le jeune résident s'empara d'un kit de suture et prit place sur le petit tabouret à côté d'elle. Il resserrait son troisième point quand Betty entra dans le box.

– Mais qu'est-ce qui t'est arrivé ? demanda l'infirmière en chef.

– Une cuite, je crois ! répondit Stern à sa place.

– Sale blessure, reprit Betty en regardant le pied que Stern opérait.

– Comment va-t-il ? demanda Lauren en ignorant l'interne.

– Je redescends à l'instant du bloc, ce n'est pas encore gagné mais je pense qu'il va s'en sortir.

– Que s'est-il passé ?

– Sudation encéphalique postopératoire, on a retiré les drains trop tôt.

– Betty, je peux te poser une question ?

– Ai-je vraiment le choix ?

Lauren saisit le poignet du docteur Stern et le pria de les laisser seules quelques instants. Le résident tenait à terminer d'abord son travail. Betty lui enleva l'aiguille des doigts, elle finirait de suturer elle-même. Il y avait dans le hall des Urgences une foule de patients qui avaient plus besoin de ses compétences que Lauren.

Stern regarda Betty. Il abandonna son tabouret, après tout, elle n'avait qu'à se charger du pansement et du rappel de tétanos. Les infirmières en chef des services hospitaliers avaient une certaine autorité sur les jeunes résidents.

Betty s'assit près de Lauren.

– Je t'écoute, dit-elle.

– Je sais que ce que je vais te demander va te paraître bizarre, mais est-il possible que le patient de la 307 ait échappé à ton attention au cours de la journée ? Je te jure que cela restera entre nous.

– Précise ta question ! répliqua Betty d'un ton presque indigné.

– Je ne sais pas, est-ce qu'il aurait pu mettre un polochon dans son lit pour faire croire à sa présence et disparaître quelques heures sans que tu t'en rendes compte, il a l'air très doué pour ça ?

Betty jeta un regard au bassinet posé près de la vasque et leva les yeux au ciel.

– J'ai honte pour toi, ma chérie !

Stern réapparut dans le box.

– Vous êtes absolument certaine que nous ne nous sommes pas vus quelque part ? J'ai fait un stage ici il y a cinq ans...

– Dehors ! ordonna Betty.

*

Le professeur Fernstein consulta sa montre.

– Cinquante-quatre minutes ! Vous pouvez le réveiller, dit Fernstein en s'éloignant de la table.

Le professeur salua l'anesthésiste et quitta le bloc opératoire de mauvaise humeur.

– Qu'est-ce qu'il a ? demanda Granelli.

– Il est fatigué en ce moment, répondit Norma d'une voix triste.

L'infirmière se chargea du pansement, pendant que Granelli ramenait Arthur à la vie.

Les portes de la cabine d'ascenseur s'ouvrirent sur le palier des Urgences. Fernstein traversa le couloir d'un pas pressé. Une voix dans un box attira son attention ; suspicieux, il passa la tête par le rideau et découvrit Lauren assise sur un lit en conversation avec Betty.

– Quelque chose vous a échappé ? L'accès à cet hôpital vous est interdit, bon sang ! Vous n'êtes pas encore réintégrée dans vos fonctions de médecin !

– Je me suis réintégrée toute seule en patiente.

Fernstein la regarda, dubitatif. Lauren leva fièrement la jambe en l'air, et Betty confirma au professeur qu'on venait de lui faire sept points de suture au talon. Fernstein grommela.

– Vous êtes vraiment capable de faire n'importe quoi pour le plaisir de me contrarier.

Lauren eut envie de répliquer mais Betty, qui tournait le dos au professeur, lui fit les gros yeux

251

pour qu'elle se taise ; Fernstein avait déjà disparu, ses pas résonnaient dans le couloir. Il traversa le hall et prévint la standardiste d'un ton autoritaire qu'il rentrait chez lui ; il ne fallait plus le déranger, même si le gouverneur de Californie se cassait la gueule pendant sa gymnastique.

— Qu'est-ce que je lui ai fait ? demanda Lauren, secouée.

— Tu lui manques ! Depuis qu'il t'a mise à l'écart, il en a après la terre entière. Tout le monde l'emmerde ici, à part toi.

— Eh bien je préférerais lui manquer un peu moins, tu as entendu comment il m'a parlé ?

Betty récupéra les bandages inutilisés et commença à les ranger dans les tiroirs de la desserte.

— Là, ma chérie, on ne peut pas dire que tu manques de vocabulaire non plus ! Ton pansement est terminé, tu peux aller gambader où bon te semble, hormis dans les étages de cet hôpital.

— Tu crois qu'ils l'ont redescendu dans sa chambre ?

— Qui ? interrogea Betty d'une voix hypocrite en refermant la porte de l'armoire à pharmacie.

— Betty !...

— Je vais aller voir, si tu me jures que tu pars d'ici dès que j'ai eu ton renseignement.

Lauren promit d'un signe de la tête et Betty quitta la salle d'examens.

Fernstein traversa le parking. La douleur le saisit à nouveau, à quelques mètres de son véhicule. C'était la première fois qu'elle s'était manifestée au cours d'une opération. Il savait que Norma avait deviné sur ses traits la morsure qui le saisissait au bas du ventre. Les six minutes qu'il avait gagnées sur l'intervention ne furent pas salvatrices que pour son patient. De grosses gouttes perlaient à son front, sa vue se troublait un peu plus à chaque pas. Un goût de métal envahit son palais. Plié en deux, il porta la main à la bouche ; une quinte de toux et le sang coula entre ses doigts. Quelques mètres encore, Fernstein priait pour que le gardien ne le voie pas. Il s'adossa à la portière et chercha dans sa poche le petit boîtier qui en commandait l'ouverture. Réunissant le peu de forces qui lui restait, il s'assit derrière le volant et attendit que la crise passe. Le paysage disparut derrière un voile sombre.

*

Betty n'était pas là. Lauren se faufila dans le couloir et claudiqua vers le vestiaire. Elle ouvrit un casier et emprunta la première blouse qu'elle trouva avant de ressortir aussi discrètement qu'elle était entrée. Elle ouvrit une porte de service, traversa un long corridor où filait une multitude de tuyaux au-dessus de sa tête et réapparut au service de pédiatrie, dans une autre aile de l'immeuble. Elle emprunta les ascenseurs ouest du bâtiment jusqu'au troisième étage, reprit une coursive technique en sens inverse et se retrouva enfin dans le service de neurologie. Elle s'arrêta devant la porte de la chambre 307.

*

Paul se leva d'un bond, le visage pétri d'inquiétude. Mais le sourire de Betty qui venait vers lui était apaisant.
– Le pire est derrière nous, dit-elle.

L'intervention s'était bien déroulée, Arthur se reposait déjà dans sa chambre, il n'était même pas resté en réanimation. L'incident de ce soir n'était qu'un petit trouble postopératoire sans conséquence. Il pourrait lui rendre visite dès le lendemain. Paul aurait voulu rester toute la nuit à ses côtés, mais Betty le rassura à nouveau, il n'y avait aucune raison de continuer à s'inquiéter. Elle avait son numéro et l'appellerait s'il arrivait quoi que ce soit.

— Mais vous me promettez qu'il ne peut plus rien se passer de grave ? demanda Paul d'une voix fébrile.

— Viens, dit Onega en le prenant par le bras, rentrons.

— Tout est sous contrôle, affirma Betty, allez vous reposer, vous avez une mine de papier mâché, une bonne nuit de sommeil vous fera le plus grand bien. Je veille sur lui.

Paul prit la main de l'infirmière et la secoua énergiquement, se confondant en mercis et en excuses.

Onega dut presque le tirer de force vers la sortie.

— Si j'avais su, j'aurais choisi le rôle du meilleur ami ! Tu es bien plus démonstratif dans ce domaine ! dit-elle en traversant le parking.

— Mais je n'ai jamais eu l'occasion de m'occuper de toi malade, répondit-il avec une mauvaise foi redoutable en lui ouvrant la portière.

Paul s'installa derrière le volant et regarda d'un air perplexe la voiture stationnée à côté de la sienne.

— Tu ne démarres pas ? demanda Onega.

— Regarde ce type à droite, il n'a pas l'air d'aller bien.

— Nous sommes sur le parking d'un hôpital, et tu

n'es pas médecin ! Ton tonnelet de Saint-Bernard est vide pour ce soir, rentrons.

La Saab quitta son emplacement et disparut à l'angle de la rue.

*

Lauren poussa la porte et entra dans la pièce. La chambre silencieuse était plongée dans une semi-obscurité. Arthur entrouvrit les yeux, il sembla lui sourire et se rendormit aussitôt. Elle avança au pied du lit et le regarda, attentive. Quelques mots de Santiago surgirent de sa mémoire ; en quittant la chambre de sa petite fille, l'homme aux cheveux blancs s'était retourné une dernière fois pour dire en espagnol : « Si la vie était comme un long sommeil, le sentiment en serait la rive. » Lauren avança dans la pénombre, elle se pencha à l'oreille d'Arthur et murmura :

– J'ai fait un drôle de songe aujourd'hui. Et depuis que je suis réveillée, je rêve d'y retourner, sans savoir pourquoi ni comment faire. Je voudrais te revoir, là où tu dors.

Elle posa un baiser sur son front et la porte de la chambre se referma lentement sur ses pas.

16.

Le jour se levait sur la baie de San Francisco. Fernstein rejoignit Norma dans la cuisine, il s'assit au comptoir, prit la cafetière et remplit deux tasses.

– Tu es rentré tard hier ? dit Norma.

– J'avais du travail.

– Tu as pourtant quitté l'hôpital bien avant moi ?

– Je devais régler quelques affaires en ville.

Norma se tourna vers lui, les yeux rougis.

– Moi aussi j'ai peur, mais tu ne la vois jamais ma peur, tu ne penses qu'à la tienne, tu crois que je ne crève pas de trouille à l'idée de te survivre ?

Le vieux professeur abandonna son tabouret et prit Norma dans ses bras.

– Je suis désolé, je ne pensais pas que mourir serait si difficile.

– Tu as côtoyé la mort toute ta vie.

– Celle des autres, pas la mienne.

Norma serra le visage de son amant dans le creux des mains, ses lèvres se posèrent sur sa joue.

– Je te demande juste de te battre, une rallonge, dix-huit mois, un an, je ne suis pas prête.

– Pour ne rien te cacher, moi non plus.

– Alors accepte ce traitement.

Le vieux professeur s'approcha de la fenêtre. Le

soleil apparaissait derrière les collines de Tiburon. Il inspira profondément.

– Dès que Lauren sera titularisée, je donnerai ma démission. Nous irons à New York, j'ai un vieil ami là-bas qui veut bien me prendre dans son service. Tentons le coup.

– C'est vrai ? demanda Norma, en larmes.

– Je t'ai drôlement fait chier mais je ne t'ai jamais menti !

– Pourquoi pas tout de suite ? Partons dès demain.

– Je t'ai dit dès que Lauren sera titularisée. Je veux bien démissionner de mes fonctions, mais pas tout laisser en friche quand même ! Maintenant, tu me la fais cette tartine ?

*

Paul déposa Onega en bas de chez elle. Il se gara en double file, descendit et contourna la voiture en toute hâte. Il se colla à la portière, empêchant sa passagère de l'ouvrir. Onega le regarda, ne comprenant pas à quoi il jouait. Il tapa au carreau et lui fit signe de baisser la vitre.

– Je te laisse la voiture, je vais prendre un taxi pour aller à l'hôpital. Sur le trousseau de clés il y a celle de la maison. Garde-la, c'est la tienne, j'en ai une autre dans ma poche.

Onega le regarda, intriguée.

– Bon, j'avoue que c'est une façon idiote de te dire que j'aimerais bien que nous vivions plus souvent ensemble, ajouta Paul. Enfin, en ce qui me concerne tous les soirs, cela m'irait même très bien, mais maintenant que tu as ta clé, c'est toi qui décides, tu fais comme tu veux.

– Oui, tu as raison, c'est une façon idiote, répondit-elle d'une voix douce.

– Je sais, j'ai perdu pas mal de neurones cette semaine.

– Tu me plais quand même beaucoup, même aussi stupide.

– C'est une bonne nouvelle.

– File, tu vas rater son réveil.

Paul se pencha dans l'habitacle.

– Fais très attention, elle est fragile, enfin surtout l'embrayage.

Il embrassa Onega avec fougue et courut vers le carrefour. Un taxi l'emmenait déjà vers le San Francisco Memorial Hospital ; quand il dirait à Arthur ce qu'il venait de faire, ce dernier lui prêterait certainement sa vieille Ford.

*

Lauren se réveilla au rythme des marteaux-piqueurs qui frappaient dans sa tête. Son pied l'élançait et elle ne put s'empêcher de défaire le pansement pour vérifier la plaie.

– Et merde ! dit-elle, en constatant que la cicatrice suintait. Il ne manquait plus que ça !

Elle se leva à cloche-pied et se rendit vers la salle de bains ; elle ouvrit l'armoire à pharmacie, déboucha une bouteille d'antiseptique et arrosa son talon. La douleur fut si violente qu'elle lâcha le flacon d'alcool qui roula dans la baignoire. Lauren savait très bien qu'elle ne s'en sortirait pas comme ça. Il fallait nettoyer à nouveau cette plaie en profondeur et prescrire un traitement antibiotique. Une infection de cette nature pouvait avoir des conséquences redoutables. Elle s'habilla et appela la compagnie de taxis. Il n'était pas envisageable de conduire dans cet état.

Elle arriva dix minutes plus tard à l'hôpital, claudiquant au milieu du hall. Un patient qui attendait son tour depuis deux heures lui suggéra avec véhémence de faire la queue comme tout le monde. Elle lui montra son badge et franchit la porte vitrée qui ouvrait sur les salles d'examens.

– Qu'est-ce que tu fais là ? demanda Betty. Si Fernstein te voit...

– Occupe-toi de moi, j'ai un mal de chien.

– Pour que tu te plaignes ça doit être sérieux, installe-toi dans ce fauteuil roulant.

– N'exagérons rien, quel box est libre ?

– Le 3 ! et dépêche-toi, je suis là depuis vingt-six heures, je ne sais même pas comment je tiens encore debout.

– Tu as pu te reposer un peu cette nuit ?

– Quelques minutes de répit à l'aube.

Betty la fit s'asseoir sur le lit et défit le pansement pour inspecter la plaie.

– Comment as-tu fait pour que ça s'infecte aussi vite ?

L'infirmière prépara une seringue de Lidocaïne. Dès que l'anesthésique local eut délivré Lauren de la douleur, Betty écarta les bords de la cicatrice et commença un curetage en profondeur des tissus infectés. Elle prépara ensuite un nouveau kit de suture.

– Tu te recouds toi-même ou tu me fais confiance ?

– Fais-le, mais mets-moi un drain d'abord, je ne veux prendre aucun risque.

– Tu vas avoir une belle cicatrice, je suis désolée.

– Une de plus, une de moins !

Pendant que l'infirmière opérait, Lauren triturait

le drap du lit entre ses doigts. Quand Betty lui tourna le dos, elle en profita pour lui poser une question qui lui brûlait les lèvres.

– Comment va-t-il ?

– Il s'est réveillé en pleine forme. Ce type a failli mourir dans la nuit et la seule chose qui l'intéresse, c'est de savoir quand il va sortir d'ici. Je te jure, nous avons de sacrés numéros dans ce service !

– Ne serre pas trop le pansement.

– Je fais ce que je peux et toi, je te défends de monter dans les étages !

– Même si je me perds dans les couloirs ?

– Lauren, ne fais pas l'andouille ! Tu joues avec le feu. Tu es à quelques mois de la fin de ton internat, ne va pas tout mettre en péril maintenant !

– J'ai beaucoup pensé à lui cette nuit, d'une façon assez étrange d'ailleurs.

– Eh bien penses-y encore cette semaine et tu le verras dimanche prochain. A priori on le libérera samedi. Contrairement à ton fantôme de l'Opéra, celui-là a une identité, une adresse et un téléphone, si tu veux le revoir, appelle-le quand il sortira !

– C'est tout à fait mon genre ! reprit Lauren d'une voix timide.

Betty lui souleva le menton et la regarda, attendrie.

– Mais dis-moi toi, tu n'es pas en train de me faire un petit épanchement sentimental ? Je ne t'ai jamais entendue parler aussi doucement !

Lauren repoussa la main de Betty.

– Je ne sais pas bien ce qui m'arrive, j'ai juste envie de le voir et de vérifier moi-même qu'il va bien. C'est mon patient quand même !

– Moi j'ai une petite idée de ce qui t'arrive, tu veux que je t'explique ?

– Arrête de te moquer de moi, ce n'est pas aussi simple !

Betty éclata de rire.

– Je ne me moque pas, je trouve ça déroutant ; bon, je te laisse, je file me coucher. Ne fais pas de bêtises.

Elle prit une attelle et la posa sous le pied de Lauren.

– Voilà qui t'aidera à marcher. Passe à la pharmacie centrale chercher tes antibiotiques. Il y a une paire de béquilles dans le placard.

Betty disparut derrière le rideau, elle revint aussitôt.

– Et au cas où tu ne saurais plus te repérer dans cet hôpital, la pharmacie centrale est au premier sous-sol, ne te trompe pas avec le service de neurologie, ce sont les mêmes ascenseurs !

Lauren l'entendit s'éloigner dans le couloir.

*

Paul était devant le lit d'Arthur. Il ouvrit un sachet plein de croissants et de pains au chocolat.

– C'est moche de retourner au bloc opératoire en mon absence. J'espère qu'ils ont pu se débrouiller sans moi ! Comment te sens-tu ce matin ?

– Très bien, à part que j'en ai assez d'être ici. Toi, tu n'as pas bonne mine.

– Tu m'as fait passer une sale nuit.

*

Lauren prit le bloc d'ordonnances sur le comptoir et se prescrivit un antibiotique puissant. Elle signa la feuille et la tendit au préposé.

– Vous n'y allez pas de main morte, vous soignez une septicémie ?

– Mon cheval a une grosse fièvre !

– Avec ça, il devrait être remis sur ses sabots dans la journée !

L'employé se retira derrière ses rayonnages, il revint quelques instants plus tard, un flacon à la main.

– Allez-y doucement quand même, j'aime les animaux ; avec ça vous pourriez le tuer.

Lauren ne répondit pas, elle récupéra les médicaments et retourna vers les ascenseurs. Elle hésita avant d'appuyer sur le bouton du troisième étage. Au rez-de-chaussée, un technicien entra dans la cabine, poussant un appareil d'électroencéphalographie. L'écran était entouré d'une bande de plastique jaune.

– Quel étage ? demanda Lauren.

– Neurologie !

– Il est en panne ?

– Ces machines sont de plus en plus sophistiquées mais aussi de plus en plus capricieuses. Celle-ci a déroulé toute sa bobine de papier hier avec un tracé incompréhensible. Ce n'était plus de l'hyperactivité cérébrale mais le courant d'une centrale électrique qu'elle enregistrait. Les types de la maintenance ont passé trois heures dessus et ils disent qu'elle n'a rien ! Probablement des interférences.

*

– Qu'est-ce que tu faisais hier soir ? demanda Arthur.

– Je te trouve bien curieux, je dînais en compagnie d'une jeune femme.

Arthur regarda son ami d'un air inquisiteur.

– Onega, avoua Paul.

– Vous vous revoyez ?

– En quelque sorte.

– Tu as une drôle de voix.

– J'ai peur d'avoir fait une connerie.

– De quel genre ?

– Je lui ai donné les clés de chez moi.

Le visage d'Arthur s'éclaira, il aurait presque voulu taquiner Paul, mais son ami se leva et se posta devant la fenêtre, l'air soucieux.

– Tu le regrettes déjà ?

– J'ai peur de l'avoir effrayée, je suis peut-être allé un peu vite.

– Tu es tombé amoureux ?

– Ce n'est pas impossible.

– Alors fie-toi à ton instinct, si tu as fait ce pas c'est que tu en avais envie, et c'est ce qu'elle ressentira. Il n'y a pas de honte à partager ses sentiments, crois-moi.

– Alors tu penses que je n'ai pas eu tort ? demanda Paul, le visage plein d'espoir.

– Je ne t'ai jamais vu dans cet état, tu n'as aucune raison d'être inquiet !

– Elle ne m'a pas téléphoné.

– Depuis combien de temps ?

Paul regarda sa montre.

– Deux heures.

– Tout ce temps-là ? Tu es gravement atteint ! Laisse-lui le temps de profiter de ton geste, et puis aussi de libérer sa ligne de téléphone, elle doit appeler toutes ses copines pour leur dire qu'elle a réussi à faire craquer le célibataire le plus coriace de San Francisco.

– Oui, ben, fais le mariole, j'aimerais t'y voir ; je ne sais pas du tout ce qui m'arrive, j'ai chaud, j'ai froid, j'ai les mains moites, j'ai mal au ventre et je manque de salive.

– Tu es amoureux !

– Je savais bien que je n'étais pas fait pour ça, ça me rend malade.

– Tu verras, les effets secondaires sont magnifiques.

Une interne passait devant la vitre de la chambre, Paul écarquilla les yeux.

– Je vous dérange ? demanda Lauren en entrant dans la pièce.

– Non, dit Paul.

Il s'apprêtait justement à aller chercher un café au distributeur. Il en proposa un à Arthur, Lauren répondit à sa place que ce n'était pas recommandé. Paul s'éclipsa.

– Vous êtes blessée ? s'inquiéta Arthur.

– Un accident stupide, confia Lauren en décrochant la feuille de soins au pied du lit.

Arthur regarda l'attelle.

– Qu'est-ce qui vous est arrivé ?

– Une indigestion à la fête du crabe !

– Et on peut se casser le pied comme ça ?

– Ce n'est qu'une méchante coupure.

– Ils vous ont pincée ?

– Vous n'avez aucune idée de ce que je vous raconte, n'est-ce pas ?

– Pas vraiment, mais si vous voulez bien m'en dire un peu plus...

– Et vous, comment s'est déroulée votre nuit ?

– Assez agitée.

– Vous avez quitté votre lit ? demanda Lauren, pleine d'espoir.

– Je m'y suis plutôt enfoncé ; mon cerveau a surchauffé à ce qu'il paraît, ils ont dû me remonter au bloc en urgence.

265

Lauren le regarda attentivement.

– Qu'est-ce qu'il y a ? demanda Arthur. Vous avez l'air étrange.

– Non, rien, c'est idiot.

– Il y a un problème avec mes résultats ?

– Non, rassurez-vous, ça n'a rien à voir, dit-elle d'une voix douce.

– Alors de quoi s'agit-il ?

Elle s'appuya à la rambarde du lit.

– Vous n'avez aucun souvenir de...

– De quoi ? l'interrompit Arthur, fébrile.

– Non, c'est vraiment ridicule, ça n'a aucun sens.

– Dites-le-moi quand même ! insista Arthur.

Lauren se dirigea vers la fenêtre.

– Je ne bois jamais d'alcool, et là, je crois que j'ai pris la plus grande cuite de ma vie !

Arthur restait silencieux, elle se retourna, et les mots sortirent de sa gorge sans même qu'elle puisse les retenir.

– Ce que je voudrais vous dire n'est pas facile à entendre...

Une femme entra dans la pièce, portant une immense gerbe de fleurs qui masquait son visage. Elle posa le bouquet sur la table roulante et avança jusqu'au lit.

– Mon Dieu que j'ai eu peur ! dit Carol-Ann en prenant Arthur dans ses bras.

Lauren regarda l'anneau serti de diamants que la femme portait à l'annulaire de la main gauche.

– C'était absurde, murmura Lauren, je voulais juste prendre de vos nouvelles, je vous laisse avec votre fiancée.

Carol-Ann serrait Arthur encore plus fort, elle caressa ses joues.

– Tu sais que dans certains pays, on appartient pour toujours à celui qui vous a sauvé la vie !

– Carol-Ann, tu m'étouffes.

La jeune femme, un peu confuse, desserra son étreinte, elle se redressa et ajusta sa jupe. Arthur chercha le regard de Lauren mais elle n'était déjà plus là.

*

Paul remontait le couloir, au loin il vit Lauren qui avançait vers lui. En la croisant, il lui fit un sourire complice qu'elle ne lui rendit pas. Il haussa les épaules, poursuivit son chemin vers la chambre d'Arthur et n'en crut pas ses yeux quand il découvrit Carol-Ann assise sur la chaise près de la fenêtre.

– Bonjour, Paul, dit Carol-Ann.

– Mon Dieu ! cria Paul en lâchant son café.

Il se baissa pour ramasser le gobelet.

– Une catastrophe n'arrive jamais seule, dit-il en se redressant.

– Je dois prendre cela comme un compliment ? demanda Carol-Ann d'un ton pincé.

– Si j'étais bien élevé je te dirais oui, mais tu me connais, j'ai une nature grossière !

Carol-Ann se leva de sa chaise, offusquée, et fixa Arthur du regard.

– Et toi, tu ne dis rien ?

– Carol-Ann, je me demande vraiment si tu ne me portes pas la poisse !

Carol-Ann reprit le bouquet de fleurs et quitta la chambre en claquant la porte.

– Et maintenant, que comptes-tu faire ? reprit Paul.

– Sortir d'ici au plus vite !

Paul tournait en rond dans la pièce.

– Qu'est-ce que tu as ?

– Je m'en veux, dit Paul.

– De quoi ?

– D'avoir été aussi long à comprendre...

Et Paul recommença de faire les cent pas dans la chambre d'Arthur.

– Tu reconnaîtras, à ma décharge, que je n'avais jamais pu vous voir véritablement ensemble, enfin je veux dire, conscients tous les deux au même moment. C'est quand même quelque chose qui a l'air d'être assez compliqué entre vous.

Mais en les regardant tous deux au travers de la vitre, Paul avait compris : sans peut-être même le savoir eux-mêmes, Lauren et Arthur composaient une partition unique, une évidence.

– Alors je ne sais pas ce que tu dois faire, mais ne passe pas à côté d'elle.

– Et que veux-tu que je lui dise ? Que nous nous sommes aimés au point de faire ensemble tous les projets du monde, mais qu'elle ne s'en souvient plus !

– Dis-lui plutôt que pour la protéger tu es parti construire un musée de l'autre côté de l'océan en ne pensant qu'à elle, dis-lui que tu es revenu de ce voyage toujours atteint de la même folie d'elle.

Arthur avait la gorge nouée, et il ne pouvait répondre aux mots de son ami. Alors la voix de Paul s'éleva un peu plus encore dans la chambre d'hôpital.

– Tu as tellement rêvé cette femme que tu m'as convaincu d'entrer dans ton rêve. Tu m'as dit un jour : « Pendant qu'on calcule, qu'on analyse les pour et les contre, la vie passe, et il ne se passe rien », alors réfléchis vite. C'est grâce à toi que j'ai donné mes clés à Onega. Elle ne m'a toujours pas téléphoné, et pourtant je ne me suis jamais senti aussi léger de ma vie. À charge de revanche, mon vieux. Ne renonce pas à Lauren avant même d'avoir eu le temps de l'aimer dans la vraie vie.

– Je suis dans une impasse, Paul. Je ne pourrai jamais vivre à ses côtés dans le mensonge, et je ne peux pas lui raconter tout ce qui s'est vraiment passé... et la liste est longue ! Étrangement, on en veut souvent à la personne qui vous dit une vérité difficile à entendre, impossible à croire.

Paul s'approcha du lit.

– C'est de dire la vérité sur sa mère qui te fait peur, mon vieux. Souviens-toi de ce que nous disait Lili : il vaut mieux se battre pour réaliser un rêve qu'un projet.

Paul se leva et avança à la porte, il mit un genou à terre, et un sourire malicieux aux lèvres déclama :

– *Si l'amour vit d'espoir il périt avec lui !* Bonne nuit, Don Rodrigue !

Et il sortit de la chambre d'Arthur.

*

Paul cherchait les clés de sa voiture au fond de sa poche, il ne trouva que son téléphone portable. Une petite enveloppe clignotait sur le cadran. Le message d'Onega disait : « À tout à l'heure, fais vite ! » Paul regarda le ciel et poussa un cri de joie.

– Qu'est-ce qui vous rend si heureux ? demanda Lauren qui attendait un taxi.

– J'ai prêté ma voiture ! répondit Paul.

– Qu'est-ce que vous prenez comme céréales au petit déjeuner ? dit-elle en le rejoignant dans son sourire.

Un break de la Yellow Cab Company s'arrêta devant eux, Lauren ouvrit la portière et fit signe à Paul de grimper.

– Je vous dépose !

Paul s'installa à côté d'elle.

– Green Street ! dit-il au chauffeur.

– Vous habitez cette rue ? demanda Lauren.

– Moi non, mais vous oui !

Lauren le regarda, interloquée. Paul avait l'air songeur, il chuchota d'une voix à peine audible « Il va me tuer, si je fais ça, il va me tuer ! »

– Si vous faites quoi ? reprit Lauren.

– Mettez d'abord votre ceinture, conseilla Paul.

Elle le dévisageait, de plus en plus intriguée. Paul hésita quelques secondes, il prit une grande inspiration et s'approcha d'elle.

– Tout d'abord une précision ; la folle furieuse dans la chambre d'Arthur avec sa gerbe de fleurs immondes, c'était une de ses ex, une ex qui date de la préhistoire, bref, une erreur !

– Et ensuite ?

– Je ne peux pas, il va vraiment m'assassiner si je continue.

– Il est dangereux à ce point-là, votre copain ? s'inquiéta le chauffeur de taxi.

– De quoi je me mêle ? Arthur sauve même les insectes ! rétorqua Paul d'un ton agacé.

– Il fait vraiment ça ? demanda Lauren.

– Il est convaincu que sa mère s'est réincarnée en mouche !

– Ah ! dit Lauren en regardant au loin.

– C'est complètement idiot de vous avoir dit ça, vous allez vraiment le trouver bizarre, n'est-ce pas ? poursuivit Paul d'une voix inquiète.

– Cela dit, interrompit le chauffeur de taxi, la semaine dernière, j'emmenais mes enfants au zoo et mon fils m'a fait remarquer qu'un hippopotame ressemblait trait pour trait à sa grand-mère, je vais peut-être y retourner pour voir !

Paul le fustigea d'un regard dans le rétroviseur.

– Bon et puis tant pis, je me lance, dit-il en prenant la main de Lauren ... dans l'ambulance qui nous ramenait du San Pedro, vous m'avez demandé si l'un de mes proches avait été dans le coma, vous vous souvenez ?

– Oui, très bien.

– Eh bien à cet instant précis, cette personne est assise à côté de moi ! Il est temps que je vous raconte deux ou trois choses.

La voiture abandonna le San Francisco Memorial Hospital et remonta vers Pacific Heights. Le destin a parfois besoin d'un tout petit coup de pouce, aujourd'hui, l'amitié consistait à lui tendre la main.

Paul expliqua à Lauren comment, par une nuit d'été, il s'était déguisé en infirmier et Arthur en médecin pour enlever à bord d'une vieille ambulance le corps d'une jeune femme dans le coma qu'on voulait débrancher des appareils qui la maintenaient en vie.

Les rues de la ville défilaient derrière la vitre. De temps à autre, le chauffeur lançait un regard perplexe dans son rétroviseur. Lauren écouta le récit, sans jamais l'interrompre. Paul n'avait pas vraiment trahi le secret de son ami. Si Lauren connaissait désormais l'identité de l'homme qui la veillait à son réveil, elle ignorait toujours tout de ce qu'elle avait vécu avec lui quand elle était dans le coma.

– Arrêtez-vous ! supplia Lauren d'une voix tremblante.

– Maintenant ? demanda le chauffeur.

– Je ne me sens pas bien.

La voiture fit une embardée avant de se ranger sur le bas-côté dans un strident crissement de pneus. Lauren ouvrit la portière et claudiqua vers un carré de pelouse qui bordait le trottoir.

Elle se courba en deux pour mieux résister à la

nausée qui montait. Son visage était assailli de pico-
tements, une sensation de chaleur l'envahissait,
pourtant elle frissonnait. Elle eut un haut-le-cœur,
elle n'arrivait plus à respirer. Ses paupières étaient
lourdes, les sons qui lui parvenaient, feutrés. Ses
jambes se dérobaient, elle vacilla, le chauffeur et
Paul qui se précipitaient eurent à peine le temps
de la retenir. Elle tomba à genoux sur l'herbe et
prit sa tête dans ses mains, juste avant de perdre
conscience.

— Il faut appeler les secours ! dit Paul, paniqué.

— Laissez-moi m'en occuper, j'ai un brevet de
secouriste, je vais lui faire du bouche-à-bouche !
reprit le chauffeur d'un ton assuré.

— On va être très clair ! Si tu approches tes lèvres
adipeuses de cette jeune femme, je t'assomme !

— Je disais ça pour aider, répondit le chauffeur
d'un air renfrogné.

Paul s'agenouilla près de Lauren et tapota ses
joues doucement.

— Mademoiselle ? susurrait Paul d'une voix
douce.

— Ah ben ! comme ça, elle ne risque pas de se
réveiller ! râla le chauffeur.

— Toi, tu vas aller faire du bouche-à-bouche à ta
grand-mère hippopotame et tu m'oublies !

Paul posa ses mains sur le menton et appuya de
toutes ses forces sur la jonction des mandibules de
Lauren.

— Mais qu'est-ce que vous faites ? Vous allez lui
déboîter la mâchoire !

— Je sais parfaitement ce que je fais ! hurla Paul.
Je suis chirurgien intérimaire !

Lauren ouvrit les yeux et Paul toisa le chauffeur
d'un regard plus que satisfait.

Les deux hommes l'aidèrent à remonter à bord.

Elle avait retrouvé des couleurs. Elle ouvrit sa vitre et aspira une grande bouffée d'oxygène.

– Je suis désolée, ça va mieux maintenant.

– Je n'aurais pas dû vous raconter tout ça, n'est-ce pas ? poursuivit Paul d'une voix fébrile.

– Si vous avez d'autres choses à me raconter, au point où nous en sommes... allez-y, c'est le moment !

– Je crois que j'ai fait le tour.

Quand le taxi entra dans Green Street, Lauren le questionnait sur les motivations d'Arthur. Pourquoi avait-il pris tous ces risques ?

– Ce secret-là, je ne peux pas le trahir ! Je me demande s'il va me noyer ou m'immoler par le feu quand il saura que je vous ai parlé... vous ne voulez pas que j'achète aussi l'urne pour recueillir mes cendres !

– Moi je pense que c'est parce qu'il avait le béguin pour vous, affirma le chauffeur que la conversation passionnait de plus en plus.

La voiture se rangea devant l'immeuble de Lauren, et le chauffeur se retourna vers ses clients.

– Si vous voulez, on peut refaire un tour de pâté de maisons, je coupe le compteur. On continue un peu, juste au cas où vous auriez d'autres trucs à vous raconter !

Lauren se pencha au-dessus de Paul pour ouvrir sa portière, il la regarda, étonné.

– C'est vous qui vivez là, pas moi.

– Je sais, dit-elle, mais c'est vous qui descendez, j'ai changé de destination.

– Où allez-vous ? questionna Paul, inquiet, en sortant du taxi.

La vitre se referma et le taxi disparut dans Green Street.

– Et moi, je peux savoir où nous allons ? interrogea le chauffeur.

– D'où nous venons, répondit Lauren.

*

Miss Morrison avait caché Pablo dans son sac en traversant le hall de l'hôpital. Le petit chien s'était installé sur les genoux d'Arthur. Sur l'écran du téléviseur accroché au mur, Scarlett O'Hara descendait les marches d'un grand escalier et sur le lit Pablo remuait la queue. Dès que Rhett Butler entra dans la maison et s'approcha de Miss Scarlett, le petit chien se dressa sur ses pattes arrière et se mit à grogner.

– Je ne l'avais encore jamais vu dans cet état, dit Arthur en regardant Pablo.

– Oui, ça m'étonne moi aussi, il n'avait pas du tout aimé le livre ! répliqua Rose.

Scarlett fixait Rhett, défiante, quand le téléphone sonna. Arthur décrocha sans détourner les yeux du film.

– Je te dérange ? demanda Paul d'une voix tremblante.

– Je suis désolé, je ne peux pas te parler, je suis avec les médecins, je te rappelle !

Et Arthur raccrocha, laissant Paul, seul, au milieu de Green Street.

– Et puis merde ! dit ce dernier en redescendant Green Street à pied, les mains dans les poches.

*

Le film aux dix oscars venait de se terminer. Miss Morrison fit entrer Pablo dans son sac et promit à Arthur de revenir le voir très vite.

– Ne vous donnez pas cette peine, je sors dans quelques jours.

En sortant, Rose croisa dans le couloir une interne qui marchait en sens inverse. Où l'avait-elle déjà vue ?

17.

– Tout va bien ? demanda Lauren au pied du lit. Ça ne vous dérange pas que je m'asseye sur cette chaise ? ajouta-t-elle d'un ton un peu cassant.

– Pas le moins du monde, dit Arthur en se redressant.

– Et si je reste quinze jours, ça ne vous dérangera pas non plus ?

Arthur la regarda, interloqué.

– J'ai ramené votre ami Paul en taxi et nous avons eu une petite conversation...

– Ah ? Qu'est-ce qu'il vous a dit ?

– Presque tout !

Arthur baissa les yeux.

– Je suis désolé.

– De quoi ? De m'avoir sauvé la vie ou d'avoir fait comme si de rien n'était ? Quand je vous ai soigné la première fois, vous m'aviez déjà reconnue, n'est-ce pas ? Parce que, rassurez-moi, vous n'enlevez pas des femmes toutes les semaines, pour que mon visage vous soit anonyme ?

– Je ne vous ai jamais oubliée.

Lauren croisa les bras.

– Maintenant, il va falloir me raconter pourquoi vous avez fait tout ça.

– Pour qu'on ne vous débranche pas !

– Ça je le sais déjà, c'est le reste que votre camarade a refusé de me dire !

– Quel reste ?

– Pourquoi moi ? Pourquoi avez-vous pris tous ces risques pour une inconnue.

– Vous avez fait la même chose pour moi, non ?

– Mais vous étiez mon patient, bon sang ! Qui étais-je pour vous ?

Arthur ne répondit pas. Lauren s'approcha de la fenêtre. Dans le jardin, un jardinier ratissait une allée. Elle se retourna brusquement, les traits de son visage trahissaient sa colère.

– La confiance, c'est ce qu'il y a de plus précieux au monde et aussi de plus fragile. Sans elle rien n'est possible. Personne ne me fait confiance dans mon entourage, si vous vous y mettez vous aussi, nous n'avons plus grand-chose à nous dire. Ce qui se construit sur le mensonge ne peut pas durer.

– Je sais, justement, mais j'ai mes raisons.

– J'aurais voulu respecter vos raisons, mais elles me concernent aussi, non ? C'est un comble, c'est quand même moi que vous avez kidnappée !

– Vous aussi vous m'avez kidnappé, nous sommes quittes !

Lauren le fusilla du regard et se dirigea vers la porte. Avant de quitter la chambre, elle se retourna et dit à Arthur d'une voix résolue :

– Vous me plaisiez, imbécile !

Elle claqua la porte et Arthur entendit ses pas s'éloigner. Le téléphone sonna.

– Là, je te dérange ? questionna la voix de Paul.

– Tu avais quelque chose à me dire ?

– Tu vas rire, mais je crois que j'ai fait une gaffe.

– Enlève le « tu vas rire », elle sort d'ici.

Arthur pouvait entendre le souffle de Paul qui cherchait ses mots.

– Tu me hais ?

– Onega t'a appelé ? demanda Arthur pour toute réponse.

– Je dîne avec elle ce soir, murmura timidement Paul.

– Alors je te laisse te préparer et toi tu me laisses réfléchir.

– Faisons comme ça.

Et les deux compères raccrochèrent.

*

– Tout s'est bien passé ? demanda le chauffeur de taxi à Lauren.

– Je n'en sais encore rien.

– Pendant votre absence, j'ai appelé ma femme et je l'ai prévenue que j'allais rentrer tard, je suis à votre entière disposition. Alors, où va-t-on maintenant ?

Lauren lui demanda si elle pouvait lui emprunter son téléphone. Ravi, le chauffeur lui tendit l'appareil, et Lauren composa le numéro d'un appartement situé non loin de la Marina. Mme Kline décrocha à la première sonnerie.

– Tu as ta partie de bridge ce soir ? interrogea Lauren.

– Oui, répondit Mme Kline.

– Alors annule-la et fais-toi belle, je t'emmène dîner au restaurant, je passe te chercher dans une heure.

Le chauffeur déposa Lauren en bas de chez elle, et l'attendit pendant qu'elle se changeait.

Lauren traversa le salon et fit glisser ses vêtements sur le parquet. Son voisin avait réparé la fuite. Dans la douche, elle veilla à maintenir son pied droit bien au-dehors. Quelques instants plus tard, elle ressortit, une serviette nouée autour de la taille, une autre retenait ses cheveux ; elle ouvrit la porte du placard de la salle de bains et se mit à fredonner sa chanson favorite : *Fever* de Peggy Lee. Elle hésita entre un jean et une robe légère, et, pour plaire à son invitée du soir, elle enfila la robe.

Habillée et à peine maquillée, elle se pencha à la fenêtre du salon, le taxi était toujours dans la rue. Elle s'installa alors sur son canapé, songeuse, et profita pour la première fois d'un magnifique coucher de soleil dans l'axe d'une petite fenêtre d'angle.

Il était dix-neuf heures quand le taxi klaxonna en bas de chez Mme Kline. La mère de Lauren entra dans la voiture et regarda sa fille. Elle ne l'avait pas vue habillée ainsi depuis des années.

– Je peux te poser une question ? murmura-t-elle à son oreille. Pourquoi est-ce qu'il y a quatre-vingts dollars au compteur ?

– Je t'expliquerai à table, je te laisse régler la course, je n'ai pas de liquide, mais c'est moi qui t'invite à dîner.

– J'espère que nous n'allons pas dans un fast food !

– Au Cliff House, dit Lauren au chauffeur.

*

Paul grimpa quatre à quatre les marches de l'escalier qui menait à son appartement. Onega était allongée sur un tapis, pleurant à chaudes larmes.

– Qu'est-ce qu'il t'arrive ? demanda-t-il en s'age-nouillant à ses côtés ?

– C'est Tolstoï, dit-elle en refermant le livre, je n'arriverai jamais à finir *Anna Karénine* !

Paul la prit dans ses bras et lança l'ouvrage à l'autre bout de la pièce.

– Lève-toi, nous avons quelque chose à fêter !

– Quoi ? dit-elle en s'essuyant les yeux.

Paul se rendit dans la cuisine et revint avec deux verres et une bouteille de vodka à la main.

– À Anna Karénine, dit-il en trinquant.

Onega but son verre cul sec, et amorça le geste de le lancer derrière elle.

– Tu as eu peur pour ta moquette ?

– C'est un tapis persan de 1910 ! Je t'emmène dîner ?

– Si tu veux, je sais même où je veux aller.

Et Onega entraîna Paul et la bouteille de vodka dans la chambre. Elle referma la porte du bout du pied.

*

Le professeur Fernstein posa la valise de Norma dans la ravissante chambre du Wine Country Inn. Voilà des mois qu'ils s'étaient promis cette escapade dans la Nappa Vallee. Après avoir déjeuné à Sonoma, ils avaient repris la route pour Calistoga, ce soir ils dormaient à St. Helena. La décision méritait d'être fêtée. La veille, Fernstein avait rédigé une note au président du conseil du Memorial Hospital lui annonçant sa volonté d'avancer sa retraite de quelques mois. Dans une autre lettre adressée à la direction générale du service des Urgences, il avait recommandé que l'interne Lauren Kline soit titularisée au plus vite, il serait regrettable qu'un autre hôpital profite des qualités de la meilleure de ses élèves.

Lundi prochain, Norma et lui prendraient l'avion pour New York. Mais avant de retrouver la ville qui l'avait vu naître, il était résolu à profiter de ses derniers jours en Californie.

*

À vingt et une heures précises, George Pilguez déposa Nathalia devant la porte du 7e district.

– Je t'ai préparé des cookies, je les ai mis dans ton sac.

Elle déposa un baiser sur ses lèvres et sortit de la voiture. Pilguez ouvrit la vitre et l'apostropha alors qu'elle montait les marches du commissariat.

– Si un de mes anciens collègues veut savoir qui a fait ces merveilleux biscuits, tu tiens le coup : la garde à vue ne dure que quarante-huit heures...

Nathalia esquissa un petit signe de la main et disparut à l'intérieur du bâtiment ; Pilguez resta quelques instants sur le parking, se demandant si c'était la retraite ou l'âge qui rendaient la solitude de moins en moins supportable. « Peut-être un mélange des deux », se dit-il en repartant.

*

La nuit était étoilée. Lauren et Mme Kline promenaient Kali le long de la Marina.

– C'était délicieux ce dîner. Je ne m'étais pas régalée autant depuis longtemps. Merci.

– Je voulais t'inviter, pourquoi ne m'as-tu pas laissée faire ?

– Parce que ton salaire y serait passé, et que je suis encore ta mère.

Dans le petit port de plaisance, les haubans des voiliers grinçaient au rythme de la brise légère. L'air était doux. Mme Kline jeta au loin le bâton qu'elle tenait à la main et Kali s'élança à sa poursuite.

– Tu voulais fêter une bonne nouvelle ?

– Pas particulièrement, répondit Lauren.

– Alors pourquoi ce dîner ?

Lauren s'arrêta pour faire face à sa mère et prit ses mains dans les siennes.

– Tu as froid ?

– Pas particulièrement, répondit Mme Kline.

– J'aurais pris la même décision que toi si j'avais été à ta place, si j'avais pu, c'est moi qui te l'aurais demandé.

– Tu m'aurais demandé quoi ?

– De débrancher les machines !

Les yeux d'Emily Kline s'emplirent de larmes.

– Depuis quand le sais-tu ?

– Maman, je ne veux plus jamais que tu aies peur de moi, nous avons chacune notre caractère, nous sommes différentes et nos vies ne seront pas les mêmes. Mais en dépit de mes coups de gueule, je ne t'ai jamais jugée et je ne le ferai jamais. Tu es ma mère, c'est ainsi que tu es dans mon cœur, et quoi qu'il nous arrive, c'est la place que tu y tiendras jusqu'à la fin de mes jours.

Mme Kline prit sa fille au creux de ses bras et Kali revint à grandes foulées pour se faufiler entre les deux femmes ; après tout, elle aussi avait une place à préserver.

– Tu veux que je te redépose avec ma voiture ? demanda Mme Kline, en essuyant ses yeux d'un revers de la main.

– Non, je vais rentrer seule, j'ai un drôle de dîner à éliminer.

Lauren s'éloigna, saluant sa mère d'un signe de la main. Kali hésita quelques instants, tournant la tête de droite à gauche. Enserrant le bâton de toutes ses forces entre ses mâchoires, elle s'élança vers sa maîtresse. Lauren s'agenouilla, caressa la tête de sa chienne, et murmura à son oreille.

– Va avec elle, je ne veux pas qu'elle reste seule ce soir.

Elle prit le bout de bois et le lança vers sa mère. Kali aboya et repartit en courant vers Emily Kline.

– Lauren ?

– Oui ?

– Personne n'y croyait plus, c'était un miracle.

– Je sais !

Sa mère se rapprocha de quelques pas.

– Les fleurs dans ton appartement, ce n'est pas moi qui te les avais offertes.

Lauren la regarda, intriguée. Mme Kline plongea la main dans sa poche et en sortit une petite carte froissée qu'elle tendit à sa fille.

Entre les pliures du papier, Lauren lut les deux mots qui y étaient inscrits.

Elle sourit et embrassa sa mère avant de s'éloigner.

*

Les premières lueurs du jour irisaient la baie. Arthur était éveillé. Il se leva et s'aventura dans le couloir. Il arpentait le linoléum, sautant d'une dalle noire à une blanche comme sur un échiquier, qui n'en finissait pas.

L'infirmière d'étage sortit de sa vigie pour aller à sa rencontre. Arthur lui assura qu'il allait bien. Elle accueillit la nouvelle avec satisfaction et le raccompagna jusqu'à sa chambre. Il fallait qu'il soit encore patient, il sortirait à la fin de la semaine.

Dès qu'elle s'éclipsa, Arthur prit le combiné du téléphone, et composa un numéro.

Paul décrocha.

– Je te dérange ?

– Pas du tout, mentit Paul, je ne veux même pas regarder ma montre !

– C'est toi qui as raison ! dit Arthur, enthousiaste. Je vais rendre ses couleurs à cette maison, ravaler la façade, réparer les fenêtres, poncer et revernir tous les planchers, y compris ceux de la véranda ; on fera décaper les tomettes de la cuisine par l'artisan dont tu m'avais parlé, je vais tout restaurer, ce sera comme avant, même la balancelle va retrouver sa jeunesse.

Paul s'étira. Les yeux plissés de sommeil il regarda le réveil sur la table de nuit.

– Tu es en train de faire une réunion de chantier à 5 h 45 du matin ?

– Je vais reconstruire la toiture du garage en haut du jardin, replanter la roseraie et redonner vie à cet endroit.

– Tu vas faire tout ça là maintenant, ou ça peut attendre un petit peu ? demanda Paul de plus en plus énervé.

– Tu commences le chiffrage dès lundi, poursuivit Arthur enthousiaste, début des travaux dans un mois et je viendrai suivre l'avancement les week-ends, jusqu'à ce que tout soit achevé ! Tu m'aideras ?

– Je retourne dans mon rêve, si je croise un menuisier, je lui demande un devis et je te rappelle quand je me réveille, andouille !

Paul raccrocha.

– Qui était-ce ? interrogea Onega en se blottissant contre lui.

– Un fou !

*

L'après-midi s'alanguissait dans la chaleur de l'été. Lauren se gara derrière le parking réservé aux véhicules de police. Elle entra dans le commissariat et expliqua à l'officier de garde qu'elle cherchait à joindre un inspecteur à la retraite ; il répondait au nom de George Pilguez. Le policier désigna un banc en face de lui. Il décrocha son téléphone et composa un numéro.

Après quelques minutes de conversation, il griffonna une adresse sur son bloc-notes et fit signe à Lauren de se lever.

– Tenez, dit-il en lui tendant une feuille. Il vous attend.

*

La petite maison se trouvait à l'autre bout de la ville, entre la 15e et la 16e Rue. Lauren se gara dans l'allée. George Pilguez était dans son jardin, il cacha dans son dos le sécateur et les roses qu'il venait de couper.

– Vous avez grillé combien de feux ? dit-il en regardant sa montre. Je n'ai jamais réussi à faire ce temps-là, même avec ma sirène.

– Jolies fleurs ! répondit Lauren.

Gêné, l'inspecteur proposa à Lauren de s'asseoir sous la tonnelle.

– Que puis-je faire pour vous ?

– Pourquoi ne l'avez-vous pas arrêté ?

– J'ai dû rater quelque chose, je n'ai pas compris votre question.

– L'architecte ! Je sais que c'est vous qui m'avez ramenée à l'hôpital.

Le vieil inspecteur regarda Lauren et s'assit en grimaçant.

– Vous voulez une limonade ?

– J'aimerais mieux que vous répondiez à ma question.

– Deux ans de retraite et le monde tourne déjà à l'envers. Les toubibs qui interrogent les flics, on aura tout vu !

– La réponse est si embarrassante que ça ?

– Tout dépend de ce que vous savez et de ce que vous ne savez pas.

– Je sais à peu près tout !

– Alors pourquoi êtes-vous là ?

– J'ai horreur de l'à-peu-près !

– Je savais bien que je vous trouvais sympathique ! Je vais chercher ces rafraîchissements et je reviens.

Il posa les roses dans l'évier de la cuisine et se débarrassa de son tablier. Après avoir sorti deux canettes de soda du réfrigérateur, il fit une courte halte devant la glace du couloir, le temps de remettre un peu en ordre les derniers cheveux qui lui restaient.

– Elles sont fraîches ! dit-il en s'asseyant à la table.

Lauren le remercia.

– Votre mère n'a pas porté plainte, je n'avais aucune raison de le coffrer votre architecte !

– Pour un enlèvement, l'État aurait dû se porter partie civile, n'est-ce pas ? demanda Lauren en buvant une gorgée de limonade.

– Oui, mais nous avons eu un petit problème, le dossier s'est égaré. Vous savez ce que c'est, les commissariats sont parfois très en désordre !

– Vous ne voulez pas m'aider, n'est-ce pas ?

– Vous ne m'avez toujours pas dit ce que vous cherchiez !

– Je cherche à comprendre.

– La seule chose à comprendre, c'est que ce type vous a sauvé la vie.

– Pourquoi a-t-il fait ça ?

– Ce n'est pas à moi de vous répondre. Posez-lui la question. Vous l'avez sous la main... c'est votre patient.

– Il ne veut rien me dire.

– Il a ses raisons, j'imagine.

– Et quelles sont les vôtres ?

– Je suis comme vous, docteur, tenu au secret professionnel. Je doute qu'au moment de prendre votre retraite vous vous libériez de cette obligation.

– Je veux juste connaître ses motivations.

– Vous sauver la vie ne vous suffit pas ? Vous faites bien ça tous les jours pour des inconnus... vous n'allez pas lui en vouloir d'avoir voulu essayer une fois !

Lauren abandonnait la partie.

Elle remercia l'inspecteur pour son accueil et se dirigea vers sa voiture. Pilguez la suivit.

– Oubliez ma leçon de morale, c'était de l'esbroufe. Je ne peux pas vous raconter ce que je sais, vous me prendriez pour un fou, vous êtes médecin, moi un vieil homme, je ne tiens pas du tout à me faire embarquer par les services sociaux.

– Je suis tenue au secret professionnel, souvenez-vous !

L'inspecteur la jaugea. Il se pencha à la portière pour raconter l'aventure la plus folle qu'il avait vécue de sa vie ; l'histoire commençait une nuit d'été, dans une maison au bord de la mer, dans la baie de Carmel...

– Qu'est-ce que je peux vous dire d'autre ? poursuivit Pilguez, il faisait trente degrés dehors et presque autant au-dedans. Et j'ai frissonné, docteur ! Vous dormiez dans le lit de ce petit bureau, tout près de l'endroit où nous nous trouvions, et pendant qu'il me racontait son histoire abracadabrante, j'ai senti votre présence, tantôt à ses côtés, parfois même comme si vous étiez assise près de moi. Alors je l'ai cru. Probablement parce que j'en avais envie. Ce n'est pas la première fois que je repense à cette affaire. Mais comment vous expliquer ? Elle a changé mon regard, et peut-être même un peu ma vie. Alors tant pis si vous me prenez pour un vieux cinglé.

Lauren posa sa main sur celle du policier. Son visage rayonnait.

– Moi aussi j'ai cru devenir folle. Un jour, je vous promets que je vous raconterai une histoire tout aussi incroyable, elle s'est passée le jour de la fête de la pêche au crabe.

Elle se hissa pour l'embrasser sur la joue et la voiture disparut dans la rue.

– Qu'est-ce qu'elle voulait ? demanda Nathalia qui venait d'apparaître devant la porte de la maison, le visage ensommeillé.

– C'est au sujet de cette vieille histoire.

– Ils ont rouvert l'enquête ?

– Elle, oui ! Allez viens, je vais te préparer ton petit déjeuner.

18.

Le jour suivant, Paul se présenta à l'hôpital en milieu de matinée. Arthur l'attendait dans sa chambre, déjà tout habillé.

– Tu en as mis du temps !

– Ça fait une heure que je suis en bas. Ils m'ont dit que tu ne pouvais pas sortir avant la visite des médecins, et la visite des médecins est à dix heures, alors je ne pouvais pas monter plus tôt.

– Ils sont déjà passés.

– Le vieux râleur n'est pas là ?

– Non, je ne l'ai pas vu depuis mon opération, c'est un de ses collègues qui s'occupe de moi. On y va ? Je n'en peux plus d'être ici.

Lauren traversait le hall d'un pas décidé. Elle inséra son badge dans le lecteur magnétique et passa derrière le comptoir de l'accueil. Betty releva la tête de ses dossiers.

– Où est Fernstein ? demanda-t-elle d'une voix déterminée.

– Je connaissais l'expression « aller au-devant des ennuis » mais toi tu y cours !

– Réponds à ma question !

– Je l'ai vu monter dans son bureau, il avait des papiers à prendre, il m'a dit qu'il repartait bientôt.

291

Lauren remercia Betty et se dirigea vers les ascenseurs.

*

Le professeur était assis derrière son bureau. Il rédigeait une lettre. On frappa à la porte. Il posa son stylo et se leva pour ouvrir. Lauren entra sans attendre.

– Je croyais que cet établissement vous était interdit pendant encore quelques jours ? J'ai peut-être dû mal compter, dit le professeur.

– Quelle serait la sanction infligée à un médecin qui mentirait à ses patients ?

– Tout dépend, si c'est dans l'intérêt du malade.

– Mais si c'était dans l'intérêt du médecin ?

– J'essaierai de comprendre ce qui l'a motivé.

– Et si le patient est aussi une de ses élèves ?

– Alors il perdrait toute crédibilité. Dans ce cas, je crois que je lui conseillerais de démissionner, ou de prendre sa retraite.

– Pourquoi m'avez-vous caché la vérité ?

– J'étais en train de vous l'écrire.

– Je suis en face de vous, alors parlez-moi !

– Vous songez probablement à cet hurluberlu qui passait ses journées dans votre chambre. Après avoir hésité à l'interner pour démence précoce, je me suis contenté de le neutraliser. Si je l'avais laissé vous raconter son histoire, vous auriez été capable de faire des séances d'hypnose pour en avoir le cœur net ! Je vous ai sortie du coma, ce n'était pas pour que vous y replongiez toute seule.

– Foutaise ! cria Lauren en tapant du poing sur le bureau du professeur Fernstein. Dites-moi la vérité !

292

– Vous la voulez vraiment, la vérité ? Je vous préviens qu'elle n'est pas facile à entendre.

– Pour qui ?

– Pour moi ! Pendant que je vous maintenais en vie dans mon hôpital, il prétendait vivre avec vous ailleurs ! Votre mère m'a assuré qu'il ne vous connaissait pas avant votre accident mais, quand il me parlait de vous, chacun de ses mots me prouvait le contraire. Vous voulez entendre la chose la plus incroyable ? Il était si convaincant que j'ai failli croire à cette fable.

– Et si c'était vrai ?

– C'est bien là le problème, ça m'aurait dépassé !

– C'est pour cela que vous m'avez menti tout ce temps ?

– Je ne vous ai pas menti, je vous ai protégée d'une vérité impossible à admettre.

– Vous m'avez sous-estimée !

– Ce serait bien la première fois, vous n'allez pas me le reprocher ?

– Pourquoi n'avez-vous pas essayé de comprendre ?

– Oh, et puis à quoi bon ! C'est moi qui me suis sous-estimé. Vous avez toute la vie devant vous pour ruiner votre carrière à élucider ce mystère. J'ai connu quelques étudiants brillants qui ont voulu faire progresser la médecine trop vite. Ils se sont tous brisé les reins. Vous réaliserez, un jour, que dans notre profession le génie ne se distingue pas en repoussant les limites du savoir, mais en réussissant à le faire à un rythme qui ne bouscule ni la morale ni l'ordre établi.

– Pourquoi avoir renoncé ?

– Parce que vous allez vivre longtemps et que je vais mourir bientôt. Simple équation de temps.

Lauren se tut. Elle regarda son vieux professeur, au bord des larmes.

– Je vous en supplie, épargnez-moi ça ! C'est pour cela que je préférais vous écrire. Nous avons passé de merveilleuses années ensemble, je ne vais pas vous laisser comme dernier souvenir celui d'un vieux professeur pathétique.

La jeune interne contourna le bureau et serra Fernstein contre elle. Il resta les bras ballants. Et puis, un peu gauche, il finit par enlacer son élève et chuchota à son oreille.

– Vous êtes ma fierté, ma plus grande réussite, ne renoncez jamais ! Tant que vous serez là je continuerai à vivre à travers vous. Plus tard, il faudra que vous enseigniez ; vous en avez l'envergure et le talent ; votre seul ennemi c'est votre caractère, mais avec le temps, ça s'arrangera ! Regardez, je ne m'en suis pas si mal sorti ; si vous m'aviez connu à votre âge ! Allez, maintenant partez d'ici sans vous retourner. Je veux bien pleurer à cause de vous mais je ne veux pas que vous vous en rendiez compte.

Lauren serra Fernstein de toutes ses forces.

– Comment je vais faire sans vous ? Avec qui je vais pouvoir m'engueuler ? dit-elle en sanglotant.

– Vous finirez bien par vous marier !

– Vous ne serez plus là lundi ?

– Je ne serai pas encore mort, mais je serai parti d'ici. Nous n'allons plus nous revoir, mais nous penserons souvent l'un à l'autre, j'en suis sûr.

– Je vous dois tellement de mercis.

– Non, dit Fernstein en s'éloignant un peu. Vous ne les devez qu'à vous-même. Ce que je vous ai appris, tout autre professeur vous l'aurait enseigné, c'est vous qui avez fait la différence. Si vous ne commettez pas les mêmes erreurs que moi, vous serez un grand médecin.

– Vous n'en avez commis aucune.

– J'ai fait attendre Norma bien trop longtemps, si je l'avais laissée entrer plus tôt dans ma vie, si j'étais entré dans la sienne, j'aurais été bien plus qu'un grand professeur.

Il lui tourna le dos et fit un signe de la main, il était temps qu'elle parte. Et comme promis, Lauren quitta son bureau sans se retourner.

*

Paul avait conduit Arthur chez lui. Dès que Miss Morrison apparut en compagnie de Pablo, il fila au bureau. La journée du vendredi était toujours trop courte et il avait une pile de dossiers en retard. Avant son départ, Arthur lui demanda une ultime faveur, quelque chose dont il rêvait depuis quelques jours.

– Nous verrons comment tu te sens demain matin. Je passerai te voir ce soir. Maintenant, repose-toi.

– Je ne fais que ça me reposer !

– Eh bien, continue !

*

Lauren trouva une enveloppe en kraft dans sa boîte aux lettres. Elle décacheta le pli en montant les marches de l'escalier. En entrant dans l'appartement elle sortit de l'enveloppe une grande photo, elle était accompagnée d'un petit mot.

Au cours de ma carrière, j'ai résolu la plupart des énigmes en cherchant la solution sur les lieux du crime. Voici la photo et l'adresse de la maison où je

vous ai retrouvée. Je compte sur votre discrétion. Ce
dossier s'est égaré par mégarde...

Bonne chance.

George Pilguez.
Inspecteur de police à la retraite

PS : Vous n'avez pas changé.

Lauren referma l'enveloppe, consulta sa montre
et se rendit aussitôt dans sa penderie. Pendant
qu'elle préparait son sac de voyage, elle appela sa
mère.

– Ce n'est pas une très bonne idée, tu sais. La
dernière fois que tu es partie en week-end à Carmel...

– Maman, je te demande juste de garder Kali
encore un peu de temps.

– Tu m'as fait promettre de ne pas avoir peur de
toi, mais tu ne peux pas m'interdire d'avoir peur
pour toi. Sois prudente et appelle-moi de là-bas
pour me dire que tu es bien arrivée.

Lauren raccrocha. Elle retourna dans la penderie
et se hissa pour attraper d'autres sacs de voyage.
Elle commença à les remplir, empilant vêtements...
et une quantité d'autres affaires.

*

Arthur avait enfilé un pantalon et une chemise. Il
fit ses premiers pas dans la rue au bras de Rose.
Derrière eux, Pablo tirait sur sa laisse, freinant des
quatre pattes.

– Nous verrons la fin du film quand tu auras fait
ce que tu as à faire ! dit Miss Morrison à son chien.

*

La porte de l'appartement s'ouvrit. Robert entra dans le salon. Il arriva dans le dos de Lauren et la prit dans ses bras.

Lauren sursauta.

– Je ne voulais pas te faire peur !

– C'est raté.

Robert regarda les bagages entassés au milieu de la pièce.

– Tu pars en voyage ?

– En week-end seulement.

– Et tu as besoin de tous ces sacs ?

– Uniquement du petit rouge qui est dans l'entrée, tous les autres sont les tiens.

Elle s'approcha de lui et posa ses mains sur ses épaules.

– Tu me disais que les choses avaient changé depuis mon accident, mais c'est faux. Même avant nous n'étions pas si heureux. Moi j'ai mon métier qui m'empêchait de m'en rendre compte. Ce qui me fascine c'est que toi tu ne t'en sois pas aperçu.

– Parce que je t'aime ?

– Non, c'est notre couple que tu aimes, nous nous protégeons l'un l'autre de la solitude.

– Ce n'est déjà pas si mal.

– Si tu étais sincère, tu serais plus lucide. Je voudrais que tu t'en ailles, Robert. J'ai regroupé tes affaires pour que tu les remportes chez toi.

Robert la regarda, l'air désemparé.

– Alors ça y est, tu as décidé que c'était fini ?

– Non, je crois que nous avons décidé ça ensemble, je suis la première à le formuler, c'est tout.

– Tu ne veux pas nous laisser une seconde chance ?

– Ce serait une troisième. Cela fait très long-temps que nous nous contentons d'être ensemble, mais c'est un confort qui ne suffit pas, aujourd'hui j'ai besoin d'aimer.

– Je peux rester cette nuit ici ?

– Tu vois, l'homme de ma vie n'aurait jamais posé cette question.

Lauren prit son sac. Elle embrassa Robert sur la joue et sortit de l'appartement sans se retourner.

Le moteur de la vieille anglaise répondit au quart de tour. La porte du garage se souleva et la Triumph s'élança dans Green Street. Elle tourna au coin de la rue. Sur le trottoir, un jack russell trottinait vers le petit parc ; un homme et une vieille dame passaient derrière un platane.

Il était presque seize heures quand elle emprunta la route N° 1, celle qui borde le Pacifique. Au lointain, les falaises semblaient se découper dans la brume, comme une dentelle d'ombre bordée de feu.

Elle arriva à la tombée du jour dans une ville presque déserte. Elle se gara sur le parking le long de la plage et s'installa, seule, sur la jetée. De gros nuages masquaient l'horizon. Au loin, le ciel virait du mauve au noir.

En début de soirée, elle descendit au Carmel Valley Inn. La réceptionniste lui remit les clés d'un bungalow qui domine la baie de Carmel. Lauren défaisait son sac quand les premiers éclairs déchirèrent le ciel. Elle courut au-dehors pour mettre sa Triumph à l'abri d'un auvent et rentra sous une pluie diluvienne. Enfouie dans un peignoir au coton épais, elle commanda un plateau et s'installa devant la télévision. ABC diffusait son film préféré, *An*

Affair to Remember[1]. Elle se laissa bercer par les gouttes qui frappaient aux carreaux. Au baiser que Cary Grant posait enfin sur les lèvres de Deborah Kerr, elle prit son oreiller et le serra contre elle.

La pluie cessa au petit matin. Les arbres s'égouttaient dans le grand parc et Lauren ne trouvait toujours pas le sommeil. Elle s'habilla, passa une gabardine sur ses épaules et quitta sa chambre.

La voiture parcourait les dernières minutes de cette longue nuit, les phares éclairaient les bandes orange et blanc qui alternaient entre chaque virage taillé au creux des falaises. Au loin, elle devina les bordures de la propriété et s'engagea dans un chemin de terre battue. Au détour d'une courbe, elle se gara dans un renfoncement, cachant sa voiture derrière un rang de cyprès. Le portique vert en fer forgé se dressait devant elle. Elle repoussa la grille, fermée par la cordelette d'un panneau indiquant les coordonnées d'une agence immobilière de la baie de Monterey. Lauren se faufila entre les deux vantaux.

Elle contempla le paysage qui l'entourait. De larges bandes de terre ocre, plantées de quelques pins parasols ou argentés, de séquoias, de grenadiers et de caroubiers, semblaient couler jusqu'à l'océan. Elle emprunta le petit escalier de pierre qui bordait le chemin. À mi-course elle devina les restes d'une roseraie sur sa droite. Le parc était à l'abandon mais une multitude de parfums mêlés provoquaient à chaque pas une farandole de souvenirs. Les grands arbres se courbaient aux vents légers de l'aube.

Face à elle, elle vit la maison aux volets clos. Elle

1. Titre original de *Elle et lui*.

avança vers le perron, grimpa les marches et s'arrêta sous la véranda. L'océan semblait vouloir briser les rochers, les vagues charriaient des amas d'algues entrelacés d'épines. Le vent soufflait dans ses cheveux, elle les repoussa en arrière.

Elle contourna la maison, cherchant le moyen d'y entrer. Sa main effleurait la façade, ses doigts s'arrê-tèrent sur une cale, au bas d'un volet. Elle la retira et le panneau de bois s'ouvrit en grinçant sur ses gonds.

Lauren appuya sa tête contre la vitre. Elle essaya de soulever la fenêtre à guillotine ; elle insista, déboîtant légèrement le châssis qui accepta de cou-lisser sur ses cordeaux. Plus rien ne l'empêchait de se glisser à l'intérieur.

Elle referma le volet et la fenêtre derrière elle. Puis elle traversa le petit bureau, jeta un coup d'œil furtif au lit et sortit.

Elle avançait à pas lents dans le couloir, derrière les murs, chaque pièce contenait un secret. Et Lauren se demandait si cette sensation intime émanait d'un récit entendu dans une chambre d'hôpital ou de plus loin encore.

Elle entra dans la cuisine, son cœur battait plus fort ; elle regarda autour d'elle, les yeux humides. Sur la table, une vieille cafetière italienne lui sem-blait familière. Elle hésita, prit l'objet et le caressa avant de le reposer.

La porte suivante ouvrait sur le salon. Un long piano dormait dans l'obscurité du lieu. Elle s'ap-procha d'un pas timide, s'assit sur le tabouret ; ses doigts posés sur le clavier délièrent les premières notes fragiles d'un « Clair de lune » de *Werther*. Elle s'agenouilla sur le tapis et fit flotter sa main sur les écheveaux de laine.

Elle revisitait chaque endroit, grimpant jusqu'à l'étage, courant de chambre en chambre ; et petit à petit les souvenirs de la maison se muaient en instants présents.

Un peu plus tard, elle descendit l'escalier et retourna dans le bureau. Elle regarda le lit, s'approcha pas à pas du placard et avança la main. À peine l'effleura-t-elle que la poignée se mit à tourner. Sous ses yeux, brillaient les deux serrures d'une petite valise noire.

Lauren s'assit en tailleur, elle fit glisser les deux loquets et le rabat s'ouvrit.

La valise débordait d'objets de toutes tailles, elle contenait des lettres, quelques photos, un avion en pâte de sel, un collier de coquillages, une cuillère en argent, des chaussons de bébé et une paire de lunettes de soleil d'enfant. Une enveloppe en feuille de Rives portait son prénom. Elle la prit dans ses mains, huma le papier, la décacheta et se mit à la lire.

Au fil des mots qu'elle découvrait d'une main tremblante, les fragments de souvenirs recomposaient enfin l'histoire...

Elle avança jusqu'au lit et posa sa tête sur l'oreiller, pour relire encore et encore la dernière page, qui disait :

... Ainsi se referme l'histoire, sur tes sourires et le temps d'une absence. J'entends encore tes doigts sur le

piano de mon enfance. Je t'ai cherchée partout, même ailleurs. Je t'ai trouvée, où que je sois, je m'endors dans tes regards. Ta chair était ma chair. De nos moitiés, nous avions inventé des promesses ; ensemble nous étions nos demains. Je sais désormais que les rêves les plus fous s'écrivent à l'encre du cœur. J'ai vécu là où les souvenirs se forment à deux, à l'abri des regards, dans le secret d'une seule confidence où tu règnes encore.

Tu m'as donné ce que je ne soupçonnais pas, un temps où chaque seconde de toi comptera dans ma vie bien plus que toute autre seconde. J'étais de tous les villages, tu as inventé un monde. Te souviendras-tu, un jour ? Je t'ai aimée comme je n'imaginais pas que cela serait possible. Tu es entrée dans ma vie comme on entre en été.

Je ne ressens ni colère ni regrets. Les moments que tu m'as donnés portent un nom, l'émerveillement. Ils le portent encore, ils sont faits de ton éternité. Même sans toi, je ne serai plus jamais seul, puisque tu existes quelque part.

Arthur

Lauren ferma les yeux, elle serra le papier contre elle. Bien plus tard, le sommeil qui avait manqué à la nuit arriva enfin.

*

Il était midi, une lumière dorée filtrait par les persiennes. Les pneus d'une voiture crissèrent sur le gravier, juste devant le porche. Lauren sursauta. Elle chercha aussitôt un endroit sûr pour se cacher.

*

– Je vais chercher la clé et je reviens t'ouvrir, dit Arthur en ouvrant la portière de la Saab.

– Tu ne veux pas que j'y aille, moi ? proposa Paul.

– Non, tu ne sauras pas ouvrir le volet, il y a une astuce.

Paul descendit de la voiture, il ouvrit le coffre et s'empara de la trousse à outils.

– Qu'est-ce que tu fais ? demanda Arthur en s'éloignant.

– Je vais aller démonter le panneau « à vendre » il gâche la vue.

– Une minute et je t'ouvre, reprit Arthur en s'éloignant vers le volet clos.

– Prends tout ton temps, mon vieux ! répondit Paul, une clé anglaise à la main.

∗

Arthur referma la fenêtre et alla récupérer la longue clé dans la valise noire. Il ouvrit la porte du placard et sursauta. Un petit hibou blanc tenu à bout de bras le fixait dans le noir, le regard à l'abri d'une paire de lunettes d'enfant, qu'Arthur reconnut aussitôt.

– Je crois qu'il est guéri, il n'aura plus jamais peur du jour, dit une voix timide cachée dans l'obscurité.

– Je veux bien le croire, ces lunettes, c'est moi qui les portais ; on y voit des merveilles en couleurs.

– Il paraît ! répondit Lauren.

– Je ne veux surtout pas être indiscret, mais qu'est-ce que vous faites là, tous les deux ?

Elle avança d'un pas et elle sortit de l'ombre.

– Ce que je vais vous dire n'est pas facile à entendre, impossible à admettre, mais si vous voulez bien écouter notre histoire, si tu veux bien me faire confiance, alors peut-être que tu finiras par me croire, et c'est très important, car maintenant je le sais, tu es la seule personne au monde avec qui je puisse partager ce secret.

Et Arthur entra enfin dans le placard...

Épilogue

Paul et Onega emménagèrent à Noël dans un appartement qui bordait la Marina.

Mme Kline gagna le tournoi de bridge de la ville, l'été suivant celui de l'État de Californie. Elle s'est mise au poker et, à l'heure où s'écrivent ces lignes, elle dispute la demi-finale des championnats nationaux à Las Vegas.

Le professeur Fernstein est mort dans la chambre d'un hôtel, à Paris. Norma l'a conduit en Normandie pour qu'il repose non loin de son oncle, tombé en terre de France un jour de juin 1944.

George Pilguez et Nathalia se sont mariés dans une petite chapelle de Venise. Chez Da Ivo, une merveilleuse petite trattoria, ils ont dîné sans le savoir en face du docteur Lorenzo Granelli. Ils poursuivent un long voyage en Europe. Le commissariat du 7e district aurait reçu récemment une carte postée d'Istanbul.

Miss Morrison a réussi l'impossible pari de fiancer Pablo à une femelle jack russell qui s'est révélée être, après naissance de leurs chiots, un fox terrier. Pablo élève deux de ses six enfants.

Betty est toujours infirmière en chef des Urgences du San Francisco Memorial Hospital.

Quant à Arthur et Lauren, ils ont demandé à ce qu'on ne les dérange pas...
Pendant quelque temps...

Remerciements

Nathalie André, Claire Barsacq, Kamel Berkane, Patrice Binet-Descamps / Le Prince Maurice, Antoine Caro, Dr Delalande, Dr Lefevre, Dr Hervé Raffin, Dr Tarragano, Dr Philippe Bouron, Marie Drucker, Guillaume Gallienne, Sylvie Gendron, Emmanuelle Hardouin, Mark Kessler, Katrin Hodapp, Asha Last, Kerry Glencorse, Claudine Guérin, Nadia Jaray, Raymond et Danièle Levy, Lorraine Levy, Florence de Montlivaut, Pauline Normand, Marie-Ève Provost, Roseline, Manon Sbaïz, M. Zambon.

Nicole Lattès, Leonello Brandolini, Serge Bovet, Anne-Marie Lenfant, Lydie Leroy, Aude de Margerie, Élisabeth Villeneuve, Joël Renaudat, Arié Sberro et toutes les équipes des Éditions Robert Laffont

Philippe Guez

et

Susanna Lea et Antoine Audouard.

Retrouvez toute

l'actualité de Marc Levy sur

www.marclevy.info

Rencontre spirituelle

(Pocket n° 11063)

Arthur parle tout seul, ouvre la porte de la voiture à un être imaginaire… Serait-il devenu fou ? C'est ce qu'il a cru lui aussi. Mais, non, Lauren existe. Trouvée un soir dans le placard de sa salle de bain, son esprit est là, mais son corps est dans le coma, dans un hôpital de San Francisco. Et si c'était vrai ? Et si c'était vrai qu'Arthur soit le seul homme capable de partager le secret de Lauren ?

Il y a toujours un Pocket à découvrir

À la vie, à l'amour

(Pocket n° 11593)

Adolescents, ils représentaient tout l'un pour l'autre. Mais la vie va les écarter comme deux étoiles soumises aux lois de la gravitation. Ils ne sauront de leur vies réciproques que ce que disent les lettres qu'ils vont s'écrire pendant des années. Sans que jamais ne se brise le lien qui les unit... Philip avait alors promis à Susanne qu'il serait toujours là s'il lui arrivait quelque chose. Il ne pouvait pas savoir que cette promesse allait profondément bouleverser sa vie...

Il y a toujours un Pocket à découvrir

Démons et merveilles

(Pocket n° 12034)

Pour mettre un terme à leur éternelle rivalité, Dieu et Lucifer se sont lancé un ultime défi : leurs meilleurs agents ont sept jours pour faire basculer l'Humanité vers le Bien ou le Mal. Un combat définitif semble sur le point de se jouer dans l'arène de San Francisco… Mais l'explosive rencontre entre le démoniaque Lucas et l'angélique Zofia pourrait bien bouleverser le cours des évènements…

Il y a toujours un Pocket à découvrir

Réinventer la vie à deux

(Pocket n° 13248)

Antoine, architecte, vit dans le quartier français de Londres et élève seul son fils, Louis. Il presse Mathias, son meilleur ami, de quitter Paris et de venir le rejoindre. Celui-ci accepte : après tout, sa fille vit aussi là-bas, avec son ex-femme. Quand ils s'installent sous le même toit, ils s'imposent deux règles : pas de baby-sitter et pas de présence féminine dans la maison... Dans le « village français », au cœur de Londres, une histoire d'amitié, des histoires d'amour, des destins qui se croisent au fil d'une comédie tendre et enlevée.

Il y a toujours un Pocket à découvrir

*Cet ouvrage a été composé et mis en pages
par ÉTIANNE COMPOSITION
à Montrouge*

Impression réalisée sur Presse Offset par

C P I

Brodard & Taupin

45840 – La Flèche (Sarthe), le 31-03-2008
Dépôt légal : juin 2006
Suite du premier tirage : avril 2008

POCKET – 12, avenue d'Italie - 75627 Paris cedex 13

Imprimé en France